カーシア国三部作 III

ねらわれた王座

ジェニファー・A・ニールセン

橋本恵 訳

THE ASCENDANCE TRILOGY #3 : THE SHADOW THRONE

Japanese translation rights arranged with
Scholastic Inc., 557 Broadway, New York, NY 10012, USA
through Japan UNI Agency, Inc., Tokyo.
Japanese language edition published by HOLP SHUPPAN, Publishing, Tokyo.
Printed in Japan.

カーシア国 三部作 Ⅲ

ねらわれた王座

ジェニファー・A・ニールセン
橋本 恵 訳

ほるぷ出版

あたたかい心で最高の家族をつつみこみ、
わたしをクッキーと抱擁でもてなしてくれ、
崖っぷちに立たせてくれたパットとバリーへ

カーシア国と周辺地図
★ムンスク
メンデンワル国
●ハフィンダー
●ストラム
★ピポリン
N
W
E
S
K. LEFAIVER

バイマール国
ジェリン国
エランボール海
半月峠
イゼル港
イゼル
カーチャー
ゲルビンズ
ダイチェル
沼地
盗賊団のキャンプ
ターブレード・ベイ
ライベス
アベニア軍のキャンプ
ファーゼンウッド
ティシオ
イーバスティン
ドリリエド
ファルスタン湖
ロービング川
カーシア国
スパーリング
ネーブンスティル
ベントン
パース
アベニア国

これまでのあらすじ

カーシア国の国王一家が暗殺された。残された王族は、行方《ゆくえ》不明のジャロン王子のみ。宮廷《きゅうてい》は必死にジャロン王子を探していた。そのころ、カーシア国の貴族コナーは王室奪取《だっしゅ》をたくらみ、孤児《こじ》を自分の屋敷に集めて「偽《いつわ》りの王子」を仕立てあげようと画策《かくさく》していた。しかしそのたくらみは、孤児セージの活躍《かつやく》によって失敗に終わる。じつはセージは、ジャロン王子本人だった。孤児をよそおって逃《に》げかくれていたのだ。コナーの召使《めしつか》いだったモットとイモジェンもセージに協力し、国王一家暗殺計画の首謀者《しゅぼうしゃ》コナーは捕《と》らえられて投獄《とうごく》され、セージはジャロン王としてカーシア国をたてなおすことになった。

仲間であり競争相手でもあった孤児のローデンとトビアスはジャロンに命を救われたが、ローデンはジャロンが新国王となることに納得《なっとく》がいかず、海賊《かいぞく》の仲間になってジャロンを暗殺しようとする。ジャロンは危険を承知で海賊のキャンプへのりこみ、海賊王となっていたローデンに決闘《けっとう》をいどんだ。勝利を勝ちとり海賊たちの忠誠《ちゅうせい》を得たジャロンは、ローデンをカーシア国警護隊《けいごたい》の総《そう》隊長として迎《むか》えた。

ひと安心したジャロンだったが、ようやく得たおだやかな日々は長くは続かなかった。隣国《りんごく》アベニアが、カーシア国の領土《りょうど》をねらって戦争をしかけてきたという知らせがとどいたのだ——。

プロローグ

開戦の三週間前――。

おれはこれまで拳《こぶし》やナイフ、ときには剣《けん》で、それなりに戦ってきた。敵《てき》は体格《たいかく》がおれの二倍はある野郎《やろう》や、性格《せいかく》が二倍卑劣《ひれつ》なやつで、ここまで醜《みにく》くなりたくないと思うような連中ばかりだった。

けれどいま、城《しろ》の大広間でおれたちがくりひろげている口論《こうろん》は、どの戦いよりもはげしかった。

「おまえをこの城に連れてきたのは人生最大の失敗だった！」と、おれはどなった。拳を強くにぎりすぎて、爪《つめ》が皮膚《ひふ》をつきやぶってしまいそうだ。「いますぐ縛《しば》り首にしてやりたいが、ロープがもったいない！」

口論の相手は、ほかならぬローデンだ。知りあってからまだ日は浅いが、関わりは深い。ローデンには二度殺されそうになった。右脚《みぎあし》をへし折られて重傷《じゅうしょう》を負ったのもふくめたら三度だ。そのローデンをおれは捨《す》て身で説得し、海賊《かいぞく》の元からカーシア国へ連れもどして、カーシア警護隊《けいごたい》の総《そう》隊長としたのだった。しかし
これまでもけっこう対立してきたが、こんなに口汚《くちぎたな》くののしりあうのは初めてだ。

「喜んで首をくくりますよ！」と、ローデンがどなりかえした。「こんなにばかな王の命令でさえなければ！」

ローデンの無礼きわまる発言に、大広間のあちこちで息をのむ音がした。いまの発言だけでもじゅうぶん処罰《しょばつ》できるのだが、おれはそうしなかった。まだいい足りない。どなりつけてやってもいい。

「総隊長《そう》だから、国王のおれと対等だと思ってるのか？　警護隊《けいごたい》には指図してもいいが、おれには指図するな！　いや、これからはおれが、警護隊を指揮《しき》する！」

ローデンはおれの右脚《みぎあし》を指さした。少なくともあと数週間はしっかり包帯を巻《ま》いておくよう、医者に指示《しじ》されている。「その脚じゃ、指揮なんてとれませんよ」

「だれのせいでこうなったと思ってるんだ！」

「脚じゃなくて、あごを折っておけばよかったですね。そうすれば、ふざけた命令をきかずにすんだのに！」

大広間にいた評議員《ひょうぎいん》たちと召使《めしつか》いたちが、さらに息をのむ。ローデンは観客を意識《いしき》して、これみよがしに議論《ぎろん》をふっかけてきた。「警護隊はカーシア全土にちらばってるじゃないですか。アベニア軍が襲《おそ》ってきたら、ひとたまりもありませんよ」

侍従長《じじゅうちょう》のカーウィン卿《きょう》がかけよってきてささやいた。「陛下《へいか》、つづきは謁見室《えっけんしつ》でおふたりだけでお願いできませんか？　ここではつつぬけですので」

たしかに。もともと大広間にいた者だけでなく、どなり声をききつけて集まってきた者たちにまで、すべてきかれている。カーウィン卿は、王であるおれの立場を思ってとめたのだろう。しかし、おれはわざとそうしていたのだ。

そこでカーウィン卿から一歩離《はな》れて、いった。「カーウィン卿、これ以上の議論はむだだ。わが警護隊の総隊長によると、おれには警護隊についてとやかくいう権利《けんり》がないらしい」

カーウィン卿はあまりに非礼《ひれい》な態度《たいど》にがくぜんとし、ローデンを見た。だがローデンは、顔をこわばらせただけだった。

「われらはみな、国王のご意向にしたがうのだ。総隊長も例外ではない！」カーウィン卿のきびしい叱責《しっせき》に、さすがのローデンもびくっとする。

おれは、ローデンがなにかいいかえす前にいった。「いや、カーウィン卿。おれにしたがうふりをして、心の中でやっぱり自分のほうが正しいと思われるのもしゃくだ」つづいて、ローデンにつげた。「おれよりうまく兵士を鍛《きた》える自信があるならやってみろ。好きな部下を引きつれて、好きなように訓練しろ。おれが残った兵士を訓練して、あとで比較《ひかく》する。そうすれば、おれが正しかったってわかるはずだ」

「ごじょうだんを！」と、ローデンがどなった。「おれがいますぐ、兵士をまとめて、庭で訓練しますよ」

「おれの庭は貸《か》さない。ドリリエド市内はすべてだめだ！　訓練したければドリリエドを出ろ。その傲慢《ごうまん》な態度と野望を抱《かか》えて、とっとと出ていけ。立場をわきまえられるようになるまで、もどってくるな！」

カーウィン卿がおれの腕《うで》に手をおいた。「ジャロンさま、お願いですから、ご自分がなにをいっているか、お考えになってください。仲たがいをしている場合ではありませんぞ。まだ怪我《けが》が治っていませんのに。もし本当に戦争になったら、総隊長にはそばにいてもらいませんと」

おれは無言でカーウィン卿の手をふりはらい、ローデンのほうへ身を乗りだして小声でいった。「うせろ」すさまじい形相でにらみかえしてくるので、一瞬《いっしゅん》、本気で怒《おこ》っているのかと不安になる。そのときローデンが、一時間以内に部下のうち四十名を引きつれて出ていくと宣言《せんげん》した。

人前ではさんざんののしりあったが、心の中ではローデンが最高の運に恵《めぐ》まれるようにと祈《いの》っていた。

ローデンを見送ったあと、見物人たちを見まわした。ここにいる宮廷《きゅうてい》関係者や召使《めしつか》いは、信頼《しんらい》できるカーシアの民《たみ》のはず。しかし少なくともひとりは、敵国《てきこく》のスパイがまじっているはずだ。そいつは、カーシア国の警護隊《けいごたい》が王ともめて分裂《ぶんれつ》したと敵に報告《ほうこく》するにちがいない。

おれが海賊《かいぞく》の元からもどって以来、カーシア国はかつてない戦闘準備《せんとうじゅんび》に入り、食料をたくわえたり、武器《ぶき》をつくったり、警護隊を増強《ぞうきょう》したりしてきた。にもかかわらず、喉《のど》から手がでるほどほしい物は、いちばん手に入りそうになかった。

そう、時間だ。

結論《けつろん》からいうと、時間は予想以上に足りなかった。わずか三週間後には、戦争が始まってしまったのだ。

1

三週間後――。

ライベスがアベニア国に攻撃《こうげき》されたと知ったのは、日暮《ひぐ》れがた、城壁《じょうへき》のそばの広い芝生《しばふ》にいるときだった。そばにカーウィン卿《きょう》とアマリンダ姫《ひめ》とモットがいたが、ショックのあまり、ほとんど目に入らなかった。

ライベスはアベニアとの国境《こっきょう》近くにある平和な町だ。開拓地《かいたくち》だが、これまではほかの開拓地のように侵《しん》略《りゃく》されることはなかった。農民と商人しかいないので、たとえ腕力《わんりょく》のある住人が町を守ろうとしても、そのひまがないくらい、あっという間に襲《おそ》われたにちがいない。ライベスの住人が夜の襲撃《しゅうげき》に感じた恐怖《きょうふ》は、いかほどのものか。町の破壊《はかい》ぶりは想像《そうぞう》すらつかない。考えただけで息が苦しくなる。

しかも、それだけではない。イモジェンが敵に拉致《らち》されたというのだ。

三人とも口々になにかしゃべっている。だれも気づかないが、じつはおれの頭の中は、だれにも答えられない質問《しつもん》ではちきれそうになっていた。イモジェンは、まだ生きているのか？　もし生きているなら、傷《きず》を負っているのか？　そうすればおれの心にも傷を負わせられると考えたら、敵はイモジェンになにをする？　アベニア国のバーゲン王が拉致させたのは、それがわかっていたからにほかならない。

もしイモジェンがまだ生きているのなら、アベニア軍はその命と引きかえに全面降伏《こうふく》をもとめるだろう。

もちろん、そんな条件《じょうけん》はのめない。となると、おれ自身がイモジェンの救出に向かわざるをえなくなることまで、敵《てき》は読んでいる。イモジェンはただのおとり。真のねらいはおれだ。

しかも、数カ月前から覚悟《かくご》してはいたが、とうとう戦争が始まってしまった。これまでやってきたことは、すべて無意味だったのか。こんなことになるとは――。そこへカーウィン卿《きょう》が追いうちをかけた。

「いまとどいた知らせによると、北からジェリン国、東からメンデンワル国もせまりつつあります。同盟《どうめい》を組んで敵にまわった三国に包囲されました。ジャロンさま、戦争勃発《ぼっぱつ》です」

三人がまたいっせいに話しだしたが、おれの耳にはとどかなかった。ひとりひとりの言葉をききわけられない。なにをしてほしいのか理解《りかい》できない。

アマリンダ姫《ひめ》が、おれの腕《うで》にふれた。「ジャロン、顔色が悪いわ。なにかいって」

おれは姫にうつろな視線《しせん》を向け、後ずさりしてつぶやいた。「ごめん」おさえきれない力につきうごかされ、三人に背《せ》を向けてかけだした。別の場所で頭を整理し、事態《じたい》をきちんと把握《はあく》したい。どこかで一息いれたい。

城《しろ》に向かって全力で走った。まだむりをすると右脚《みぎあし》にするどい痛《いた》みが走るのに、いまはほとんど気にならない。ローデンにへし折られた脚《あし》の骨《ほね》は完全に治っていないが、強引にスピードをあげた。できれば痛みを感じたい。そうすれば、動揺《どうよう》をまぎらわせられる。

すれちがう召使《めしつか》いや兵士たちが、ぼやけて見えた。どこへ向かっているのか、なにを見つけたいのか、自分でもわからない。頭の中の思いはただひとつ。イモジェンが拉致《らち》された、あのイモジェンが――。敵はイモジェンと引きかえにすべてを要求するだろう。

ほどなく宮廷《きゅうてい》の庭に出た。ようやくひとりになれる。人の目からかくれたくて、ツタをたよりに壁《かべ》をのぼりだした。張《は》り出しの上なら集中できる。たっぷり時間をかければ、悲劇《ひげき》の断片《だんぺん》をつなぎあわせ、事態をきちんと把握できる。ところが壁を半分ものぼらないうちに、弱った右脚の筋肉《きんにく》が限界《げんかい》にたっして、すべり落ちた。地面にすわりこんで壁によりかかり、そのままじっとしていた。

庭に来たのがまちがいだったのか。答えが見つからないのは、ここでもどこでも同じだ。あたりを見まわすと、壁がせまってくる気がして目がまわった。頭の整理がつかない。さまざまな不安、いろいろな案、数かずの選択肢《せんたくし》が、煙《けむり》のようにうずまいて息苦しい。

「陛下《へいか》、おひとりのところ、おじゃましてもうしわけありません」

いつのまにか、首席評議員《ひょうぎいん》のハーロウが来ていた。おれが立ちあがると、おじぎをして近づいてきた。

「攻《せ》めてくるのはアベニア国だけかと思っていた。もしかしたらジェリン国もと予想はしていたが、まさかメンデンワル国まで攻めてくるとは。しかもこんな形で」

「まさに意表をつかれました」

「バーゲン王にはライベスを襲《おそ》う理由がない。ライベスを破壊《はかい》しても得るものがない」夜の襲撃《しゅうげき》で地獄絵《じごくえ》と化した町の様子が、また頭にうかぶ。「……イモジェンをのぞけば」

「はい」ハーロウはくちびるをなめてからいった。「陛下、どうかご指示《しじ》を」

「指示だと？」おれは、どなっていた。ハーロウに腹《はら》を立てるなんて、ただの八つ当たりだ。それはわかっていたが、気持ちをおさえきれない。「おれには戦えない！　こんな大がかりな襲撃《しゅうげき》に、どうしろっていうんだ。イモジェンすら守れなかったのに……おれから離《はな》れていれば、安全なはずだったのに……」吐《は》きだせなくなった息をのみこみ、目を見ひらいた。「お、おれには……とても……」

ハーロウが肩《かた》に腕《うで》をまわし、おれを引きよせた。前にも一度、海賊《かいぞく》の元へ向かう前の晩《ばん》におれの恐怖《きょうふ》を察し、こうして抱《だ》きしめてくれたことがあった。父親が子どもを抱くような慈《いつく》しみが、いまのおれには必要だった。

事前に策《さく》を練ってはいたが、ついに戦争だと思うと、ふるえがくる。父上は王になる前に何度か実戦を経《けい》験《けん》していた。その父上が争いごとをひどく恐《おそ》れたわけが、ほんの少しだがわかってきた。父上が敵国《てきこく》の要求にあらがわなかったのは弱いからだと勝手に決めつけていたが、それはちがうのかもしれない。戦争は犠牲《ぎせい》をともなうものだと知っていたから、あえて、あらがわなかったのだろう。

今回カーシア国が応戦《おうせん》すると決めたら、やはり犠牲はさけられない。戦争に犠牲はつきものだ。おれ自身にふりかかる犠牲なら察しがつくが――。だが、選択《せんたく》の余地《よち》はかぎられている。とにかく、おれに剣《けん》をふるう力があるかぎり、白旗をあげるつもりはない。

ハーロウは、おれが身を引くまで抱きしめてくれていた。おれは頭がすっきりし、覚悟《かくご》を決めた。

敵国に囲まれ、勝ち目がないのなら、華々しく散るしかない。

「わかった」おれはハーロウにつげた。「一時間後に、おれの計画を説明する。関係者を全員集めてくれ」

2

右隣《みぎどなり》には侍従長《じじゅうちょう》のカーウィン卿《きょう》、左隣にはアマリンダ姫《ひめ》、さらに首席評議員《ひょうぎいん》のハーロウと、モットとトビアスが謁見室《えっけんしつ》の広いテーブルについていた。トビアスは平《ひら》の評議員としてここにいるのだが、実際《じっさい》はおれが王になってからずっとそばでささえてくれている。今回も助言がほしくて、同席してもらった。このメンバーだけでじゅうぶんだ。まずは、しっかりとした方針《ほうしん》を定めなければならない。

おれにうながされ、カーウィン卿が身を乗りだした。「アベニア軍が西から侵攻《しんこう》してきた。数千名規模《きぼ》の兵力で、容赦《ようしゃ》ない猛攻《もうこう》をしかけてくると思われる。わが国にとっては最大の脅威《きょうい》だ。わが国のスパイからの情報《じょうほう》によると、ジェリン軍にも動きがあるらしい。北部の国境《こっきょう》を突破《とっぱ》されるのは、なんとしても防《ふせ》がねばならん。ここはバイマール国の騎兵隊《きへいたい》が助けてくれるであろう」

「もしバイマールの騎兵隊が応援《おうえん》にかけつけてくれれば、ですわね」と、アマリンダ姫が声をあげた。「わたくしの祖国《そこく》バイマールはきっと応《おう》じてくれます。ですがそのためには、カーシア国が襲《おそ》われていることを、なんとしてもつたえなければなりません」

「メンデンワル軍のことも考えませんと」と、モットも口をはさんだ。「まだ攻《せ》めてきてはいませんが、わが国のスパイはハンフリー王がすでにカーシア侵攻を命じたと確信《かくしん》しています」

メンデンワル軍まで襲《おそ》ってくるとは――。三つの隣国《りんごく》のうち、メンデンワル国はもっとも文明が進んでいて、非攻撃的《ひこうげき》で、国同士のつきあいが長い。おれはハンフリー王と多少因縁《いんねん》がある。子どものころ、ハンフリー王に決闘《けっとう》をもうしこみ、王の太ももを切ったことがあるのだ。けれど、まさかそれで戦争をしかけてくるとは思えない。決闘になったのも、もとはといえばハンフリー王が平民出身の母上を王族にふさわしくないと非難《ひなん》したせいだ。

ハンフリー王が侵攻《しんこう》を命じたという知らせにいちばんつらい思いをしているのは、侍従長《じじゅうちょう》のカーウィン卿《きょう》にちがいない。カーウィン卿とハンフリー王は長いつきあいで、友といってもいい仲だったのだ。アベニア国も悩《なや》ましいが、メンデンワル国も同じくらい悩みの種となってしまった。仮《かり》に敵《てき》がメンデンワル国だけだとしても、総《そう》攻撃をかけられたら持ちこたえられないだろう。

おれはくちびるを引きむすび、カーウィン卿を見た。「なぜメンデンワル国が？　おれが死んだと父上がうそをついていたからか？　それとも、まだなにかあるのか？」

「謝罪《しゃざい》と釈明《しゃくめい》の手紙は、すでに何度も送っております」と、カーウィン卿。「しかし、ことごとく黙殺《もくさつ》されました」

「メンデンワル軍を敵にまわすわけにはいかない。アベニア軍の三倍の規模《きぼ》はあるんだぞ」

「きちんと説明すればわかってもらえるのでは？」と、トビアスが声をあげた。「アベニア国のように血に飢《う》えていないし、ジェリン国のように財宝《ざいほう》ねらいでもないですし」

それはそうだが、参戦したのには理由があるはずだ。しかし、それがわからない。おれは、カーウィン卿のほうを向いた。「メンデンワル国のハンフリー王をここへ連れてこられないか？」

「どうやってです？　わたしの手紙にすら答える気がないというのに」

「メンデンワル国に出向いて、友情《ゆうじょう》にうったえるんだ」こんな無茶な頼《たの》みごとは、できればしたくない。長旅になるし、いまやメンデンワル国は敵だ。「危険《きけん》を承知《しょうち》で頼む」

カーウィン卿は、なぜかふっと顔をほころばせた。「陛下《へいか》、もしあなたさまから学んだことがあるとしたら、それは危険な橋のわたり方ですな」

「ありがとう、カーウィン卿」この件《けん》はかたづいたので、おれはモットのほうを向いた。「おれとモットはイモジェンを助けだす。イモジェンが拘束《こうそく》されているアベニア軍のキャンプを探《さが》しあてて――」

「それはなりません」

「えっ？」

モットはひるまなかった。「なりませんぞ、陛下。わたしが救出に向かいます。わたしひとりで、あるいは戦闘《せんとう》部隊を丸ごと連れていけとおっしゃるのなら、部隊を引きつれて。ですが、陛下はアベニア軍のキャンプに近づいてはなりません」

「おれも行く！」モットはおれに反対するのが使命なのかとよく思う。だとしたら、さぞ満足しているだろう。おれが決めたことなら、どうでもいいようなことでも――夕食に青い上着ではなく、灰色《はいいろ》の上着を着るといったことでも——きっと理由をこじつけて反対するのだから。

「敵《てき》は陛下《へいか》が助けにくると見越《みこ》しています。これは罠《わな》ですぞ」

「それにおれが気づいてないとでも？」

「陛下はこれまで窮地《きゅうち》を切りぬけてきたので、今回も切りぬけられるとお考えなのでしょうが、今回はちがいますぞ。敵は、陛下のことを知ったうえで罠をしかけているのです。敵陣《てきじん》に乗りこんだら、生きてはもどれません」

おれははげしく首をふりながら立ちあがった。「罠をしかけているのなら、モットが行っても危険《きけん》だ！」

「危険は承知《しょうち》のうえです」

「おれは承知しない！　おれをねらった罠に、みすみすはまりに行くなんて！　おれの代わりにおまえが死ぬのはゆるさない！」

三週間前に出ていって以来、ローデンからはなんの音沙汰《おとさた》もない。死んでしまったのかもしれない。そして、今度はイモジェンまでも——。これ以上、友の身になにかが起きるなんて、考えただけでぞっとする。もしモットがそれを本気でわかってくれれば、文句《もんく》をいわずにしたがってくれるだろうに。

こっちはいらついているのに、モットはあくまで冷静にくちびるをなめていった。「ジャロンさま、わたしのもっとも重要な任務《にんむ》はあなたさまをお守りすることです。身代わりになれるのなら、喜んでなります。あなたさまのもっとも重要な任務は、この国を守ることです。イモジェンを守ることではありません」

おれの怒《いか》りに火がついた。「いまさらそんな説教するな！　ずっと国を守ってきたのは、どこのだれだ！　おれは任務を果たすために行方《ゆくえ》をくらまし、任務を果たすためにもどってきた。この戦争だって、王の任務だから戦うんだ。任務をおしつけられるたびに、本心ではいやでも応《おう》じてきた。でも今回だけちがう。おれも行く！」

部屋が静まりかえった。アマリンダ姫《ひめ》がうつむくのが、目の隅《すみ》にうつる。すぐに、まずいことをいってしまったと後悔《こうかい》した。アマリンダ姫との結婚《けっこん》も、王としての務《つと》めでしかない。

トビアスが咳《せき》ばらいをして、注意をひいた。「モットのいうとおりですよ、ジャロンさま。ローデンにもどってくるようにいうべきです。アベニア軍のキャンプには、ローデンを送りこめばよろしいのでは」

また全員が沈黙《ちんもく》した。例の口論《こうろん》のあと、おれは公《おおやけ》の場ではあえてローデンの名前を出さないようにしている。今夜もそのつもりだ。

「ローデンは、イモジェン救出と無関係だ」おれは、かたい口調でいった。

これで、おれがイモジェン救出に向かうことが決まった。しかし、トビアスはなおもいった。「口論の原因《げん》がなんであれ、ローデンはいまも警護隊《けいごたい》の総《そう》隊長なんですよ。戦争になったら呼《よ》びもどすべきです」

ありがたいことに、モットが代わりにいってくれた。「本人が率先《そっせん》して戦うつもりなら、そもそも出ていかなかっただろう。その件《けん》は、もういうな」

おれは深呼吸《しんこきゅう》して、つづけた。「あとは、どうやってアマリンダ姫を守るかだな。イモジェンが拉致《らち》されたのは、つかまえやすかったからだ。姫《ひめ》まで危険《きけん》にさらすわけにはいかない」

姫は自分がねらわれるとは思っていなかったのか、おどろいて目を見ひらき、トビアスをちらっと見た。トビアスがこわばった顔でほほえみかける。また視線《しせん》をもどした姫に、おれはいった。

「ドリリエドを戦場にはしたくないが、もし姫がここにいると知ったら、敵《てき》はこの城《しろ》をまっさきにねらってくる。姫、あなたには、もっと安全な場所に移《うつ》ってもらう」

「ファーゼンウッド屋敷《やしき》はどうです」と、トビアスが提案《ていあん》した。「いざとなれば、秘密《ひみつ》の通路にかくれられますし」

「それなら、バイマール国の家族の元へ向かいたいわ」と姫がいった。「バイマールの援軍《えんぐん》を送りこんでもらわなければ。わたくしなら、だれよりも話をきいてもらえるわ」

「でもバイマール国に行くには、ジェリン国かアベニア国をつっきることになる」どちらも安全とはいえない。

姫はひるまなかった。「それでも行かなくては。アベニア国をつっきるのがいちばん早いわね。イゼルから船に乗れるから。護衛《ごえい》をつけてもらえれば、無事に通りぬけられるわ」

おれは姫にほほえみかえした。姫は思っていた以上に勇敢《ゆうかん》だし、いっていることももっともだ。姫の祖国《そこく》バイマールは、姫の頼《たの》みなら、ためらうことなく応《おう》じるだろう。

「あなたさまをお守りできる規模《きぼ》の護衛をつけますと、まちがいなく目をひきますぞ」と、カーウィン卿《きょう》が注意した。「アベニア国に入ったら、ますます目立ちます」

「そのとおりです」と、モットが身を乗りだして手を組んだ。「姫さま、遺憾《いかん》ながら、護衛の付き人はできるだけ地味にしたほうが安全なのです」

「じゃあ、ぼくですね」トビアスがあっさりと志願《しがん》した。〝兵士としては使いものにならない〟という、だれもが知っている事実を、ようやく本人もみとめたらしい。「付き人がぼくひとりなら、姫の護衛とはだれも思いませんよ。ジャロンさま、緊急車両《きんきゅう》を使いましょう」

いつだったかの晩《ばん》、おれもトビアスも疲《つか》れきってまともな話ができず、くだらない雑談《ざつだん》をしたことがあった。〝緊急車両〟とは、〝アベニアの海辺に、どうやったらひそかに舞《ま》いもどれるか〟という、そのときの雑談から生まれたばかばかしいアイデアでしかない。

「緊急車両って？」と、アマリンダ姫。

「病人や貧《まず》しき民《たみ》に援助品《えんじょひん》を運ぶ教会の馬車に似《に》せて作った馬車です」と、トビアスが説明した。「食料と援助物資《ぶっし》しか積んでいないように見えるんですが、じつは二重底になっているんですよ。人がかくれられるしかけになっているんです」

おれは首をふった。「あれは、ただのおふざけだ。真剣《しんけん》に考えた案じゃないし、安全でもない」

「安全ばかり優先《ゆうせん》してはいられないわ」と、アマリンダ姫はいったが、

「きみの場合は安全第一だ」おれはきっぱりとしりぞけた。

「そういうあなたは、カーシア国を守るのに、自分の身の安全を優先したことがあるの？」アマリンダ姫が

反論《はんろん》する。「わたくしは、あなたの腕《うで》にぶらさがるだけのお飾《かざ》りなの？　この窮地《きゅうち》を、なにがなんでもバイマール国に知らせなければならないのよ。それには、わたくしがだれよりも適任《てきにん》だわ」

「きみとトビアスだけで？　たったふたりでアベニア国へ行くっていうのか？」ばかばかしいにもほどがある。

「緊急《きんきゅう》車両は、ただのおふざけじゃないですよ」と、トビアス。「ちゃんと設計《せっけい》して作りましたから」

おれはトビアスのほうを向いた。「作った？　いつ？」

「ジャロンさまが脚《あし》の治療《ちりょう》をしているあいだに。ちゃんと作れることを証明《しょうめい》したかったんです」トビアスは、身を乗りだしてつづけた。「二重底には見えませんよ。あの馬車は姫《ひめ》をかくまってくれます。ぼくが姫をお守りします」

トビアスとアマリンダ姫の案に、おれの心は全面的に反対していた。けれど選択肢《せんたくし》は減《へ》るばかりで、これといった案がないのも事実だ。アベニア軍は、おれと離《はな》れて無関係となったはずのイモジェンを拉致《らち》した。となると、王妃《おうひ》となるべき姫をねらって、どんなまねをするか。考えるのも恐《おそ》ろしい。もし姫がバイマール国の実家にもどれれば、この戦争がどのような結果になろうとも、姫の身だけは安泰《あんたい》だろう。

しかたない。おれは、しぶしぶ許可《きょか》した。「朝までに用意しておけ。フィンクも連れていけ」フィンクというのは、海賊《かいぞく》のキャンプからもどるときに連れてきたアベニア人の少年だ。質問魔《しつもんま》だし、移《うつ》り気だし、呼《こ》吸《きゅう》する合間にもべらべらとしゃべるが、いまでは家族同然の存在《そんざい》だ。姫と同じように守ってやりたい。

トビアスが、いかにも気が重そうにうなずく。おれは、腰《こし》をおろして全員につげた。「時間との勝負だ。カーシア兵は強いが、敵《てき》も強い。戦争がつづくかぎり、敵は日々わが国を侵略《しんりゃく》し、民《たみ》を恐怖《きょうふ》におとしいれる。三国に攻《せ》められたら、持ちこたえるのは至難《しなん》の業《わざ》だ。月単位ではなく、週単位で考えてもらいたい」

全員がうなずきかえす。しかし、どうすれば持ちこたえられるのかは、だれもわからない。ただ、わかるのは、何とかするしかないということだけだ。

「わたしで、お役に立てることはございますか？」ずっとだまってきいていた首席評議員《ひょうぎいん》のハーロウがたずねた。

おれはハーロウのほうを向くと、ゆっくりと息を吸《す》ってから、答えた。「いちばんむずかしい仕事を任《まか》せたい。わが国の津々浦々《つつうらうら》にまで、とくに町はずれの家いえに、あることをつたえてほしい……。首都ドリリエドに逃《に》げこみたい者は、全員受けいれる。町を囲む市壁《しへき》の中へ避難《ひなん》せよ。そのかわり、健康で体力のある男は全員、ドリリエドを守るために戦うこと。戦えない者も、こちらの指示《しじ》にしたがって働くようにとつたえてくれ」

ハーロウは、おれに向かって軽く頭を下げた。「カーシア国のために戦う気のある囚人《しゅうじん》を釈放《しゃくほう》してはどうかと、評議員たちがもうしておりますが」

「コナーもか？」たとえコナーがカーシア国の最後の頼《たの》みの綱《つな》だとしても、ナイフをにぎらせるつもりはない。やつなら死ぬ日まで、〝祖国《そこく》を愛している〟などといいそうだ。ナイフでカーシア兵に切りつけても、国を愛するがゆえの行動だ、などとぬかしかねない。

「もちろん、あの者は釈放《しゃくほう》しません。とくに、いまは、ぜったいに」ここでハーロウは、いいにくそうに咳《せき》ばらいをした。「じつは……あの男が国外の何者かに情報《じょうほう》を流しつづけていたことが、さきほど判明《はんめい》いたしました」

おれは、不審《ふしん》に思って目を細めた。「情報？」

「われわれが阻止《そし》した伝言には、あなたさまとローデン総《そう》隊長との口論《こうろん》がくわしく書いてありました。伝言は、これまでも送られていたと思われます」

「その伝言をわざと送らせて、追跡《ついせき》しろ。コナーの連絡《れんらく》相手をつきとめたい」

「かしこまりました。陛下《へいか》がアベニア軍のキャンプから無事におもどりになるまで、ドリリエドはだんじて敵《てき》にわたしません」

〝無事〟にもどるまで――。おれは目をふせた。ふたたび視線《しせん》をあげると、心配そうに顔をくもらせたアマリンダ姫《ひめ》と目があった。姫は口をひらきかけたが、カーウィン卿《きょう》が先にいった。

「陛下、あなたさまの危険《きけん》な行動については、もうなにもいいますまい」疲《つか》れた声だ。「いってもむだだとわかっておりますゆえ。しかし危険をおかすのであれば、話しあっておかねばならないことがあります。われわれは、全力であなたさまをお守りしますが――」

「おれをねらった罠《わな》だから、どうなるかわからないよな」

カーウィン卿は身を乗りだした。「あなたさまのご家族が亡《な》くなったあと、カーシア国は後継者《こうけいしゃ》をめぐって、あやうく内戦になるところでした。危険を承知《しょうち》で出かけるのなら、後継者を指名していただきます」

おれは、姫のほうへうなずいた。「もちろん、アマリンダ姫だ」

しかし、姫は首をふった。「後継者はカーシア人でないと。わたくしではなくて」

「なにをばかな。生まれはちがっても、いまのきみは、おれと同じカーシア人だ」

「わたくしは国同士のとりきめによって、この国に来ただけよ」姫は小声でいった。「カーシアの民《たみ》は、わたくしを王妃《おうひ》としては受けいれても、後継者としてはみとめないわ」

「おふたりとも、お若《わか》くていらっしゃる。別の方法もありますぞ」カーウィン卿は、おしつけがましくならないように気をつかっていた。「正式にご結婚《けっこん》なされば、アマリンダ姫は女王となります。そうすれば、王にもしものことがあって、女王である姫が国をおさめることになっても、だれも文句《もんく》をいえますまい」

結婚――。おれも姫も、ずっと考えることをさけてきた。どう答えればいいかわからず、びっくりして顔を見あわせた。おれたちより若い年齢《ねんれい》で結婚した王族の例はある。たいていは、いまのような絶体絶命《ぜったいぜつめい》の危機《きき》に直面したときだ。とはいえ、あまりにも急だ。早くなにかいわなければならない。それは、わかっている。でも、言葉がのどに引っかかって出てこない。

ぐずぐずしているうちに、アマリンダ姫が先に口をひらいた。「そこまでする必要はないわ。ジャロンは、無事にもどってくるもの」

「いや、もどれないかもしれない」そうでないふりをするのは、愚《おろ》かだ。それに、カーシア国には、なにがあろうと、上に立つ者が必要だ。「おれたちは結婚《けっこん》するべきだ。今夜にでも。きみが女王になれるように」

3

乗り気とはいえないが、おれが提案《ていあん》を受けいれたので、全員の視線《しせん》がアマリンダ姫《ひめ》に集まった。姫はおどろいておれを見つめてから、静かにいった。「少しのあいだ、ふたりきりにしてもらえないかしら」

全員、うやうやしくおじぎをして出ていく。おれは姫の手をとった。だが目をあわせる勇気はなく、ひたすらその手を見つめていた。海賊《かいぞく》の元からもどってきてから、姫とはうまくやってきたつもりだ。しかし急に結婚などといわれたせいで、昔のようにぎこちなくなっていた。

「こんな結婚は、きみが望んでいることじゃないし、きみが望む形でないのもわかってる。けれど、ここで結婚しておかないと、おれが後継者《こうけいしゃ》にえらんだ男と結婚するはめになる。きみを何度もそんな目にあわせたくないんだ」

「でも、もどってきてくれるんでしょ」おれが返事がわりに肩《かた》をすくめてうつむくと、姫は不安そうな声でさらにいった。「ジャロン、この戦争で死ぬつもりなの?」

手に力をこめた。いつも思うのだけれど、姫の肌《はだ》は、なぜ、こんなにやわらかいのだろう。「こんな危険《きけん》に直面してるんだ。降伏《こうふく》する前に戦死すると思う。勝利への道は見えないし」

「きっと切りぬけられるわよ。いつもそうだったじゃない」

「カーシア国は生きのびるかもしれない。でも、おれの人生は、長生きするようにはできてないんだ」

姫《ひめ》がおれの手をにぎりしめる。

「おたがい、結婚《けっこん》を望んでいないのはわかってるよ。でも、きみは正式に王妃《おうひ》になるべきなんだ」おれはにやりとして、つづけた。「きみが王座《おうざ》についたら、椅子《いす》がやけに大きく見えるだろうな」

しかし、姫はにこりともしなかった。「やめて！　じょうだんでも、そんなことはいわないで！」深く息を吸《す》う。「おたがいの気持ちがどうであれ、あなたはわたくしにとっても、カーシアのすべての民《たみ》にとっても、大切な人よ」

そういってくれるのはうれしいが、姫の言葉には、おれへの気持ちがあらわれていた。友情《ゆうじょう》はあるが愛情《あいじょう》はないと、遠まわしにいっている。

アマリンダ姫は、あいている手をおれの手に重ねた。「ローデンのことを教えて。あなたたち、わざと口論《こうろん》したんでしょ」

おれは興味《きょうみ》をひかれて、片方《かたほう》の眉《まゆ》をつりあげた。「なぜ、わかったんだ？」

「だって、人前でしかやりあわないんですもの。モットはすべて知ってるのね」

「うん。きみにも打ちあけたかったんだけど、評議員《ひょうぎいん》たちに対してうそをつかせることになるから、悪いかなと思って」

「なぜ、わざわざ口論したの？」

「きっとだれかが、アベニアのバーゲン王に密告《みっこく》すると思ったんだ。コナーが情報《じょうほう》を流している相手は、バーゲン王かもしれない。そこで考えたんだ。自分を強く見せることができないのなら、いっそのこと弱みをさらけだしてやろうってね」

アマリンダ姫は文句《もんく》をいいたそうな顔をしているが、この〝弱み作戦〟はローデンを連れもどすときにも成功したし、いまさら相談してもしかたない。

「じゃあ、いま、ローデンはどこにいるの？」

この件《けん》についてようやく姫と話ができる。ほっとして、ため息がもれた。いっぽうで、ローデンにどれだけ無謀《むぼう》なことを頼《たの》んだか、あらためて痛感《つうかん》した。「北のジェリン国との国境《こっきょう》。えりすぐりの四十名を連れて、国境近くにあるジェリン国のキャンプを急襲《きゅうしゅう》し、ジェリン軍を国境で食いとめるように命じた」

「無茶よ！　国境はあきらめて、ローデンを連れもどして。あなたはここにいて、ローデンとモットにイモジェンを追わせればいいじゃない」

おれは顔をしかめた。「なぜおれじゃだめなんだ？　なぜおれの命のほうが、ふたりの命よりも貴重《きちょう》なんだ？」

「命の価値《かち》は三人とも同じよ。でも役割《やくわり》の価値はちがうわ」姫は力をこめて、おれの手をにぎった。「イモジェンのことは、実の妹のように思ってる。でもあなたがアベニア軍のキャンプに近づくのは、みすみす身をさしだすようなものよ。戦争が始まる前に負けが決まってしまう。あなただけは、ぜったい行ってはならないのよ」

姫《ひめ》が食い入るように見つめてくる。おれは、がまんできずに目をそらした。どう反論《はんろん》しようと、姫とモットのいいぶんのほうが正しい。イモジェンの無事をこの目でたしかめられないと思うと、腹《はら》の底に穴《あな》があいたような、むなしい気分になる。でもこの数週間は、意識《いしき》して他人の助言をきくようにしている。もともとそういう性格《せいかく》じゃないし、心から信頼《しんらい》できる人たちをそばにおくことに慣《な》れていないが、これまで自分の判《はん》断《だん》だけで動いた結果、二度と味わいたくない痛《いた》い思いをさんざんしてきたからだ。

おれは、姫を見てうなずいた。イモジェンの後を追うのは、あきらめよう。

アマリンダ姫は、ありがとうといってほほえんだ。「もうすぐ戦争よ。戦争にともなう危険《きけん》は、おたがい、わかっている。それでも、すべてうまくいくって信じなければね。すべてうまくいくんだから、わたくしたちの関係はそのままにしておきましょう」

姫と同じくらい、前向きになれたらいいのに。現実《げんじつ》が重くのしかかってくる。「いや、そうはいかない」

不安のあまり見ひらかれた姫の目を、しっかりととらえた。「アマリンダ、きみは婚約《こんやく》にとらわれなくていい。いずれ結婚《けっこん》することになるかもしれないが、あくまでもきみが結婚を望んだらということにする。二国間の約束や義務感《ぎむかん》からではなく、きみがおれを愛せるなら結婚しよう。けれど、カーウィン卿《きょう》の意見も正しい。この戦争では、なにが起きるかわからない。おれがどうなるかもわからない」

「じゃあ、次の国王を選んでおくってことね」アマリンダ姫は声をとがらせないようにしていたが、つんけんするのをかくせなかった。「わたくしは、次期国王と婚約すればいいの？　それとも、わたくしなんて、カーシア国にとって価値《かち》がないのかしら？」

おれは、姫におだやかにほほえみかけた。「きみは、この国の姫なんだよ。だから、きみが、責任《せきにん》をもって、次期国王を選ぶんだ。きみ自身が女王として支配《しはい》してもかまわない。おれは正式にみとめるよ」

「国民が納得《なっとく》しないわ」

「でもおれが命じればハーロウはしたがうし、評議員《ひょうぎいん》たちをまとめてくれる。それにだね、姫さま、きみは民《たみ》に愛されてるよ」おれは姫に尊敬《そんけい》のまなざしを向けると、背《せ》もたれによりかかり、姫と比《くら》べて欠陥《けっかん》だらけの自分を軽く笑った。「きみが王になれば、みんな、ほっとするんじゃないかな」

姫はだまってじっくりと考えた。「じゃあ……わたくしが結婚したくなったときは、どうするの？」

「そのときは、カーシア人から選んでくれさえすればいい」また強く手をにぎった。「きみにふさわしいだれかを」

「王冠《おうかん》なんていらないと思ったら？」

「そのときは、王にふさわしい人物に地位をゆずって、王の座《ざ》からおりればいい」

その一言で、肩《かた》の荷がおりたらしい。姫は背筋《せすじ》をのばしてうなずき、しばらく沈黙《ちんもく》が流れた。もしおれに勇気があれば、約束のあかしにキスするところだ。しかしおれはそうしなかった。姫も、キスがないことを意識したにちがいない。

立ちあがり、姫《ひめ》を部屋まで送っていこうとした。が、ドアの外にモットが立っていた。やつれた顔にけわしい表情《ひょうじょう》をうかべ、腕《うで》を組んでいて、いつもより大きく見える。おれを通す気がないのはあきらかだ。トビアスもそばにいたので、姫のことを頼《たの》んだ。

姫とトビアスが立ちさる前から、きつくしかられる予感がして、げんなりした。まるで元家庭教師《きょうし》のグレーブス先生と、父上と、教会の司祭たちにいっせいに、おれの数かずのあやまちを責《せ》めたてられるような気分だ。

「お話があります」モットが切りだした。

おれはうんざりして、天をあおいだ。「けんかはしたくない」

「わたしはけんかなどいたしませんが、あなたさまはつねにだれかにふっかけておられますな」

たしかにそうだ。おれは肩《かた》をすくめ、室内にもどった。背後《はいご》でドアがしまる。おれはモットのほうを向き、たったいまアマリンダ姫と決めたことについて説明しようとした。

ところがモットはいちはやくおれをとめると、手をひろげた。にぎりしめていた紙はくしゃくしゃで、ローデンの四角ばった文字が見える。よかった。ローデンはまだ生きている。少なくとも、このメモが書かれた時点では。

「いつとどいた?」

「まだ十分もたっていません。ローデンの使者は、ジェリン国から命からがら逃《に》げてきたといっていました」

「中身は読んだか?」

「はい」表情からすると、良い知らせではないらしい。「ローデンの部下たちはジェリン国にしのびこむことに成功し、国境《こっきょう》ぞいにあるジェリン軍のキャンプで戦いました。そのあと罠《わな》をしかけ、わが国に侵入《しんにゅう》しようとしていたジェリン軍の第一陣《じん》をほぼ食いとめたのですが……」モットは、さらに顔をくもらせた。「ローデンがこの知らせをよこしたのは、敵《てき》の第二陣が来ると踏《ふ》んだからです。残りの敵兵もせまっています」

ジェリン軍は数百名か。いや、数千名か。「ローデンの部下は何人生き残ったか、書いてあるか？」

「十八名です」

四十名中、十八名か。半分以上が犠牲《ぎせい》になったことを思うと、心が痛《いた》む。生き残った者は、まさにカーシア最強の兵士だ。それでも、生きのびる可能性《かのうせい》は低い。すでに全員、戦死したかもしれない。

モットは、ローデンのメモをさしだした。「陛下《へいか》に援軍《えんぐん》を率《ひき》いてこっちに来てくれといっています。敵を食いとめるにはそれしかないと」

ローデンのメモをざっと読んだ。まともに学校に通ったことがないので誤字《ごじ》が多く、字も下手だが、今回はそれがありがたかった。まちがいなくローデン本人の手紙だとわかる。「ローデンは援軍を送ってくれとはいってるが、おれに連れてこいとはいってない。あんたが、おれに行ってほしいんだろ？　イモジェンが捕《と》らわれているアベニア軍のキャンプではなく、数千名のジェリン軍との戦いに」

「いえ、そういうわけでは。あなたさまには、戦争が終わるまで、物置にずっとかくれていてほしいと思っています。しかし、史上最強の錠前《じょうまえ》をもってしても、あなたさまをとじこめておけないことは、経験《けいけん》上わかっておりますので」からかうような響《ひび》きがある。モットは一瞬《いっしゅん》ためらったあと、真剣《しんけん》な口調にもどった。「敵《てき》がイモジェンを拉致《らち》した理由は、ひとつしか考えられません。陛下《へいか》自身が追ってくると計算しているのです。ジャロンさま、敵がなにをたくらんでいるにせよ、ぜったい恐《おそ》ろしい目にあいます。どうしてもどちらかに行くというのなら、陛下には、ぜひ、国境《こっきょう》へ向かっていただきたい」

幸いにも、おれの心はすでに決まっていた。そうでなければ、意地をはって口論《こうろん》をふっかけるところだ。「わかったよ、モット。今回は、あんたの勝ちだ。でも、いつも勝てるとは思うなよ」そして、胸《むね》をしめつけられる思いでつけくわえた。「頼《たの》む、約束してくれ。どうかイモジェンを——」

「全力をつくすということ以外、お約束はできません」モットは緊張《きんちょう》して、くちびるをなめた。「陛下こそ、どうか、お約束を」

「おれも約束はできない」おれは、ひきつった笑みをうかべた。「とにかく、この戦争の行く末をいっしょに見とどけよう。それが、おれたちの任務《にんむ》だ」

4

翌朝《よくあさ》――。カーシア警護隊《けいごたい》の二百名からなる連隊が、北のジェリン国との国境へと出発した。もっと送りこみたかったが、東から進撃《しんげき》してくるメンデンワル軍にも兵士をさき、広大なファルスタン湖へ監視《かんし》部隊も送らなければならない。首都ドリリエドを守る兵士も必要だ。カーシア国の兵力はすでに分断《ぶんだん》されていて、兵力のやりくりは限界《げんかい》にたっしていた。出発する連隊をどうどうと胸をはって見送ったが、わが軍に生きのびるチャンスなどあるのかと内心はゆれていた。

そのあと、庭にいたトビアス、アマリンダ姫《ひめ》、フィンクと合流した。姫たちがせめて国境までは無事に行けるよう、アベニア国の手前までいっしょに旅するのだ。国境で別れたあとは、愛馬ミスティックでジェリン国との国境へ向かうつもりだった。あとは、姫が祖国《そこく》バイマールにたどりつくまで、悪魔《あくま》が悪さをしないように祈《いの》るしかない。

庭では、例の〝緊急車両《きんきゅうしゃりょう》〟に衣服と毛布《もうふ》と食料を積んでいるところだった。トビアスが荷物の箱のほうへ頭をかたむけた。「道中、飢《う》えや寒さに悩むことだけはなさそうです」

おれは、いたずらっ子のようににやりとした。「寒さは問題ないが、食料は口をつけないほうがいい。アヤゴール入りだぞ」トビアスのうめき声からすると、アヤゴールについて知っているらしい。アヤゴールというのは、おれが以前暮《く》らしていた孤児院《こじいん》の近くに大量に生えていた雑草《ざっそう》だ。あのころは、たいくつになると、よくアヤゴールをいたずらの道具にした。アヤゴールをほんの少し食べただけで、まちがいなく丸一日吐《は》くことになるのだ。孤児院にいたころ、ターベルディ夫人にとことんきらわれたのは、夫人にこっそり食べさせていたのがばれていたせいか。ふいに気づいて、納得《なっとく》した。

アマリンダ姫《ひめ》は素知《そし》らぬ顔をしようとしていたが、がまんできずにくすっと笑ってしまった。「アベニア国は、カーシア国の王と戦っているつもりなのよ。それなのに、その王が幼稚《ようち》ないたずらをしかける子どもだと知ったら、腰《こし》をぬかすわね」

「だよな？」と、おれはフィンクにウインクしてほほえみかけた。フィンクは、すでに声をあげて笑っていた。

荷物を積みおわるとすぐに、おれはアマリンダ姫、フィンク、トビアスとともに、きゅうくつな馬車に乗りこんだ。快適《かいてき》な旅とはいえないだろうが、もし国境《こっきょう》でとめられても、カーシア国の未来の女王どころか、客が乗るなどありえない、ただの荷馬車だと思わせなければならない。荷台の端《はし》にある小さな長いすにおれと姫がならんですわり、フィンクとトビアスはその前の床《ゆか》にすわった。

さっそくフィンクがトビアスにしゃべりかけ、結局ドリリエドを囲む壁《かべ》の門をぬける前に、少なくとも二十回はたしなめられることとなった。なぜトビアスは、フィンクをだまらせようとするのだろう？　フィンクに質問《しつもん》をやめさせるのは、海をせきとめるようなものなのに。フィンクは緊張《きんちょう》したり、興奮《こうふん》したり、退《たい》屈《くつ》したりすると、しゃべらないではいられない。起きているあいだじゅう、しゃべりまくるのだ。とうとうトビアスはきいているふりをするのをやめ、前を向いた。表情《ひょうじょう》や動作のひとつひとつに不安があらわれていて、心配をつのらせているのがわかる。

そんなトビアスに、アマリンダ姫はほほえみかけた。これからいろいろあるだろうが、あなたならきっとだいじょうぶとはげましているのだ。トビアスも、うれしそうにほほえみかえす。そんな無言のやりとりのあと、姫が目をそらしてからも、トビアスはずっと姫を見つめていた。むりもない。姫は日ごとに美しくなっている。たとえ目が見えなくても、気配で感じとれるくらいだ。

とうとうフィンクが質問をしつくして、だまりこんだ。しゃべりつづけてくれたほうがよかった。静かになると、不安におしつぶされそうになる。頭の中はきのうと変わらずぐちゃぐちゃで、さしせまった問題に集中しようとしても、別の問題が頭をもたげてくる。重圧《じゅうあつ》に耐《た》えきれず、歩いたり、よじのぼったり、とにかくなにかしたくなった。ほこりっぽい道をガタゴトと走る、きゅうくつな馬車にただ乗っているのはつらい。

体を動かしたくて、手と足をのばした。おれが落ちつかないのを見て、姫がおれの手をにぎり、指をからめてきた。「いったん国境を越《こ》えれば、バイマール国までわずか数日よ。それまでジェリン軍を食いとめられれば、バイマール軍が助けにかけつけるわ」

「ジャロンさまもいっしょに来ればいいのに」フィンクはうつむいたが、すぐに顔をあげた。「ジャロンさまと姫に結婚《けっこん》してほしいって、カーウィン卿《きょう》がいったそうですね。なぜ、結婚しなかったんです？」

いったい、だれからきいたのか？　あの部屋にいた召使《めしつか》いのだれかが、しゃべったにちがいない。うるさいとフィンクをしかろうとしたが、アマリンダ姫《ひめ》が声をあげて笑った。「ふふっ、結婚式《けっこんしき》について、なにも知らないのね。出陣《しゅつじん》直前の馬に乗ったジャロンと祭壇《さいだん》の前にならべと？　わたくしの結婚相手は、となりに立つ馬になっちゃうわ」

姫が、おれを見てほほえむ。おれは姫のいった光景を想像《そうぞう》し、大笑いした。フィンクも笑いだしたので、さらに笑いがこみあげてくる。しかしちらっと見たら、トビアスだけは両手を組みあわせ、視線《しせん》を落として親指をまわしていた。

「うまくいくって。ほら、元気を出せよ」

と声をかけると、希望のこもった笑みを見せてくれたが、どこかうつろだった。なにか、なやんでいるらしい。ここでいえるようなことではないようだが。

しばらくすると、もうすぐアベニア国だと御者《ぎょしゃ》がいったので、人目につかない場所で馬車をとめるように命じた。馬車がとまると全員おりて、荷物もおろし、床《ゆか》を引きあげた。二重底の空間は思っていたよりもせまかったが、広ければ外見でばれてしまうだろう。

「三人そろっては入れないな」

とトビアスにいうと、トビアスはだまってフィンクを指さした。直前になっておれがフィンクも連れて行けといったせいだといいたいらしい。二重底をひろげるのは可能《かのう》だとしても、その時間がなかったのだ。

「なんとかするしかないわ」と、姫。

「ぼくが荷台に出ますよ」トビアスがもうしでた。「最優先《さいゆうせん》は姫の安全ですから。フィンクはアベニア国からバイマール国への案内役ですし」

「だめよ。全員で国境《こっきょう》を越《こ》える方法を考えないと」と、姫が反対する。

「じゃあ、おれが出ますよ」とフィンクがいいだし、全員にとめられたが、ひときわ大きな声でつづけた。「おれはアベニア人だし、ガキだから、敵《てき》もきっと油断《ゆだん》するって」そして、おれのほうを向いた。「そうですよね、ジャロンさま」

おれは、熱いものがこみあげてきた。「フィンク、危険《きけん》なのに……おまえは、おれにとって家族同然なんだぞ」

フィンクの目が涙《なみだ》で光る。「じゃあ、おれは王子みたいなもんですね。王さまが国のためにすべてを投げうつんだから、王子だってそうしなくっちゃ」

身を切られるようにつらかったが、おれはフィンクに向かってうなずいた。「アベニア兵は、たぶんこの馬車を調べるだろう。家に帰るとちゅうで乗せてもらったことにしろ。ぜったい、ワインの箱に気づかせるんだぞ。アルコールがきついから飲んじゃだめとでもいっとけ」

「そういわれると、よけい飲みたくなるわよね」アマリンダ姫はピンときて、顔をかがやかせた。「アヤゴールをたくさんまぜたの？」

「ああ、一週間は吐《は》きつづけるな」

先にトビアスが二重底にもぐりこみ、姫のために体をよせて場所をあけた。

姫《ひめ》がおれにささやいた。

「わたくしがカーシア国にやってきたのは、それが家同士の約束だったし、国としての協定を結んでいたからにすぎない。けれどいま、わたくしの心はこの国とともにあるわ。かならずもどってくるから」

「じゃあ、すぐに会えるな」おれはアマリンダ姫のほおにキスし、心をこめて抱《だ》きしめた。別れぎわ、姫の目にうかんだ不安を少しでもやわらげたくて、よゆうの笑みをうかべもした。しかし本音をいえば、おれもかなり不安だ。

姫が二重底にもぐりこむのを手伝った。ふたりともおさまるには、トビアスに抱きかかえられるように寝《ね》そべるしかない。姫が頭を楽に休ませられるよう、トビアスが片方《かたほう》の腕《うで》を枕《まくら》がわりにのばした。ここにフィンクまでもぐりこむのは、やはりむりだ。

ふたりがなんとか入ったあと、命がけでアマリンダ姫を守るよう、トビアスに念をおした。トビアスは全力をつくすと約束したが、一度もおれのほうを見なかった。きゅうくつで不自然な姿勢《しせい》だから、苦しくてこっちを向けないのか？　それとも、姫の体がぴったりとくっついていて気づまりなのか？　緊急《きんきゅう》の場合は体の下にある別のドアをあけて出られるしかけになってはいるが、かくれているあいだはせまい空間でがまんするしかない。

馬車に乗りこむ前にフィンクは立ちどまると、おれのほうをふりかえった。「ジャロンさま、おれ、こわいよ」

そう、危険《きけん》きわまる旅なのだ。その気持ちは、よくわかる。ふと、フィンクをはげます方法を思いついた。

もともと、前から考えていたことだ。おれは剣《けん》を引きぬいて、立ったまま背筋《せすじ》をのばすと、「ひざまずけ」とフィンクに命じた。

フィンクはとまどってこっちを見あげたが、おれにうながされてひざまずいた。おれは剣でフィンクの右《みぎ》肩《かた》に、つづいて左肩に軽くふれた。「カーシア国の王、およびアトーリアス家の長として、おまえをわが家の一員とし、ナイト爵《しゃく》をさずける」

「ええっ、ほんとに？」フィンクは、いままで見たことがないほど晴れやかな顔でほほえんだ。「おれ、りっぱな騎士《きし》になります」

フィンクが立ちあがる。おれは剣を鞘《さや》におさめた。「本当の儀式《ぎしき》はもっと長いんだが、どうせおまえはすわっていられないだろ。とりあえず、これでいい。おまえの任務《にんむ》は、姫を守ること。そのために強くなれ。おまえなら、きっとできる。姫を祖国《そこく》に無事に送りとどけてくれ。こわがるんじゃないぞ」

「騎士にしてくれて、おれ、ほんとにうれしいです。でも、さっきこわいっていったのは、そういう意味じゃなくて……。ジャロンさまのこれからを思って、こわくなったんです」

おれのこれからを思って、とは——。いま、おれが恐怖《きょうふ》を感じているのは、重大な危機《きき》にさらされたカーシア国と身近な人びとのことを案じているからだとばかり思っていた。しかしほんとうは、フィンクと同じようにおれも、自分のこれからを思ってこわくなっているのかもしれない。

おれのためにもおまえのためにも勇気をだしてくれとフィンクにつげると、馬車のドアをしめ、御者《ぎょしゃ》に出発するように命じた。

馬車が走りさると、すぐにミスティックにまたがり、一秒でも長く馬車を見送っていられる場所へ移動《いどう》する。やがて馬車が見えなくなり、土ぼこりもおさまった。次に馬車がとまるのは、アベニア国との国境《こっきょう》だ。その国境では、アマリンダ姫《ひめ》をつかまえれば巨額《きょがく》の報奨金《ほうしょうきん》をもらえる兵士たちが待ちかまえている。

こうして姫の運命は、自分の影《かげ》すら剣《けん》で切りつけられない評議員《ひょうぎいん》と、両手でもまともに剣をかまえられないガキの騎士《きし》にゆだねられた。

5

半月峠《はんげつとうげ》はジェリン国のけわしい山脈をつっきる細道だ。半月の形をしているためにその名がついた。ジェリン国とカーシア国を結ぶ山道はこれしかない。

ジェリン国は昔から峠の入り口に小さなキャンプをもうけ、三百名ほどの守備《しゅび》部隊をおいている。その部隊から兵士を少しずつおびきだし、捕虜《ほりょ》にして、じょじょに国境全体を支配下《しはいか》におくのが、ローデンの任務《にんむ》だ。それをやりとげ、新たなジェリン兵を待ちぶせするはずだった。

どの時点から歯車がくるったのだろう？　ローデンからの伝言には、ジェリン軍のキャンプを制圧《せいあつ》し、峠にさしかかったジェリン兵の第一波と戦って持ちこたえたとまで書いてあった。しかしその結果、部下は十八名にまで減り、しかも敵《てき》の第二波がせまっているという。

峠の戦場が見える位置まで、たどりついた。あとは、今朝送りこんだ連隊が風向きを変えてくれるのを祈《いの》るのみだ。

ジェリン軍のキャンプに近づくにつれて、剣がぶつかりあう音や、兵士の悲鳴、汗《あせ》と血のにおいが一気におしよせてくる。そくざに剣を引きぬき、向かっていった。

戦いの山場はすでに越《こ》したようだ。おおぜいのカーシア兵が、見るも無惨《むざん》にたおれている。兵士たちを送りこんだのは、このおれだ。犠牲者《ぎせいしゃ》たちから目をそらし、しかたないと割《わ》りきることなど、できるはずがない。

太陽がふたたびのぼる前に戦いのめどをつけなければ、負けが決まり、兵士たちの死がむだになってしまう。夕闇《ゆうやみ》にまぎれて、ジェリン軍のキャンプに侵入《しんにゅう》した。革服《かわふく》のジェリン兵とわが軍との戦闘《せんとう》を見てとるだけの明かりは、まだ残っている。わが軍のほうが優勢《ゆうせい》のようだ。しかし、とうぶん決着はつきそうにない。食事と休息用の建物の列が、勇敢《ゆうかん》な兵士には戦いの場に、弱腰《よわごし》の兵士にはかくれ場になっている。切りたった山の斜面《しゃめん》がせまっていて、ところどころに戦場を見おろせる岩棚《いわだな》があった。

できるだけ戦場の中心に入りたかったが、馬が一頭もいない柵《さく》囲いに近づいた時点で、早くも戦闘に巻《ま》きこまれてしまった。

数週間前にローデンとともに城《しろ》を出た兵士が戦っていた。きちんとあいさつをかわすひまはないが、おれが加勢《かせい》したせいで、おたがい一息つけた。

「ローデンはどこだ？」死んだという返事だけは、ききたくない。だが、ローデンがそばにいる気配はない。その兵士は、岩棚のほうへそっけなく頭を向けた。「あの岩棚にでもいるんじゃないですか。どこにいようと、おれたちには関係ないですよ」

「なぜだ？」おれはローデンの姿《すがた》を探し、あたりをざっと見まわした。「あいつは戦っていないのか？」

「いいえ、戦ってますよ。一兵士として。でも、指揮官《しきかん》とはいえないですよ」

もっとくわしくききたかったが、おれもそいつもまた戦いに巻きこまれた。ジェリン兵たちは戦いには慣《な》れていないが、実力を見くびっていたことを思い知らされた。敵《てき》は剣《けん》ではなく槍《やり》と矛《ほこ》が武器《ぶき》なので、戦略《せんりゃく》を変更《へんこう》する必要がある。するどい先端《せんたん》をふりまわし、つきだすため、接近戦《せっきんせん》はむずかしい。だが、槍は前しか攻撃《こうげき》できないのが弱みだ。そこに気づいてからは、背中《せなか》を向けている敵を狙《ねら》い撃《う》ちし、ほかの敵はできるだけさけるようにした。

戦場の中心へ進むにつれて、カーシア軍のほうが優勢だとわかった。わが軍のほうがあきらかにいきおいがあり、善戦《ぜんせん》している。とはいえ、援軍《えんぐん》の連隊がいなければ、やられていただろう。形勢《けいせい》は有利だが、これ以上死者が出る前に終わらせたい。

前に見える小高い斜面に、カーシア軍の射手《しゃしゅ》たちが半円状《はんえんじょう》に集まっていた。戦場を見わたし、敵を矢で射《い》っている。たしかに射手は貴重《きちょう》な戦力だ。しかし射手たちを守るために、十名以上もの兵士が張《は》りついていた。わが軍は敵の槍に刺《さ》され、多くの犠牲者が出ているのに、もったいない。

おれは射手たちに近づくと、背後《はいご》の岩棚を指さし、周囲の音に負けじと声をはりあげた。「あそこにのぼれ！　あそこのほうが射やすいし、護衛《ごえい》はいらない」

「陛下《へいか》みたいに崖《がけ》をのぼれませんよ」と、ある射手がいった。

「最近はおれもむりだ。いいからのぼれ！」

その射手はうなずくと、仲間についてこいと合図した。射手たちが岩棚をめざして崖をのぼりだす。と同時に、おれは戦場へと飛びおりた。一瞬《いっしゅん》、脚《あし》に痛《いた》みが走ってひるむ。「おい！　総《そう》隊長はどこだ？」

となりにいた兵士が、なれなれしく笑った。「総隊長《そう》っていっても、陛下《へいか》が決めただけですよね。おれたちの隊長じゃない。あいつが総隊長になれたわけも、みんな知ってます」

おれは、思わず立ちどまった。「わけだと？」

「陛下の友だちだからですよね。でも、おれたちにまであいつを信用しろっていうのはむりですよ」

いや、信用するべきだ。むりでもなんでもない。そういいかえしたが、向かってきたジェリン兵たちのさけび声にかき消された。なれなれしく笑っていたカーシア兵が、つまずいてたおれる。が、おれが必死に攻《こう》撃《げき》を防《ふせ》ぐあいだに、起きあがって参戦した。

射手《しゃしゅ》たちは、まだ崖《がけ》をのぼっている最中だ。射手たちからジェリン兵を引きはなすため、おれはキャンプのさらに奥《おく》へと走りだした。

キャンプの建物はどれも小さいが、石と厚板《あついた》でできていた。二列にならんだ建物のあいだには、食事や訓練や行進に使われる広い空間がある。しかし、いまは両軍が入りみだれて戦っているので、前に進めない。右折し、建物と建物のあいだのせまい通路に飛びこんだ。キャンプの裏《うら》に逃《に》げこんで、全体を見わたせる場所へ移動《いどう》したかったのだ。ところが、そこは行きどまりだった。しまった。大失敗だ！

追っ手は思いのほか多かった。つきあたりは便所小屋、その奥は岩肌《いわはだ》のけわしい斜面《しゃめん》だ。よじのぼれない以上、逃げ道はない。しかたなく戦ったが、奥の斜面へと押《お》され、味方からどんどん引きはなされる。

「おまえ、陛下と呼《よ》ばれてたな」ひとりのジェリン兵がさけんだ。「ひょっとして、カーシアのガキ王か？」

「ああ、そうだ。だが、つかまえたと思うのはまだ早い。たかが魚ごときに、誇《ほこ》り高きクマがつかまえられるか？」

いいたとえだと思ったのに、反応《はんのう》はない。かんぺきな皮肉がむだになった。せめてものなぐさめに、大がらな敵《てき》の腹《はら》を深く刺《さ》してやった。さすがにこの一突《ひと》きは、無視《むし》されずにすんだ。

敵がひるんだすきに、槍《やり》がとどかない場所へ行こうと、岩肌をはいあがった。追われたら槍を蹴《け》とばせばいい。石を投げつけるだけでもいい。美しい反撃《はんげき》とはいえないが、そんなことをいっている場合じゃない。

しかし岩棚《いわだな》へあがる寸前《すんぜん》で、弱った右脚《みぎあし》の力がぬけた。便所小屋の屋根にすべり落ち、あやうく地面へ落ちそうになる。もし屋根から転げ落ちていたら、いろいろな意味で残念な結果となっただろう。敵がいっせいにおれの両脚《りょうあし》をつかんで、引きもどそうとする。蹴とばそうとしたが、むりだった。結局、つかまってしまうのか。

そのとき、ききおぼえのある声がした。と、二本の足がぬっとあらわれ、頭上から敵へ石が滝《たき》のようにふりそそぐ。その作戦はおれのほうが先に思いついていたといいたいところだが、だれが実行しようとかまわない。

二本の腕《うで》がのびてきて、おれの腕をつかみ、便所小屋から岩棚へと引っぱりあげる。

おれはにやりとして、その腕の主にいった。「おまえが味方にいてこのざまなら、敵のままなら、どうなったことやら。なあ、ローデン」

6

攻撃《こうげき》がとぎれたすきに、ローデンはすばやくおれを抱《だ》きしめた。「ここでなにをしてるんです？　援軍《えんぐん》を送れとはいいましたが、陛下《へいか》まで来いとはいってないのに」

「たいくつだったんだ」部下に降伏《こうふく》を呼《よ》びかける敵《てき》の司令官の声がしたので、いったん口をつぐんだ。思ったより早く、決着がつきそうだ。ローデンがみんなと勝利を祝おうと移動《いどう》しはじめたが、おれは引きとめた。

「あとは部下に任《まか》せておけばいい。どこかで話をしたい」

ローデンはため息をついた。「わかりました。でも、すでにお気づきと思いますが、おれに部下と呼べるやつはいませんよ」岩棚《いわだな》の下にあるほらあなへと腕《うで》をふる。戦いに巻《ま》きこまれずにすんだ、静かなどうくつだ。

ふたりきりになると、おれはごつごつしていない岩に腰《こし》をおろし、ローデンにもすわれと合図した。ローデンは、立ったままもじもじしている。戦っている方が気楽だといいたげだ。まあ、気持ちはわかる。しかし戦いは、ひとまず終わった。次の戦いの前に、話しあっておく必要がある。

ローデンはようやく剣《けん》を鞘《さや》におさめ、両手を組んですわった。横目でこっちを見てうなだれ、地面をブーツでこすっている。

だまってすわっていると、とうとう根負けして口をひらいた。「ここを攻《せ》める前の晩《ばん》に、部下たちの会話を立ち聞きしたんです。熾烈《しれつ》な戦いになるとわかっていて、負けを覚悟《かくご》しているようでした。おれは、物陰《ものかげ》から出ていこうとしたんです。最後までいっしょに戦おうって、はげますつもりで。そのとき、きこえたんですよ。もし負けたら、それはおれのせいだっていう声が。おれには総《そう》隊長の資格《しかく》がないって」ローデンは、顔をあげておれを見た。その目には、悲しみと迷《まよ》いがはっきりとうかんでいた。「そのとおりなんですよ、ジャロンさま」

ふいに、子どものころの記憶《きおく》がよみがえってきた。王座《おうざ》にすわり、おれを責《せ》めるように見おろす父上と、その前に立っている自分の記憶だ。

あの日、おれは教会の献金《けんきん》皿から硬貨《こうか》を一枚《まい》残らずとってきた。そのせいで、けちなこそ泥《どろ》のように金を盗《ぬす》みおってと父上から責められた。いま思えば父上に恥《はじ》をかかせたとわかるのだが、そのときは父上が怒《おこ》っていることしかわからなかった。献金皿の硬貨はすべて、若《わか》い未亡人《みぼうじん》に――借金とりに脅《おど》されていた未亡人に――わたしたことも、説明できなかった。硬貨を盗んだ理由を父上にわかってもらいたかったが、未亡人に迷惑《めいわく》がかかるのが心配だったのだ。あのとき父上は、宮廷《きゅうてい》にいるおおぜいの前で、おれには王子の資格がないといったのだった。

つらい記憶がよみがえり、落ちつかなくて立ちあがった。が、この場の主役はおれではなくてローデンだと思いなおし、肩《かた》をすくめて話しかけた。「なあ、ローデン、おれの欠点を知ってるだろ。役に立たない計画ばかり立てる。親友を信じられない。もっといい方法が目の前にあるのに、とんでもないことをやらかしちまう。もう、まちがってばかりだ。でも、おまえに関しては、まちがってない」

「おれは、人望のない総《そう》隊長です。そうじゃないとはいわせませんよ」

「ああ、そこはおれも同じ意見だ。人望はないな」

というと、ローデンはたじろいだ。「えっ……それが、おれへのはげましの言葉になるんですか？」

またしても、過去《かこ》の記憶《きおく》がよみがえってくる。「おれはさ、父上に追いはらわれたあと、ときどき行方《ゆくえ》不明の王子の噂《うわさ》をきいたよ。つまり、おれの噂だ。悲しいとか、死んでかわいそうだとか、そういうのを期待してた。みんな、悲しんではくれたよ。でも、おれが思っていたのとはちがった。みんなが恋《こい》しがったのはおれじゃなくて、おれのあやまちとか、いたずらとか、おもしろおかしく笑えるようなことばかりだった。みんな、おれに頭を下げていたけど、おれを愛していたわけじゃなかった。これっぽっちも尊敬《そんけい》されてなかったんだ」

「なるほど」ローデンはうなずいた。「王子の資格《しかく》がなかったってことですね」

「王の資格だってないさ。海賊《かいぞく》の元へ行く前、なぜグレガーがやすやすと評議員《ひょうぎいん》たちを丸めこめたと思う？」

「ばかで、ふざけた連中だったからじゃないんですか」

「まあ、それはそうだけど、悪い人たちじゃない。評議員たちは、父上が城《しろ》から追いはらった当時のおれしか知らなかったんだ。もしおれがあのときのままだとしたら、いくらなんでも王にはなれない。もし評議員たちがおれに国を任《まか》せられないと思ったなら、それはおれ自身のせいだ」

ローデンが立ちあがる。「でも、いまは任せてるじゃないですか。評議員たちが頭を下げるのは、たんに陛下《へいか》が王だからじゃなく、王として尊敬しているからです。おれとはちがいますよ。おれは総隊長にはふさわしくない。陛下もおわかりじゃないんですか」

「おれの判断《はんだん》を疑《うたが》うのか？」かっとなったのには、理由があった。「おれがなぜ、わざわざ海賊の元へ乗りこんだと思う？ 海賊の仲間になって、楽しみたかったからか？ 遊びたかったからか？ 健康のためじゃないのはわかるよな。いいか、ローデン、おれはおまえのために行ったんだ。体を張《は》って、おまえをとりもどしに行ったんだ。おれの捨《す》て身の努力を否定《ひてい》するようなことは、二度というな！」

「でも、おれは、ただの宿無しの孤児《こじ》ですよ」と、ローデンがつぶやく。

「おれだってそうだ！」おれは声をやわらげて、つづけた。「だとしても、おれは国王だし、おまえはおれの総隊長だ。自分を疑いたければ疑えばいい。でも、おれのことは疑うな」

ローデンは一歩下がって、うつむいた。「おれは戦況《せんきょう》を読めるし、剣《けん》も使えます。戦略《せんりゃく》だって、なかなかのものなんですよ……ちゃんときいてもらえるのなら。でも、きいてもらえないんです。尊敬してもらえないなら、総隊長はつとまりません」

「尊敬は、人からもらうものじゃない。自分から、とりに行くものだ。勝ちとれ。勝ちとって、死守しろ。さんざん苦労して手に入れても、失うのは一瞬《いっしゅん》だから、気をぬくな」おれは、キャンプのほうへ頭をかたむけた。「よし、ローデン、とりに行ってこい。進むべき道がわかっていないリーダーには、だれもついていいかないぞ。ちゃんとわかっているところを、どうどうと見せつけてやれ！」

わかったとローデンはうなずき、おれとならんでもどりはじめた。「進むべき道は、わかってますよ。ぜったい、たどりついてみせますとも。ジャロンさま、ジェリン国がジャロンさまに降伏《こうふく》するまで、おれはこの部隊で国境《こっきょう》を守りぬいてみせます」

7

現場《げんば》は、死者と負傷者《ふしょうしゃ》がよりわけられている最中だった。負傷していない捕虜《ほりょ》たちはすでに武器《ぶき》をとりあげられ、囲いの中に移《うつ》されている。囲いが臨時《りんじ》の監獄《かんごく》というわけだ。ぎゅうぎゅうづめで苦しそうだが、死なずにすんだだけでもめっけものだ。こっちが捕虜になったときより上等なあつかいだから、文句《もんく》をいわれるすじあいはない。

「ローデン、部下たちを呼《よ》び集めろ。総《そう》隊長として話をするんだ」

「話すってなにを？」

「大きな戦いに勝った直後だぞ」おれは顔をしかめた。「それについて、なにかいったらどうだ」

ローデンは「整列！」と号令をかけたが、寒いから先に火をおこすといいかえされてしまった。ローデンが、こっちをちらっと見る。おれは、片方《かたほう》の眉《まゆ》をつりあげた。ひとまず、ローデンの出方を見るつもりだ。ローデンは、また部下たちを呼んだ。が、今度は完全に無視《むし》された。しかし、助け船を出す気はない。おれが口をはさんだら、助け船どころか、最悪の事態《じたい》をまねいてしまう。ローデンは、おれの助けがなければなにもできない、王のおれがそばにいるときだけしたがっておけばいい——と、部下たちにつたえてしまうことになる。だから、高みの見物を決めこんだ。

キャンプのすぐ外で、火がたかれていた。死者はまだ焼いていない。盛大《せいだい》に火をたくほうが先だ。こんな岩場では、火葬《かそう》は最高の弔《とむら》いとなるだろう。

おれのとなりで、ローデンも様子を見ていた。火をおこしているのは、最初からローデンとともに戦ってきた部下たちだ。戦士としては、みんな優秀《ゆうしゅう》だ。おれが幼《おさな》いころから尊敬《そんけい》してきた者や、おれに稽古《けいこ》をつけてくれた者もまじっている。しかしいまは、全員が判断《はんだん》をあやまっていた。

とうとうローデンは腹《はら》をくくったのか、うなずくと、バケツをつかんでキャンプを出ていった。わずか数分後にもどってきたときは、水があふれるくらい、バケツにたっぷりと入っていた。ローデンはそのまますぐ火へ向かうと、ようやく火花が散りはじめた火に、まわりの部下がぬれるくらい派手《はで》に水をかけた。

おれは少しおどろいたが、ゆかいな気分で笑いをかみころした。期待した以上に、思いきりがいい！

部下たちは、そくざに剣《けん》をぬいた。ローデンも剣をぬき、にらみあう。おれは前に出ようとした。とっさに体が動いたのだ。しかしローデンが話すべきだと思い、ぐっとこらえた。念のため、柄《つか》に手をおく。ローデンが事態《じたい》をちゃんと把握《はあく》しているといいのだが。

ローデンは全員の視線《しせん》を浴びつつ、声をはりあげた。「おれは総《そう》隊長だ。そのおれが命令してるんだぞ！」

部下たちは明らかに納得《なっとく》のいかない顔で地面を蹴《け》っていたが、剣は下げた。

「全員、整列しろ。国王がおられるんだぞ。これから国王のおでましだ」

整列したのは、ローデンが命令したからか。それとも、王であるおれに敬意《けいい》を表してか。それはわからないが、部下たちはせまい庭の両側に二列にならんだ。

ローデンは部下たちに向かって話しはじめた。「よくやった。すぐにまた戦闘《せんとう》だ。今晩《こんばん》は体を休めるように」

ローデンがおれを見る。おれは、小声でいってやった。「こんなひどい演説《えんぜつ》は初めてだ。剣術《けんじゅつ》だけでなく、演説の練習もしろよな」

ローデンはあきれ顔になってから、おれの横について列の前を歩いた。部下ひとりひとりの体の状態《じょうたい》をたしかめ、部隊の余力《よりょく》をはかっている。

年のいったひとりの兵士が、通りすぎようとしたおれの腕《うで》にふれた。立ちどまって見つめると、その兵士は片《かた》ひざをついた。「ジャロン王、わたしをおぼえておいでですか？」首をふったら、兵士はさらにいった。「あなたさまが十歳《さい》のとき、お父上に依頼《いらい》されて、あなたさまのために剣を作りました」

「ああ、あのときの鍛冶屋《かじや》か！　思いだしたぞ」いま、わが国に戦争をしかけているメンデンワル国のハンフリー王に、おれは十歳のころに決闘《けっとう》をもうしこんだことがある。そのときに、この鍛冶屋の剣を使った。コナーが偽《にせ》の王子を王座《おうざ》につける小道具として複製《ふくせい》したのも、その剣だ。さすがにいまは小さすぎて使えないが、宝物《たからもの》としてとってある。おれは鍛冶屋に向かっていった。「父上から剣をさずかったとき、たしか大広間にいたよな。あの剣は重宝《ちょうほう》したよ」

「はい、陛下《へいか》」鍛冶屋は、おずおずとほほえんだ。「正直にもうしあげますと、お父上には別の品にするよう、強くおすすめしたんです。馬とか、日記帳とか、いろいろと。しかしお父上は、馬をあたえたら逃《に》げだすだろうし、日記帳は城《しろ》のどこかでたきつけにされるだけだ、とおっしゃいました。あなたさまが剣術《けんじゅつ》の稽古《けいこ》にはげむようにと、剣を所望《しょもう》されたのです」

「おかげで稽古にはげんだよ」おれはそういうと、ちゃめっ気たっぷりににやりとした。「ま、別の馬を見つけて逃《に》げようとしたし、火もそれなりにいじったけどな」

鍛冶屋《かじや》も笑ったが、おれほどほがらかな笑いではなく、悲しげな表情《ひょうじょう》をうかべた。「幼《おさな》かったころのあなたさまをおぼえていたので、王になられたときはいかがなものかと思いました。ですが、それは杞憂《きゆう》でした。まことに、もうしわけありません」

おれは、ローデンのほうへ顔をかたむけた。「おれが選んだ総《そう》隊長のことも、誤解《ごかい》しないでもらいたい」

「はい、陛下《へいか》」

おれとローデンはそのまま進み、ジェリン兵の捕虜《ほりょ》たちがとじこめられた囲いまで来た。モルタルの壁《かべ》はすべすべで、天井《てんじょう》が高く、岩と壁のあいだに鉄柵《てっさく》がはめてある。中は、すわるのがやっとというせまさだ。全員が寝《ね》そべるには、体を積みかさねるしかない。のどをうるおせるよう、水の入ったバケツがおいてあった。食料もできるかぎりあたえるつもりだ。早く戦争が終わり、捕虜たちを長くとじこめずにすむといいのだが。

おれは捕虜たちに声をかけた。「おとなしくしていれば、ジェリン国が降伏《こうふく》するまで生かしておいてやる。だが、その前にさわぎをおこしたら、ただじゃおかない」

そのまま進もうとすると、司令官のしるしをつけた背《せ》の高い捕虜が鉄柵へと進みでた。「ここに長く監禁《かんきん》されることにはなりませんよ。おれたちは先遣隊《せんけんたい》。これから来る本隊が本領《ほんりょう》を発揮《はっき》しますから」

「なにが本領だ。年寄《としよ》りのような戦い方しかできないくせに。年寄りのばあさんが、長い編《あ》み棒《ぼう》で戦っているのかと思ったぞ」

「本隊は三日以内に到着《とうちゃく》しますよ。メンデンワル軍も来る。ここでおたくらをたおしたら、すぐにドリリエドを攻撃《こうげき》し、住人もろとも破壊《はかい》しつくしてやりますよ」

おれは鼻をならした。「おまえらの編み棒は、壁をつらぬけるのか？」

「メンデンワル軍の大砲《たいほう》ならできますよ。こうしているあいだにも、大砲はカーシア国の平原をつっきっているでしょうね」

正直、ぎょっとした。メンデンワル軍が前まえから大砲の実験をしていることはきいていたが、おれの城を実験台にされてはたまらない。他国では大砲はめずらしくないが、カーシア国には存在《そんざい》しない。独自《どくじ》の大砲を開発したいと思ってはいるが、その時間がなかったのだ。大砲を撃《う》たれたら、一発で壁をふっとばされる。全力で防衛《ぼうえい》しても、ドリリエドはものの数分で制圧《せいあつ》されてしまう。

これ以上話をつづけると、きっと不安が顔に出てしまう。捕虜の司令官からできるだけ情報《じょうほう》を引きだすよう、ローデンに命じると、ひとりで静かに考える場所がほしいといって立ちさろうとした。

と、捕虜の司令官に呼《よ》びかけられた。「ジャロン王、まさかご本人がいるとは思いませんでしたよ。部下が幾重《いくえ》にも守るだろうと、アベニア国のバーゲン王がいってたもので」

おれは足をとめずにいった。「部下は守ってくれているとも。おれも部下を守っているんだ」

「ほう？　じゃあ、バーゲン王がつかまえたあの女は？　あの女のことも守っているんですか？　王の目をひいた女中なのだとか」

おれは、捕虜《ほりょ》の司令官のほうへつかつかと歩みよった。「なにか知ってるのか？」

すると、司令官は背後《はいご》に向かって腕《うで》をふった。「こんなところはうんざりなんですよ。個室《こしつ》を用意してもらいたい。食料とベッドつきの個室を。おたくの部下に迷惑《めいわく》はかけないと約束しますよ」

おれは、ローデンに向かってうなずいた。捕虜の司令官は、ローデンが約束するのを待ってつづけた。「わがジェリン国王が、アベニア国の総《そう》司令官から直接《ちょくせつ》きいたんですよ。その女中は、戦争を早く終わらせる切り札なんだと。バーゲン王は女中を拉致《らち》したあと、わざとカーシア人を逃《に》がし、拉致の知らせがあんたにとどくようにした。そうすれば、真のねらいをおびきよせられる、ってわけですよ」

おれはききながすふりをして、首をふった。「おれが助けにかけつけなかった以上、その作戦はあきらかにはずれたな」

しかし司令官は、面と向かっておれをあざ笑った。「ガキの分際《ぶんざい》で、よくいいますねえ。あんたなんか、最初からねらってないに決まってるじゃないですか。まわりが行かせるわけがない」

「じゃあ、ねらいはなんだ？」

「女ひとりを助けるために、軍隊を送りこむのは危険《きけん》すぎる。軍隊が到着《とうちゃく》する前に、女が殺されてしまうかもしれませんからね。だから、最強の戦士が数人送りこまれるはずだとバーゲン王は考えた。あんたが女の命を託《たく》せるような相手ですよ。それこそがバーゲン王の真のねらいってわけだ。あんたがだれよりも信頼《しんらい》している腹心《ふくしん》の部下ですよ」

たしかにおれは、腹心の部下を送りこんだ。モットだ。

「なぜ、おれではなく部下をねらう？」

「そいつをつかまえて、あんたの戦略《せんりゃく》や、アベニア国の勝利につながる情報《じょうほう》をききだすためですよ。もしそいつが口を割《わ》らなかったら、女中の命がどうなってもいいのかと責《せ》めればいい。そいつが屈《くっ》するか、女が死ぬまで、ぎりぎりとしめあげればいい」にやついていた司令官が、とうとう高笑いした。「腹心の部下に、本当はどっちを選んでほしいんです？　どうでもいいふりをしているが、じつは愛《いと》しい女中ですか？　それとも、あんたが守ると誓《ちか》った祖国《そこく》ですか？」

おれはなにも答えず、よろめきながら離《はな》れた。答えを口にしたら、心臓《しんぞう》が石になってしまいそうだ。すぐにローデンが追いかけてきた。「お待ちください。あの男がいったことについて、話しあわないと」

「なぜだ？　おまえに事態《じたい》を変えられるのか？」いまの話に心を乱《みだ》しつつ、頭をすばやく回転させた。アベニア国のバーゲン王のねらいはこのおれだから、モットのほうが安全に動きまわれると思っていたが、とんでもないかんちがいだった。いくらモットが警戒《けいかい》していても、まさか敵《てき》の真のねらいが自分だとは、夢《ゆめ》にも思っていないはずだ。

モットは、なにがあろうと、手の内を明かさないだろう。しかし危険《きけん》にさらされるのは、自分の命だけではない。イモジェンの命までおびやかされたら、モットはどうする？

ローデンがたずねた。「ジャロンさま、モットはどのくらい知っているんです？」

「カーシア国が敗北しかねないだけの情報《じょうほう》は、持っている」信じてくれというモットの言葉を受けいれたために、モットもイモジェンも絶体絶命《ぜったいぜつめい》の窮地《きゅうち》に追いこまれてしまったのだ。

ローデンが、おれの腕《うで》をつかんで引っぱる。「おれが部下を連れて向かいます。モットとイモジェンを助けだします」

「おまえまで敵《てき》にさしだすことになったら、どうするんだ」おれは歩く速度を落としたが、立ちどまりはしなかった。「三日以内に、ジェリン軍がここに来る。ぜったい国境《こっきょう》を越《こ》えさせるわけにはいかない。そのためには、ひとりでも多くの兵士がいる。たとえ兵士がそろっていても、バイマール国の援軍《えんぐん》が間にあわなければ、たちうちできない」

「じゃあ、いったい……」といいかけて、ローデンはがくぜんとし、首をふりはじめた。「ま、まさか……ジャロンさま、だめです。あなたさまは、国王なんですよ」

「王冠《おうかん》をかぶっていても、盗賊《とうぞく》の心は残っている。アベニア軍のキャンプに忍《しの》びこむのは、盗賊の得意技《とくいわざ》だろ」ローデンに強く反対される前に、つけくわえた。「朝までに、おれの馬を用意しておいてくれ。夜明けとともに出発する」

8

翌朝《よくあさ》早く、テントから起きだすと、おれの愛馬ミスティックのとなりでローデンが待っていた。

「よく寝《ね》られましたか？」

おれはローデンの問いかけを無視《むし》して、周囲に腕をふった。「おれの馬の世話係は？　おまえの部下はどこだ？」

ローデンはため息をついた。「みんな、疲《つか》れていまして」

「おい、ローデン、そんなことじゃ――」

しかしローデンは説教されるとわかっていたらしく、すぐにさえぎった。「休めと命令したのはおれです。部下たちが勝手にずる休みしてるわけじゃありません。いずれ部下をまとめて、ちゃんとした総《そう》隊長になってみせます。おれのやりかたで、やらせてください」

おれには、うなずくことしかできなかった。リーダーとしてはおれのほうが問題があるし、いまは自分の進むべき道すら、探《さが》しあぐねている状態《じょうたい》だ。別れのあいさつがわりにローデンを抱《だ》きしめ、がんばれよと声をかけると、ミスティックの鞍《くら》にまたがった。

「お供《とも》させてください。馬を用意してあります」

「ありがとう、ローデン」心の中では、言葉以上にありがたく思っていた。「でも、ふたりそろって行くのはまずいんだ。万が一――」

「陛下《へいか》が戦いつづけるかぎり、おれも戦いますから。おたがい、どんな目にあおうとも、戦いましょう」

「すぐに援軍《えんぐん》が来るから、な」なんの根拠《こんきょ》もない、ただの願望だが、ローデンには援軍が来ると信じてほしい。「トビアスとアマリンダ姫《ひめ》は、きっとバイマール国にたどりつく。ここに援軍を送るよう、姫が説得してくれるさ」

ローデンは朝日に目を細めながら、おれを見あげた。「バイマール国に行くには、先にアベニア国をつっきらなければなりません。それがどれだけ危険《きけん》か、わかってますよね。しかもつかまったら、トビアスは役に立ちません。もし姫さまとトビアスがたどりつけなかったら――」

「バイマール軍が来ようと来まいと、この国境《こっきょう》はぜったい守ってくれ。アベニアとメンデンワルの連合軍は強大だが、まだこっちに望みはある。でもジェリン軍にまで侵攻《しんこう》されたら望みはない。一巻《いっかん》の終わりだ」

ローデンはおれの愛馬ミスティックの首をなでると、手綱《たづな》をつかんだ。「おれが守ると決めた王がたったひとりでアベニア国に乗りこむだけでも悪夢《あくむ》ですよ。ご自分がなにをしているか、わかっているといいきれますか？　迷《まよ》いがないといいきれますか？」

おれは声に力をこめて答えた。「迷いはない。自分がなにをしているか、頭ではちゃんとわかってる」

ローデンは顔をしかめた。「じゃあ、心はどうなんです？」顔をそむけたおれに、ローデンはたたみかけた。

「ジャロンさま、イモジェンを愛しているんですか？」

おれは、思わずため息をついた。「いろいろと複雑《ふくざつ》なんだよ」

ローデンは首をふった。「おれには大切な人がいません。家族も恋人《こいびと》もいない。おれには、愛情《あいじょう》なんて、複雑でもなんでもありませんよ」

虚空《こくう》を見つめるうち、視界《しかい》がぼやけてくる。「愛するわけにはいかないんだ」

「愛してるなら、それでいいじゃないですか。イモジェンのほうは、とっくに――」

「だめだ、ローデン、だめなんだ。そんな自由は、おれにはない」間をおいて、つけくわえた。「愛するわけにいかない以上、イモジェンにも特別な気持ちを望んではいない」

「イモジェンが陛下を見つめるまなざしを、おれはずっと見てきたんです。本人がなんといおうと、陛下に対してどうふるまおうと、イモジェンに陛下への特別な気持ちを捨《す》てろというのは、むごいですよ」

しかしイモジェン自身が、そんな気持ちを持たないと決めたのだ。最後にすごしたとき、イモジェンはおれを愛しているとはいわなかった。それどころか、正反対の気持ちだと、ほのめかしていたではないか。

頭からよけいな考えをふりはらった。「おれみたいなやつの秘密《ひみつ》をあばけと迫《せま》られて死ぬのも、あんまりだろ。だから敵《てき》からうばいかえし、もとの生活にもどしてやる。それだけのことだ」

ローデンは一呼吸《ひとこきゅう》おいていった。「ジャロンさま、あなたがうそつきなのは知ってます。でも、ご自身にまでうそをつくとは思いませんでした」手綱をおれににぎらせ、眉《まゆ》をひそめる。「おれはジェリン軍を降伏《こうふく》させて、ドリリエドにとってかえします。さあ、陛下《へいか》も、存分《ぞんぶん》にご活躍《かつやく》を！」

召使《めしつか》いを下がらせるように、ローデンの非難《ひなん》もさっさとはねつけたい。でも、それはむりだ。ローデンの言葉のひとつひとつが、ローデンが思う以上に、おれの心につきささる。

おれは軽くうなずくと、南へ向かった。だが、ジェリン軍の司令官の言葉が、頭の中にこびりついていた。メンデンワル軍は大砲《たいほう》をひとつ持っている。わが国を問答無用で、こっぱみじんに破壊《はかい》しかねない大砲を。いまごろは、ドリリエドの北の平原を通過《つうか》しているにちがいない。平原は広大だが、大砲くらい巨大《きょだい》な武器《ぶき》だと、草地ではなく、まともな道の上でないとうまく動かせないだろう。

心がゆれにゆれた。南にあるアベニア軍のキャンプに向かわなければ、モットとイモジェンは敵《てき》に危害《きがい》をくわえられる。しかし東に向かわなければ、大砲がカーシア国の首都ドリリエドに到着《とうちゃく》し、城《しろ》に保護《ほご》したカーシアの民《たみ》がひとり残らず殺されてしまう。

あと一日、どうか持ちこたえてくれ。目をとじて、モットとイモジェンに小声でそう頼《たの》むと、東へ向かった。大砲を盗《ぬす》む自信などない。が、ためしてみても損《そん》はない。丘《おか》を見つけるたびにかくれ、行進中の軍隊がいないかと地平線に目をこらす。見わたすかぎり、人影《ひとかげ》はない。

昼すぎには、ミスティックの足が遅《おそ》くなってきた。気はあせるが、そろそろ休憩《きゅうけい》が必要だ。なだらかに波うつ丘のふもとに、小川が流れる雑木林《ぞうきばやし》を見つけた。おれもミスティックもできるだけ水を飲み、旅路にそなえて革《かわ》の水筒《すいとう》に水を入れると、ローデンからもらった食料をミスティックとわけあった。あとあとのために多めにとっておきたかったが、すでに干《ひ》からびて味がしない。おれよりミスティックのほうが、喜んで食べている。

鞍《くら》にまたがって出発しかけたそのとき、何頭もの馬と金属《きんぞく》のきしむ重たげな音がきこえてきた。大砲を探《さが》しに来たのに、まさか向こうからやってくるとは！　思わずにやりとすると、ミスティックを木立の中にかくし、木々のあいだからのぞけるぎりぎりの距離《きょり》まで、はって近づいた。

馬に乗った男たちが行進していた。とまれと号令がかかる。メンデンワル国の黄色と白の軍服。軍隊にしては、めずらしい色のとりあわせだ。ヒナギクみたいな軍服の兵士になど、負けたくない。列がばらけ、何頭もの馬に引かれる台車と、その上の巨大な黒い大砲が見えた。重量はどのくらいだろう。馬の頭数と、その重たげな様子から想像《そうぞう》するしかない。とにかく、大砲は見つかった。

ひとりの兵士が声をはりあげた。「馬が疲《つか》れています。今日、これ以上引かせるのはむりです」

別の兵士がさけびかえす。「ここでじゅうぶんだ。どっちみち、大砲をキャンプには持ちこみたくない。本隊は一キロ半先にいる。そこまで走っていって、大砲は丘の斜面《しゃめん》で試し撃《う》ちをすると司令官につたえろ」

兵士たちが命令にしたがい、台車からはずした馬にまたがって走りだす。おれは、これ幸いと近づいた。ところがさらに近づく前に、見張《みは》り番のふたりの兵士が試し撃ちをする丘の斜面の様子を見にのぼってきたので、あわてて岩陰《いわかげ》にかくれた。兵士たちは、岩のすぐ向こうだ。どちらかが右か左に動いたら、見つかってしまう。兵士たちがしゃべっているあいだ、おれは息を殺していた。兵士たちがおれに気づかないのは、遠ざかっていく仲間の兵士たちの物音のおかげだ。

「とりあえず、本隊に追いつけたな」

「バカか、おまえは！　こっちが追いついたんじゃない」もうひとりの兵士が、どなった。「本隊が命令にしたがって、アベニア軍が到着《とうちゃく》するまでこのあたりで待ってるんだ。おれたちがはるばるドリリエドまで大《たい》砲《ほう》を引っぱっていく前に、アベニアの国王が大砲の性能《せいのう》を知りたいんだとよ」

「試し撃《う》ちは、ほかのやつがやればいいのに。うちのいとこは、大砲が爆発《ばくはつ》して死にかけたんだ。砲手《ほうしゅ》は死んじまったよ。しかも母親でさえ本人かどうかわからないくらい、こっぱみじんにドッカーンだ」

「シーッ！　そんな話をしたら、だれも志願《しがん》しなくなる」

「おれはごめんだね」足を引きずる音がする。「ここに残るつもりはないぜ。砲手に志願したと思われちまう」

「持ち場を離《はな》れたら罰《ばっ》せられるぞ」

「吹《ふ》っとばされるよりはましだろ。おれはぜったい志願しないからな。おれのいとこを見たら、おまえだってそう思うさ」

「わかった。行こう。こんなもの、どうせだれも引いていけないし」

ふたりの兵士は、ゲラゲラと笑いながら丘《おか》をおりていった。わずか数分後、二頭の馬が遠ざかる音がし、あたりがしんと静まりかえる。罠《わな》かもしれないので、しばらく待った。だが岩陰《いわかげ》から顔を出しても、ここには大砲と、馬がはずされたあとの留《と》め具と、荷馬車しかない。荷馬車には、大砲に使う補給品《ほきゅうひん》がのっているようだ。ここで試し撃ちをするのなら、わざわざキャンプまで運ぶ必要はない。

どうやら、だれもいないらしい。大砲に近づいた。鉄製《てっせい》で、軍馬よりも大きい。ざらつく冷たい金属《きんぞく》に手をすべらせて、荷馬車の補給品を調べてみた。

荷馬車には、砲身に火薬をつめる込《こ》め矢と、発射《はっしゃ》後に大砲の中を掃除《そうじ》する洗い矢と、十個《こ》以上の砲弾《ほうだん》などがのっていた。手前の隅《すみ》には、編《あ》み目の細かい袋《ふくろ》が積み重ねてあった。空っぽの袋の上に、黒い細粒《さいりゅう》がつまった袋が三、四個、おいてある。

この黒い細粒の正体は知っていた。海賊《かいぞく》のキャンプにいたころ、海賊が採鉱《さいこう》船をつかまえたことがある。その船にあった黒い細粒の威力《いりょく》と使い道を知りたくて、海賊の元を離れるとき、袋をひとつ持ちかえったのだ。トビアスはその細粒が火薬で、このあたりの国ぐにでは見たことがないような爆発を起こせるのだと教えてくれた。

そこである晩《ばん》、おれとローデンは試しに爆発させることにした。トビアスも誘《さそ》ったが、にべもなくことわられた。たぶんトビアスのいうとおり、危険《きけん》すぎたのだろう。ほんの少量だったのに、爆発で木々がなぎたおされた。たまたま豪雨《ごうう》になったからよかったが、そうでなければ王国の半分を火事で失ったかもしれない。

そのあとトビアスは、カーシア国独自《どくじ》の大砲を設計《せっけい》しはじめた。トビアスによると、砲身に正面から火薬を込め矢でおしこんでから、重い砲弾をつめる。導火線《どうかせん》で火薬に火をつけると火薬が爆発し、そのいきおいで砲弾が飛びだすわけだ。大砲はわずか一発で、城門《じょうもん》をやぶる破城槌《はじょうつい》と同じ効果《こうか》がある。大砲がひとつあるだけで、全軍が総《そう》がかりでとりかからないと壊《こわ》せなかった砦《とりで》をかんたんに破壊《はかい》できる。戦争の風向きが変わってしまうのだ。

しかし、大砲《たいほう》を盗《ぬす》むのはむりだ。おれの愛馬ミスティックは力があるが、さすがに一頭では、いくら引っぱってても大砲はびくともしないだろう。しかも、時間は味方してくれない。メンデンワル軍がいつ大砲をとりにもどるかわからない。

ならば、破壊するしかない。

目をとじて、トビアスに教わったことを思いだそうとし――ふと、さっき盗みぎきした会話が頭にうかんだ。大砲の試し撃《う》ちで、いとこが死にかけたといっていた。なぜ死にかけた？　試し撃ちのなにが悪かった？　金属《きんぞく》を溶《と》かし、型にいれて大砲を作り、試したらどうだとトビアスに持ちかけると、それが危《あぶ》ないのだと注意されたことがあった。厚《あつ》みが足りなかったり、きっちりと溶接《ようせつ》してなかったりしたら、失敗するというのだ。もしかすると、兵士のいとこは、試し撃ちが失敗したとき、大砲のすぐ近くにいたのかもしれない。けれど、目の前の大砲はかなりぶあつく、がんじょうそうだ。通常《つうじょう》の火薬の量では、とても破壊できそうにない。

そう、通常の量では――。ほおがゆるんだ。通常の量では威力《いりょく》が足りないが、通常の量以外で試してはいけないなんて、だれがいった？

いちばん手前の袋《ふくろ》をあけて、火薬をシャベルで何度かすくって砲身に入れ、込《こ》め矢で奥《おく》へおしこんだ。きちんとつめたのをたしかめて、込め矢とシャベルを元の位置にもどし、袋をしめようとして、はっとした。そうだ、めったにないチャンスを逃《の》がす手はない！　荷台にあった空の袋に火薬をできるだけつめると、袋の口をしめ、その袋を持ってミスティックにもどった。

大砲をよほど注意ぶかく点検《てんけん》しないかぎり、大砲にすでに火薬が大量につまっているなんて、メンデンワル兵たちは気づかないだろう。

ミスティックに乗ってその場を離《はな》れ、アベニア国に向かって、来た道を引きかえした。一時間もたたないうちに、おだやかな丘《おか》にさしかかったそのとき、ミスティックがおどろいて後ろ足で立つくらい、大地がはげしくゆれた。はるか後ろで、黒煙《こくえん》がもくもくとあがる。

おれは、ほくそえんだ。アベニア国もメンデンワル国もいまだにカーシア国には脅威《きょうい》だが、少なくともこれで大砲という脅威は消えた。

9

その日の夕方――。

ようやく、イモジェンがつかまっている敵《てき》のキャンプを見つけた。急ごしらえのキャンプで、カーシア国のライベスからほど近い、アベニア国に入ってすぐの場所にある。丘《おか》のふもとにあるので、内部がよく見えた。キャンプの北端《ほくたん》は沼地《ぬまち》だ。この沼地は下草がびっしりと生え、噂《うわさ》によると毒ヘビがいるらしい。だからだれも歩いてわたろうとしないし、ボートでわたるのにも苦労する。それ以外のキャンプ周辺は、高く盛《も》った土や、先端《せんたん》がカミソリのようにとがった鉄柵《てっさく》で囲まれていた。大小さまざまの建物やテントがならんでいて、意外と広い。

「陛下《へいか》？」

という声に剣《けん》を引きぬき、さっとふりかえると、ふたりの兵士が近づいてくるところだった。おれをおどろかせたことに気づき、ふたりとも両手をあげて襲《おそ》う気はないことをしめし、すばやく片《かた》ひざをつく。

カーシア兵たちだ。剣を鞘《さや》におさめ、立つようにいった。おれに声をかけたのは、城《しろ》でよく見張《みは》り番をしていた、善良《ぜんりょう》で腕《うで》のいい射手《しゃしゅ》のヘンリー・エベンデル。もうひとりの兵士は知らなかったが、エベンデルの紹介《しょうかい》によると、エベンデルと同じくドリリエド出身のやる気に満ちた新兵で、名はハーバートというらしい。

ふたりとも肩《かた》に弓をさげ、背中《せなか》に矢筒《やづつ》をつけている。

「モットは？」

とたずねると、エベンデルがおれに軽く頭を下げてから答えた。「今朝、敵のキャンプに入りました。ほかのテントとは見た目がちがうテントをめざしていました。ですが、もう何時間も姿《すがた》を見ていません。つかまったのではないかと心配していたところです」

「そのテントを教えてくれ」

エベンデルが、あるテントを指さす。目をこらすと、数人の見張り番がとりかこんでいるのが見えた。中にいるのは王族か。いや、きっと重要な捕虜《ほりょ》だ。

「モットからなにか命令されたか？」

エベンデルとハーバートは顔を見あわせ、エベンデルが答えた。「ここに来る前に、沼地に小さなボートを一艘《そう》、確保《かくほ》しておきました。敵のキャンプの北端です。モットがレディー・イモジェンを連れて出てきたら、おれたちはすぐに矢で援護射撃《えんごしゃげき》し、ボートまでの道をあける手はずになっています」

「イモジェンを見かけたか？」

エベンデルもハーバートも首をふり、ハーバートがぶつぶつとなにかいう。ちゃんときこえるようにいえと命じると、今度ははっきりといった。「もうひとつ命令されているんですが、陛下のお気に召《め》さないかもしれません」

どんな命令か知らないが、ハーバートの気まずそうな顔を見ているだけで、すでに気に入らない。

「モットは、陛下《へいか》が来るかもしれないといってました」と、ハーバートがつづけた。「もし来たら、陛下には国を守りぬく責任《せきにん》があることを思いださせてくれと頼《たの》まれました。モットやレディー・イモジェンに対する責任ではなく、国への責任を果たすように、と」

もっともな意見だが、モットがつかまったことこそ、国を守りぬくうえで最大の脅威《きょうい》だ。それに、もともとモットのいうことにしたがったことは一度もないし、いまさらしたがうつもりもない。

「モットもイモジェンもぜったい助けだす。イモジェンがとじこめられている場所は、わからないのか？」

エベンデルがあやまりながら首をふりかける。と、ハーバートが腕《うで》をあげ、まっすぐ前を指さした。目で追うと、キャンプの奥《おく》のテントからアベニア兵がぞろぞろと出てくるのが見えた。その中心に、手をしばられ口につめものをされたイモジェンがいた。怪我《けが》はしていないらしい。ほっとした。口につめものをされているのを見ても、おどろきはない。イモジェンが敵《てき》にどれだけきつい言葉をあびせたか、だいたい想像《そうぞう》はつく。イモジェンと仲がいいおれでも、しょっちゅう、しかられていたくらいだ。

しかしハーバートが指さしたテントから連れだされるモットを見て、おれは動揺《どうよう》をかくせなかった。モットは手をしばられ、足を引きずっていた。たかがひとりにそこまでするかというくらい、大量の剣《けん》をつきつけられている。だが、モットは強くて敏捷《びんしょう》だ。いまより剣が一本でも少なければ、全員ぶちのめしてしまうだろう。

キャンプの別の場所から、ひとりの男がとげつきのムチを持ってあらわれた。その男の魂胆《こんたん》はすぐに読めた。これからモットにカーシア国の戦略《せんりゃく》について尋問《じんもん》し、もし答えを拒否《きょひ》したらイモジェンにムチをふるい、モットの口を強引に割《わ》らせる気だ。モットがあくまで拒否しつづけたら、事態《じたい》はさらに悪化するだろう。おれの恐怖《きょうふ》を裏《うら》づけるように、イモジェンとモットはせまい空き地へ連行された。モットは椅子《いす》にすわらされて腕と足をロープでしばられ、イモジェンはごつごつしたムチ打ち柱の両側に左右の腕をしばりつけられている。

おれはエベンデルとハーバートのほうをすばやくふりかえった。「弓の腕はどっちが上だ?」

自分だとエベンデルが軽くうなずく。おれはエベンデルに火をおこすようにいい、次つぎと指示《しじ》をあたえた。そのあとハーバートを連れて、キャンプ地のせまい谷へと、濃《こ》くなる夕闇《ゆうやみ》にまぎれて丘《おか》をかけおりた。

近づくにつれて、ざわめきを感じた。門でも監視塔《かんしとう》でも番兵が目を光らせ、見張《みは》り番が立っているテントもある。これ以上近づいたら、見つかってねらわれる。

ここからはスピード勝負だ。ハーバートが矢をつがえ、位置につく。うすれゆく光のなか、エベンデルがおれたちをしっかり目で追ってくれるのを祈《いの》るしかない。

だれもいない土壁《つちかべ》をめざしてかけだした。直後に見つかり、アベニア軍の番兵が、とまれ、とさけぶ。が、宙《ちゅう》を切って飛んできたハーバートの矢に射《い》ぬかれた。ほかの兵士も異変《いへん》に気づいただろうが、おれがこれからやることはあまり時間がかからない。

壁《かべ》ぎわまでたどりつくと、大砲《たいほう》を破壊《はかい》したときに盗《ぬす》んだ火薬の袋《ふくろ》から火薬をたっぷりすくった。それを土壁のそばに山盛《やまも》りにし、すぐに全速力で逃《に》げだした。数秒後、エベンデルが火のついた矢を火薬の山に射《い》る。瞬時《しゅんじ》に壁が丸ごとふっ飛んだ。おれも飛ばされ、破片《はへん》から身を守ろうと、近くの岩の裏《うら》に転がってかくれた。爆発《ばくはつ》がおさまるのを待って、こわれた壁と残がいをながめた。火薬を使いすぎたか？

こわれた壁へと、全速力でかけよった。生き残った兵士たちが、助けをもとめてさけんでいる。ハーバートは警戒《けいかい》をおこたらず、おれに気づいた兵士にかたっぱしから矢を放ってくれる。キャンプに侵入《しんにゅう》してすぐに、兵士たちは壁がふっ飛んだ原因《げんいん》よりも壁そのものに気をとられているとわかった。このまま静かにしていれば、見つからずにすみそうだ。

見張《みは》りが消えた監視塔《かんしとう》の階段《かいだん》を、モットとイモジェンの姿が見える高さまでかけのぼった。兵士たちは、モットとイモジェンをとりかこんでいる。いや、兵士どうしが守りあっているだけか？　さすがに敵《てき》の人数が多すぎる。ひとりでは戦えない。このままでは、おれが敵をしとめる前に、モットとイモジェンが切られてしまう。

監視塔の階段をかけおり、建物の裏にかくれ、次の一手を考えた。そばの窓《まど》から中をのぞくと、大量の武《ぶ》器《き》が見えた。アベニア軍が必要とする量をはるかに超《こ》えている。その建物の横に火薬をまき、急いで離《はな》れた。まさに命がけだ。さっきと同じく、じゅうぶんに距離《きょり》をとる前に火の矢が火薬に命中し、建物がふっ飛んだ。今回はかくれる場所がなかったので、片腕《かたうで》にひどいすり傷《きず》を負い、岩の塊《かたまり》にあやうくつぶされそうになった。

もしおれもエベンデルも生き残れたら、火薬を爆発させるタイミングについて相談する必要がありそうだ。

キャンプ全体が大混乱《だいこんらん》におちいった。兵士たちは破壊された場所へかけつけろと号令されているが、遠くへ逃げようとする者もいる。混乱してくれるのはありがたいが、おれはモットとイモジェンをつかまえている兵士たちの元へかけつけられればそれでいい。

最後の火薬は、近くの別の建物に使うことにした。食料と毛布《もうふ》がつまっている貯蔵庫《ちょぞうこ》だ。そのそばに火薬の袋をおき、エベンデルに合図した。今回はエベンデルも、おれが離れるのを待って、火薬に火をつけた。

貯蔵庫が爆発すると、キャンプを囲め！　敵の侵入にそなえろ！　と号令が飛ぶのがきこえた。

いい展開《てんかい》だ。おれはすでに侵入しているし、兵士たちがキャンプの中央から端《はし》に移動《いどう》してくれればいうことはない。

肩《かた》をたたかれてふりかえったら、ハーバートがいた。安全な場所にとどまり、おれのじゃまをする者がいたら矢で射《い》るように命じたのに、わざわざ追ってきてくれたのだ。おれへの忠誠心《ちゅうせいしん》に感謝《かんしゃ》をこめてうなずくと、行くぞと合図した。

モットとイモジェンは、おきざりにされてはいなかった。少年兵がひとり、モットの椅子《いす》の背後《はいご》に立って、胸《むね》に粗末《そまつ》な剣《けん》をつきつけ、正体不明の敵にそなえている。イモジェンには、大がらな兵士がふたりついていた。ムチを持った男と残りの兵士たちは、呼《よ》ばれて持ち場を離れている。

おれはモットの背後に忍《しの》びよった。ハーバートには、イモジェンが見える位置につくようにと身ぶりで指《し》示《じ》する。タイミングを完ぺきにあわせるのだ。ハーバートのほうは敵《てき》がふたりだから、すばやく動く必要がある。

おれが足音を忍《しの》ばせて陰《かげ》から出た瞬間《しゅんかん》、ハーバートが一本目の矢を放ち、イモジェンの見張《みは》り番の片方《かたほう》に命中させた。そのあいだにおれは少年兵に背後《はいご》から飛びかかった。左手で少年兵の首にナイフをつきつけ、右手でモットの胸《むね》に向けられた剣《けん》をおさえ、体をこわばらせた少年兵の剣を持つ手を後ろに引く。すでにハーバートはイモジェンのとなりにいたもうひとりの兵士をたおしていた。モットとイモジェンが解放《かいほう》されるのを、警戒《けいかい》しながら待っている。

おびえた少年兵は剣をおれにわたし、かん高い声でいった。「こ、殺さないでください」

かつてコナーに孤児院《こじいん》から連れだされたとき、孤児のラテマーがおれに向かって命乞《ご》いをしたときのことを思いだした。あのときと同じく今回も、こいつを傷《きず》つける気はない。

それでも少年兵の首にナイフをつきつけたまま、妙《みょう》なまねをしたら即座《そくざ》に矢で射《い》るとおどした。少年兵が協力するといったので、モットのロープをほどけと命じた。

少年兵がロープをほどくあいだに、モットがいった。「ジャロンさま、もうしわけありません。罠《わな》はわたしをねらったものでした」

「おれもあんたも、はめられたんだ」

「爆発音《ばくはつおん》がした瞬間、あなたさまだとわかりました」

おれはモットに晴れやかに笑いかけた。「もし火薬がもっと大量にあったら、こんなものじゃすまなかったよなあ」

モットはとくに表情《ひょうじょう》を変えなかったが、感心しているのはわかった。それだけみごとな爆発だったのだ。つづいてイモジェンのもとにかけよった。イモジェンの明るい茶色の目は、不満そうにつりあがっていた。おれに怒《おこ》っているのだ。まあ、イモジェンはしょっちゅうおれに腹《はら》を立てるし、たいていはおれが悪いのでしかたない。けれど今回は、イモジェンの怒《いか》りを笑いとばすよゆうはなかった。いまなお、危険《きけん》きわまりない状況《じょうきょう》なのだ。

口のつめものをはずした瞬間、キスしたくてたまらなくなった。こんな衝動《しょうどう》は生まれて初めてだ。とまどいをかくせないが、ぐっとこらえてたずねた。「どこか痛《いた》むか？」

イモジェンは、おれの質問《しつもん》を無視《むし》した。「敵が情報《じょうほう》をききだすためになにをしようとしたか、見たでしょう。あなたをつかまえたらなにをするか、おわかりにならないんですか？」

「全員で脱出《だっしゅつ》すれば、その答えは知らずにすむ」

「だめです、ジャロンさま、さっさと逃《に》げて！　罠です。あたしはおとりなんですから！」

興奮《こうふん》し、体をゆすりながら食ってかかってくる。脚《あし》のロープはすでに切ったが、手のロープをつかめない。

「おとなしくしろとはいわないが、きみをおきざりにはできない！」

イモジェンは憤慨《ふんがい》して息をはいたあと、おれが手のロープをつかめるよう、おとなしくなった。おれはロープにナイフをあてながらいった。「沼地《ぬまち》をめざして走るぞ。モットがボートを用意してる」

「たどりつけません。全員はむりです」

「いいから走るんだ。ふりかえるな。ひた走れ」

「モットはあなたについて尋問《じんもん》されても、最初は答えようとしませんでした」イモジェンは、不安そうにくちびるをかんだ。「でもあたしが連行されてムチをふるわれそうになったら、協力するといったんです。やめてといったのに。おとりになるなんて……。あなたの足を引っぱるくらいなら、死んだほうがましです」

おれはしばらくためらってから、イモジェンをまともに見た。「死ぬなんて二度というな。頼《たの》むから生きてくれ」ロープを切る手を動かしながら、つけくわえる。「もうすぐ切れる。そうしたら、逃《に》げるぞ」

イモジェンはすでに自由になっていた片方《かたほう》の手でおれの髪《かみ》をすき、顔にかかっていた髪をそっとはらってくれた。おれの豊《ゆた》かな茶色の髪は、海賊《かいぞく》の元へ行く前に自分で切ってひどいありさまだったが、城《しろ》にもどったあとに整えられていた。もっとのばしておけばよかった。そうすれば、イモジェンの指がもっと深くまで入るのに——。この状況《じょうきょう》でも肌《はだ》にふれるイモジェンの指に心をうばわれ、ロープを切る手がとまりそうになる。

「ジャロンさま、ロープを切りおえたらナイフをください。あたしも戦います」

ロープが切れた瞬間《しゅんかん》、イモジェンは心をこめて抱《だ》きしめてくれた。ローデンは、おれが自分にうそをついているといっていた。もしかしたらイモジェンも、自分にうそをついているのかもしれない。

言葉を失っているあいだに、イモジェンがささやいた。「次になにが起きても、あなたは生きると約束してください」

背後《はいご》でモットがようやくロープをふりはらった。立ちあがろうとするモットをハーバートが助けに行き、そのすきに少年兵がすばやく暗がりへ逃げこむ。モットは、おれがさしだした少年兵の剣《けん》をにぎった。「急ぎませんと。あの兵はわれわれがここにいるといいふらしますよ」

指がふれあうのを意識《いしき》しつつ、イモジェンにナイフをにぎらせ、手をつないで引っぱった。「行くぞ！」木立をかけぬける前に、兵士の集団《しゅうだん》が早くも襲《おそ》いかかってきた。ハーバートがおれたちのために道をあけようと、次つぎと矢を射《い》る。たぶんエベンデルも、キャンプの外から見ているだろう。モットがおれに、早く、とさけんで敵《てき》と戦う。おれとイモジェンは一足先に丘《おか》へ向かった。

ぞくぞくと兵士があらわれる。おれはイモジェンに丘をのぼるようにいった。そうすれば、エベンデルが見つけて守ってくれる。丘を越《こ》えさえすれば、敵から見えなくなる。あとはまっすぐボートまで走るだけだ。おれはかたっぱしから切りつけ、突《つ》きをかわし、敵が数名にまで減《へ》ると、ふりきってイモジェンを追った。

イモジェンは丘の頂上《ちょうじょう》近くまでのぼっていた。だが丘を越えようとせず、立ちどまっておれのほうをふりかえる。そのとき、ひとりの兵士がイモジェンに切りかかった。が、イモジェンのナイフのほうが動きが速く、足を切られた兵士は血を流して傷《きず》をおさえた。

同じ丘の頂上にいた別の巨体《きょたい》の兵士がさけんだ。「あっ、あそこにジャロン王が！　まちがいない！　射《う》て！」兵士がおれをまっすぐ指さし、そばにいた射手《しゃしゅ》が弓をかまえて矢をつがえる。エベンデルはどこだ？

ハーバートは？　先に敵《てき》の射手《しゃしゅ》を射《い》る者はいないのか？　かくれたいが、丘《おか》の斜面《しゃめん》にはなにもない。まずい！

イモジェンも敵の声をきいたにちがいない。射手はおれに意識《いしき》を集中していて、イモジェンに体当たりされるまで気づかず、矢は大きくはずれた。イモジェンは巨体《きょたい》の兵士に腕《うで》をつかまれたが、兵士にかみつき、その手がゆるんだすきに逃《に》げだした。

おれは敵の注意をひきつけようと、丘の斜面をのぼりながらさけんだ。しかし激怒《げきど》した兵士たちは、イモジェンを見つめていた。射手がまた矢をつがえ、丘の頂上《ちょうじょう》を走るイモジェンに的をしぼった。イモジェンが一瞬《いっしゅん》立ちどまり、またおれのほうをふりかえる。

まわりがさわがしいのに、矢のヒュッという音がひときわ高く響《ひび》く。矢はイモジェンの肩《かた》の下のほうに命中した。イモジェンがこっちを向いたまま、顔をゆがませる。そのまま丘の向こうへ転落し、おれの視界《しかい》から消えた。

おれは走りつづけた。イモジェンを見つけられると信じて。助けられると信じて。

しかし走っている最中にも、丘の向こうから兵士の声がきこえてきた。「女をつかまえた！　死んでるぞ」

その瞬間《しゅんかん》、おれの世界はくずれおちた。

10

頭がぼうっとして、そのあとのことはおぼえていない。イモジェンが死んだときいてからは、一歩も動けなくなった。ひざをついたのか、つきとばされたのか、それすらもわからない。

何人の兵士に囲まれたのかも、わからなかった。五十人か？　百人か？　そもそも抵抗《ていこう》しなかったので関係ない。抵抗する方法も理由も、もうない。

イモジェンは、きっと死んでいない。死ぬはずがない。さっき言葉をかわしたばかりだ。おれの髪《かみ》にふれてくれたのに。ぴんぴんしていたのに。とにかく会いたい。そうすれば、意外に傷《きず》は深くないとわかるはず。かならず逃げられる。ふたりいっしょに、きっと――。

だが、矢が肩の下につき刺《さ》さる瞬間を、この目でたしかに見た。傷口《きずぐち》の血も見た。あっという間に、大量の血がふきだした。たおれたときには、すでに死んでいたのかもしれない。

ひとりの兵士に、あごを強くなぐられた。たおれる前に体をつかまれ、さらに一発、左目に拳《こぶし》を食らう。そのあともなぐられつづけたが、おれは抵抗しなかった。抵抗どころか、痛《いた》みすら感じない。ずたずたに引きさかれた心に比《くら》べれば、体の痛みなどとるに足らない。なぜ、それがわからないのか。

さんざんなぐられてから、地面におさえつけられた。剣《けん》と袖《そで》なしの革《かわ》の胴着《どうぎ》をもぎとられる。すぐさまふたりの兵士が胴着《どうぎ》をうばいあったが、丸ごと司令官にわたせと命じられた。武器《ぶき》をかくし持っていないか、念入りに身体検査《けんさ》をされてから、両手両足に錠《じょう》をはめられ、あおむけにされた。肩《かた》を怪我《けが》しているのに、そんなことはおかまいなしだ。敵の司令官は、よほどおれに顔を見せつけたいらしい。おれの左目はすでにはれあがってふさがっているし、右目はもっとましなものを見たいと思っているのが、わからないのか。司令官など見たくもないので、顔をそむけた。と、ほおを踏《ふ》みつけられ、強引に横を向かされた。

「こいつが、おれたちをさんざん手こずらせたガキの王さまか？　たいしたことないな」

司令官はせせら笑うと、おれの顔から靴《くつ》をどけ、片《かた》ひざをついてかがみこんだ。おれはなおも顔をそむけていたが、司令官の熱い息がかかる。「あの女は苦しむことなく即死《そくし》したといってやりたいところだが、丘《おか》のふもとではまだ生きていた。虫の息で。おまえに情《なさ》けをかけてくれと泣きついてきたぞ。そのつもりはないとつげると、息をひきとる直前にあるものを頼《たの》まれた。おまえの胸《むね》に直接《ちょくせつ》とどけてくれ、とな」

今度は司令官の顔を見た。声からすると、愛の言葉をつたえてくれるとは思えない。司令官はいやらしくにやりとすると、血にぬれた指を二本つきつけた。イモジェンの血だ。おれの肌着《はだぎ》を引きさいて胸をむきだしにすると、その指で二本の赤い血の筋《すじ》をつけた。血が酸性《さんせい》の液体《えきたい》のようにしみて、刺《さ》されたように痛《いた》い。

「屋内にとじこめておけ。半径一キロ以内に、こいつの救援隊《きゅうえんたい》を近づけるな！」と、司令官が部下に命じる。目の粗《あら》い黒い袋《ふくろ》をかぶせられた。立たされ、鎖《くさり》でつながれて連行される。数分後、暗い部屋に入れられた。冷えきっているのは地下だからだろう。

手足の錠をいったんはずされ、壁《かべ》に鎖でとりつけられた錠をはめられた。鎖が長いので、腕《うで》を動かせる。床《ゆか》にすわることもできるので多少楽になった。だが、楽になったのはそこだけだった。捕虜《ほりょ》はおれひとりのみ。連行してきた兵士のひとりが、爆破《ばくは》された壁のそばに友だちがいたといっておれをののしり、両脚《りょうあし》と腹《はら》を蹴《け》った。別の声がとめるまで、そいつは蹴るのをやめなかった。

おれは自分の殻《から》にとじこもり、別れまでの一瞬《いっしゅん》一瞬を思いかえした。ロープをほどくあいだの、イモジェンのあの表情《ひょうじょう》。恐怖《きょうふ》と疑念《ぎねん》にくわえ、別の感情《かんじょう》もまじっていた。おれが助けに来たことへの怒《いか》りだけでなく、安堵《あんど》もあった。おれを見るイモジェンの視線《しせん》には特別な気持ちがこもっていると、ローデンはいっていた。いままでも、イモジェンの顔にはおれへの愛情《あいじょう》がうかんでいたのか？

わからない。いま、考えられるのは、なぜイモジェンは射手《しゃしゅ》に体当たりしたのかということだけだ。なぜそのまま走りつづけ、逃《に》げのびなかったのか？

おれが上の空だと気づき、さっきおれを蹴った兵士がまた蹴りはじめる。その足がローデンにへし折られた右脚の傷《きず》に命中し、おれは激痛《げきつう》でひるんだ。

「ここが弱点なんだな。おぼえておくぜ」

「全員、下がれ」さっきおれの顔を踏みつけた司令官の声がした。キッペンジャー司令官と呼《よ》ばれている。

兵士たちが出ていく足音につづき、ナイフが鞘《さや》から引きぬかれる音がした。司令官がおれの首のつけねに刃《は》をあてる。殺すなら、さっさとやってくれ。すでにおれの心臓《しんぞう》はずたずただ。これ以上ひどくなりようがない。とにかく早く死なせてくれ。

しかし司令官にその気はないらしい。おれの肌着《はだぎ》へナイフをすべらせ、切りさいていく。どうせなら、胸《むね》の血の筋《すじ》もとりのぞいてほしい。肌《はだ》にイモジェンの血がついているのは耐《た》えられない。司令官がおれの指から王の指輪をはずし、おれの靴《くつ》も脱がせた。逃亡《とうぼう》をふせぐためだろう。逃《に》げる気などないのに。ようやく、おれの頭の袋《ふくろ》がはずされた。ふつうならまぶしくて目をしばたたくところだが、光がほとんどないのでまぶしくない。

にわか作りの監房《かんぼう》のようだ。ほぼ地下にうもれた穴《あな》ぐらで、土がこぼれ落ちないよう、ごつごつした木の板でおさえられている。明かりは、頭上の板のすきまからさしこむ光のみ。すきまからは、土と水ももれている。ネズミでも入れそうだ。沼地《ぬまち》が近く、土はぬかるんでいるのに、手と足の鎖《くさり》は壁土《かべつち》にしっかりとりつけてあった。引きぬく意志《いし》があったとしても、引きぬけない。

キッペンジャー司令官は背《せ》が高く、濃《こ》い金髪《きんぱつ》で、鼻がつんと高い。しげしげとながめれば欠点があるが、よく見なければ整った顔だと思う女性《じょせい》もいるだろう。おれをつかまえたことを自分の勲章《くんしょう》だと思うような、冷酷《れいこく》なゲス野郎《やろう》だ。

司令官は立ちあがって、おれを見おろした。「いいか、いまのおまえはただの人だ。世間的には死んだも同然。いま、バーゲン王がこっちに向かっておられる。おまえの召使《めしつか》いを尋問《じんもん》する気でおられるが、もっと大物をつかまえたと知ったら、さぞお喜びになるだろう」

おれは答えなかった。答える気にもならない。

司令官がつづけた。「バーゲン王は、この一帯のすみずみにまで、おまえが死んだとふれまわるだろう。王をうばわれたカーシア国は、まさに風前の灯《ともしび》だな」

おれは、ほかのことを考えていた。ハーバートとエベンデルは生きのびたのか？　モットは逃げのびたか？　イモジェンの身に起きたことを見たか？　おれのことは見たか？　降伏《こうふく》をこばんだら、おれはどんな目にあう？　祖国《そこく》カーシアが破滅《はめつ》することになれば、まちがいなくおれのせいだ。

しかしいまのおれには、なんとかしようとする気力すらなかった。

11

空腹《くうふく》でいちばんつらいのは、飢《う》えの苦しみが始まったとき。食事をとっていないことに体が気づき、食わせろとさわぎだしたときだ。けれどしばらくすると、体はもとめることをやめ、期待しなくなる。飢えの苦しみはぶりかえすし、空腹がおさまることはないが、この段階《だんかい》にたっすると、食事よりも命そのものが危《あや》うくなる。

だがおれは、空腹にすらならなかった。

つかまって最初の数日間は、ひとりきりで放っておかれた。地下牢《ちかろう》の守りは厳重《げんじゅう》だった。頭上の板のすきまからもれてくる声からすると、厳重に見張《みは》られているのはまちがいない。暗闇《くらやみ》の中にひとりきり。食事ぬきで、飲み水は頭上の土から垂《た》れてくる泥水《どろみず》だけ。たまに見張りが見にきても、それはおれが生きているかどうかたしかめ、好きなようにいたぶるためだ。おれは暴行《ぼうこう》されても抵抗《ていこう》せず、なにもいわず、見張りを意《い》識《しき》しているそぶりも見せなかった。おれが死んだとアベニア軍が噂《うわさ》をひろめるつもりなら、死んだことにしてやってもいいとさえ思っていた。

三日目の朝、敵《てき》の態度《たいど》が変わった。二名のアベニア兵がスープを運んできて、しつこく食えという。そこまでいうならケツの穴《あな》にでもつっこんでくれと、おれは懇切丁寧《こんせつていねい》に説明し、手をふってことわった。すると、背《せ》の高いほうの兵士が皿ごとおれにスープを投げつけ、立ちさった。

その日の晩《ばん》、見張りが干《ひ》からびたパンをのせた皿と、にごった水の入ったコップを運んできた。おれは、ネズミたちがありつけるよう、パンを地下牢のすみに放ってやった。コップも投げつけたが、見張りの足元にもとどかなかった。

すぐさまキッペンジャー司令官が呼《よ》ばれた。司令官は、おれが食事をとらないと自分が困《こま》るのだと、ぎゃあぎゃあわめいた。それがわかっただけでも、空腹をしのぎやすくなった。

翌朝《よくあさ》、ひとりの女がタオルを持ってあらわれ、おれの体をふいた。胸《むね》に残っているイモジェンの血をきれいにふきとってくれと頼《たの》んだら、そうしてくれた。これでようやく、まともに息ができるようになった。

「彼女《かのじょ》がここに連れてこられたとき、あたしがお世話しました」と、その女はいった。「あなたの情報《じょうほう》とひきかえに欲《ほ》しいものはなんでもやる、っていわれても、ぜったい首を縦《たて》にふりませんでしたよ」

イモジェンの話をきくのはつらいが、きかないのはもっとつらいと気づいた。この二日間は、教会の聖職《せいしょく》者《しゃ》たちから教わった来世について、ずっと考えていた。もし聖職者たちのいうとおりだとしたら、善良《ぜんりょう》な人びとは天国で聖人《せいじん》になる。ならば、イモジェンは天国にいるはずだ。おれの家族もきっといる。本当かどうかはわからないが、イモジェンは天国であらゆる不安や痛《いた》みから解放《かいほう》されて幸せにしている。そう信じることにしたら、心が軽くなった。

女がいなくなったあと、椅子《いす》が一脚《きゃく》運びこまれ、アベニア国のバーゲン王の到着《とうちゃく》をつげる声が外からきこえてきた。肌《はだ》がちくちくと刺《さ》すように痛《いた》い。バーゲン王が近くにいることを、肌が感じとっている。ほどなく、王本人が地下牢《ちかろう》に入ってきた。

若《わか》いころのバーゲン王は威厳《いげん》があったが、波が砂《すな》の城《しろ》をくずすように年月にむしばまれ、いまはすっかりくたびれていた。白いものがまじる髪《かみ》を後ろでたばね、ぶあつい丸メガネをかけているせいで、鞍《くら》のようにどす黒い目が大きく見える。おつきの召使《めしつか》いがさりげなく耳打ちすると、バーゲン王はメガネ姿《すがた》をだれにも見られたくないのか、急いでメガネをはずして召使いにわたし、召使いから布《ぬの》を受けとって鼻におしあてた。妙《みょう》な気分だ。ここがくさいとは、いままで思ってもいなかった。バーゲン王は入り口で立ちどまって腰《こし》をのばすと、おれをしげしげとながめながら入ってきて、椅子《いす》にすわった。が、一言もしゃべらない。おれも王に気づいたそぶりを見せなかった。

「なにも食べようとしないそうだな」ようやく王が口をひらいた。

「アベニアの食べ物は、塩づけにした糞《ふん》ですね」おれはぼそぼそといった。

「少しは謙虚《けんきょ》になったかと思っておったのに。ここで死にたいのか」

「望むところですよ」

王はすわったまま体の重心を移《うつ》し、おれにざっと目を走らせた。「監禁《かんきん》されて、こたえておるようだな。ひどいありさまだ」

「おたがいさまじゃないですか。少なくとも監禁という理由があるだけ、おれのほうがましですよ」

といいかえしたら、バーゲン王は軽く笑った。「たったひとりでわが国に侵入《しんにゅう》し、愛する女を死なせたカーシアの若き王は、いまや、わしのなすがままだ。きいてのとおり、われわれはおまえが死んだという噂《うわさ》をすみやかにひろめ、カーシアの首席評議員《ひょうぎいん》に無血の降伏《こうふく》を持ちかけた」

「そいつはよかった。うちの首席評議員は、降伏を喜んで受けいれるでしょうよ……あんたの降伏を」

バーゲン王は、またしても軽く笑った。「おまえの家族の葬儀《そうぎ》の晩《ばん》に会ったとき、わしはおまえを気に入ったといったが、いまもその気持ちは変わらん。大いなるしつけが必要だが、評価《ひょうか》すべき点も多い、覇気《はき》のある若造《わかぞう》だ。友になれたらよかったものを」

おれはなにもいわなかった。おれのバーゲン王への思いは、はるかに辛辣《しんらつ》だ。

「ジャロンよ、おまえはこの戦争において分《ぶ》が悪い。カーシア兵にとって最良の選択《せんたく》は、武器《ぶき》を捨《す》てることだ。おまえに忠誠《ちゅうせい》を誓《ちか》う者は高い代償《だいしょう》を払《はら》うことになろう。おまえも、この期《ご》におよんで、部下に忠誠をもとめる気などあるまい。どうだ？　じょうだんをいっていると思うか？　おまえが連れてきた二名の射手《しゃしゅ》は死んだぞ。知っておったか？　さっさと逃《に》げればよかったものを、おまえを助けるためにぐずぐず残って、命を落としたのだ」

死んだだろうとは思っていたが、そうときくと、やはりつらい。だが、モットの名前は出なかった。もしかしたらモットは、逃げおおせたのかもしれない。

バーゲン王はさらにいった。「敵《てき》がわが軍だけだとしても、おまえたちは力でも数でも劣勢《れっせい》だ。そこへジェリン軍とメンデンワル軍もくわわったのだぞ。おまえは、総《そう》隊長と仲たがいをしたそうだな。きくところによると、総隊長はすでに精鋭《せいえい》の部下を連れて、おまえの元を離《はな》れたのだとか。残った兵力は分散し、国内のどこもまともに守れない。しかもわれわれは、おまえを捕虜《ほりょ》にした……あの娘《むすめ》の死をくよくよとなげき悲しむおまえをな」

〝あの娘〟などと、イモジェンに失礼だ。それでも、バーゲン王にイモジェンの名を口にされるよりはましだった。こんなやつに、イモジェンの名を呼《よ》んでほしくない。

バーゲン王は身を乗りだし、両手を組みあわせた。「娘の埋葬《まいそう》はできるだけ引きのばしておる。おまえも亡骸《なきがら》を見て、矢が刺《さ》さった場所をその目でたしかめたいのではないか。きちんと弔《とむら》う機会がほしかろう」

おれは、なおも無言をつらぬいた。イモジェンの亡骸を見せてくれと何度か頼《たの》もうと思ったが、無残な亡骸が最後の記憶《きおく》として脳《のう》に焼きつけられたら、おれ自身がこわれるのが早まるだけだ。

バーゲン王は、どうでもいいとばかりに肩《かた》をすくめた。「娘の名前しかわからないので、墓石《ぼせき》にはそれしか書いてやれん。それでは、あんまりであろう」

アマリンダ姫《ひめ》なら、イモジェンを一族にくわえてくれるだろう。まちがいない。おれは小声でいった。「ブルテイン家のイモジェン。名字はブルテインだ」

バーゲン王はうなずいた。「墓石にほかに書きくわえたいことは？」

書きたいことはすでに頭の中にうかんでいたが、すぐには明かさず、王をひたと見すえてからいった。「ここにブルテイン家のイモジェンが眠《ねむ》る。その死は、バーゲン王を死へと追いやる復讐《ふくしゅう》につながった」

バーゲン王は、顔をこわばらせて立ちあがった。「いますぐ娘のとなりに埋《う》められなくて幸運だと思え。この無礼者めが！　娘の墓《はか》はとりやめだ。娘がここにいたことは、だれの記憶にも残らん」

そんなにかんたんに記憶を捨《す》てられたら、どれだけいいか。

バーゲン王は、さらにどなった。「まずは娘をうばったからな！　この戦いが終わる前に、すべてをうばってやる！」

「うばうものなんて、残ってないさ」と、おれはつぶやいた。

「そういいきれるのか？　おまえは、わしが望むものをなんでもさしだすのだ。さもなくば、すべてを失うとはどういうことか、思い知らせてやる。たとえば、おまえが大切に思っている手下のモット。おまえの目の前でじわじわと殺してやる。ルーロン・ハーロウはどうだ？　父親がわりではないのか？　やつの命は、さほど苦労せずにうばえるぞ。それと姫君《ひめぎみ》。おまえの愛《いと》しい台所女中と同じく、痛《いた》みをほとんど感じずに逃《に》げられたら幸運だな」

さすがに知らんぷりはできなかった。バーゲン王の発言でなければただの脅《おど》しかもしれないが、バーゲン王は機会があれば喜んでそうする。もしいうことをきかなかったら、おれの大切な人たちをひとりずつ利用して、おれを破滅《はめつ》に追いこむだろう。

バーゲン王は見張《みは》りの者たちを呼《よ》び、おれを指さして命じた。「こいつに謙虚《けんきょ》さをたたきこめ。次に会うときは、わしの足元にひれふすようにしろ。口答えは一切させるな！」

見張《みは》りたちはバーゲン王におじぎをし、数名がつきそって階段《かいだん》をのぼっていった。残った者はバーゲン王の命令にしたがおうと、にぎり拳《こぶし》を手のひらにたたきつけ、いっせいにおれにせまってきた。

12

夢《ゆめ》と現実《げんじつ》の境《さかい》があいまいになってきた。イモジェンがまだ生きている世界と、痛《いた》みのみの世界しかない。イモジェンの記憶《きおく》をかきあつめ、その記憶にしがみついて、一日の大半をすごすことにした。それだけが、おれの命綱《いのちづな》だ。

ある記憶が何度も何度もよみがえってくる。大切な記憶だが、いやでたまらない記憶。ムチ打ち柱にしばりつけられていたイモジェンのロープを切ったときの記憶だ。イモジェンがおれの髪《かみ》にふれた。おれにずっと関心のないふりをし、ふたりのあいだには友情《ゆうじょう》しかないとさんざんいってきたくせに、あのときの仕草は正反対のことをつげていた。あの瞬間《しゅんかん》で記憶を切断《せつだん》し、そこから先を忘《わす》れられたらどれだけいいか。だが、肩《かた》に矢が刺《さ》さったときのゆがんだ表情《ひょうじょう》や、丘《おか》の反対側へくずれ落ちる姿《すがた》が、決まってつづくのだ。キッペンジャー司令官やその部下たちにどんな暴行《ぼうこう》を受けようが、頭に焼きついたあの記憶のほうが、おれにはつらい。あなたは生きると約束して。それが、イモジェンがおれにかけた最後の言葉だった。なぜイモジェンも生きのびてくれなかったのだ？

バーゲン王が見張りの兵士たちにおれを好きなようにいたぶってかまわないといったので、最悪の目にあわされるのは覚悟《かくご》していた。最初は全身の骨《ほね》が折れるかと思うくらい、ひどい暴力《ぼうりょく》を受けた。だが食事をとらなかったせいで体が弱り、反応《はんのう》のないぼろ人形のようになったら、今度は情報《じょうほう》目的で尋問《じんもん》されるようになった。無言をつらぬくと、徹底《てってい》的にはずかしめられた。

キッペンジャー司令官にいたっては、おれをだしにして単細胞《たんさいぼう》の部下たちを楽しませるゲームまで考案した。地下牢《ちかろう》の壁《かべ》の上の方にある平たい岩にガーリン硬貨《こうか》を一枚《まい》のせ、おれにとらせるゲームだ。

おれは硬貨をちらっと見ると、顔をそむけた。高さはそれほどでもない。おれの身長の倍くらいだ。それでも、もっと高く感じる。鎖《くさり》でつながれた状態《じょうたい》で硬貨へ手をのばすのは、むりとはいわないまでも、かなりむずかしい。そもそも、そんなことをする意味がわからない。

だがキッペンジャーは、ゲームをやりたがった。「おい、ガキ、硬貨をとれ。自由を売ってやるよ」

それでも動かずにいたら、とうとうテロウィックという名の野獣《やじゅう》のような男が剣《けん》を引きぬき、壁をはいあがって硬貨をとってこいとおれに命じた。立ちあがったら全身に痛《いた》みが走ったが、剣で切られたらもっと痛いだろう。

壁の土はところどころぬかるんでいて、やわらかい。木の根がはっていて、足がかりとなりそうな岩もうまっているが、硬貨のある岩までのぼりきる自信はなかった。たとえ鎖に引っぱられずにすんだとしても、骨折《こっせつ》した弱い右脚《みぎあし》がもちそうにない。

テロウィックにまた脅《おど》されて、土に指を食いこませ、根をつかんでのぼろうとした。その瞬間《しゅんかん》、テロウィックが剣の平たい面で、おれの脚の裏側《うらがわ》をひっぱたいた。

おれは思わず手を離《はな》し、地面にあおむけにひっくりかえった。テロウィックがおれを見おろしてゲラゲラと笑う。キッペンジャーが、のぼれとおれに命令し、何度もしつこくせかした。しかたなく立ちあがったが、のぼりかけると、またテロウィックに脚の裏側を強打された。さらにもう一度同じ目にあわされたあとは、壁のほうへ転がって、命令を無視《むし》した。キッペンジャーはなんとかやらせようとしたが、おれは捕虜《ほりょ》であって芸人じゃない。こんなお遊びにつきあわされるのはごめんだ。

地面に寝《ね》そべっているおれのほうへ、キッペンジャーはかがみこんだ。「おまえは新生王と呼《よ》ばれているそうだな。だったら、身を起こしてのぼってみろ！　立ちあがって、硬貨をとってこい！」

「じゃあ、手錠《てじょう》をはずせ」

といいかえしたら、キッペンジャーはおれをあざ笑った。「おいおい、そこが見どころだろうが。だれが手錠をはずすか。おまえはあの硬貨がとれない。おれがいいといわないかぎり、立つことすらゆるされない。たった一枚の硬貨にも手がとどかないんだ。自由に手がとどくわけがないよな？　おまえは二度と立ちあがれないんだ！」

おれはもう一度硬貨のほうをふりかえると、目をとじた。こいつのいうとおりかもしれない。

翌日《よくじつ》、キッペンジャーは硬貨のことなどすっかり忘《わす》れ、別の戦略《せんりゃく》でせめてきた。数日前、おれの体をふいてくれた女がスープを運んできた。キッペンジャーも入ってきて、おれに飲めと命令したが、おれはキッペンジャーなど見向きもしなかった。と、キッペンジャーがさらにふたりの兵士を呼びいれた。ひとりは棒《ぼう》を一本持っている。またなぐられるのかと覚悟《かくご》したら、キッペンジャーはおれではなく女に、壁《かべ》のほうを向いて立てと命令した。女が恐怖《きょうふ》で息をのみ、おれを見る。

おれは即座《そくざ》にスープ皿を受けとった。「女を自由にしろ。飲むから」本気のしるしに一口飲んだ。飢餓状《きがじょう》態《たい》だったせいかもしれないが、スープは天からのおくりもののようにおいしい。結局、本気で飲んでいた。おかわりをやるといわれたら、遠慮《えんりょ》なくもらっただろう。

こんな事態《じたい》にならなければどれだけよかったかとは思うが、イモジェンは正しかった。ここでくじけるわけにはいかない。生きのびるのだ。

おれが飲みはじめたのを見て、キッペンジャー司令官は女と兵士たちを下がらせた。スープを飲みおえたらどうせまた暴力《ぼうりょく》をふるわれると思ったので、わざと時間をかけて少しずつ飲んだ。ところがスープ皿をおくと、キッペンジャーは意外にもおれにしゃべりかけてきた。「自分を救うためには飲まないが、他人を救うためには飲むのか。じつにおもしろい」少しのあいだおれを見つめてから、つづけた。「ファルスタン湖で、おおぜいの兵士を絶壁《ぜっぺき》の上に配置したな。戦場から遠く離《はな》れ、すでに干《ひ》からびた湖を見おろす絶壁に。なぜだ？」

「前にもその質問《しつもん》をしたよな」

「おまえが答えなかったから、もう一度きいているんだ。なぜあそこに兵士たちを配置した？」

「考えりゃわかるだろ」おれはキッペンジャーをろくに見ずにいった。「うちの兵士たちは、湖に水がもどってくるのを待ってるんだ。いっしょに泳いできたらどうだ？」

キッペンジャーはおれの脇腹《わきばら》を蹴《け》り、すでにあざだらけの脇腹に新たなあざをくわえてから、おれの正面にしゃがんだ。「協力する気はないのか？　痛《いた》い思いをしなくてすむぞ」

「べつに……痛くもなんとも……ない」やせがまんでしかないが、口に出したら気が晴れた。

「痛くもなんともないのなら、おまえの代わりに痛がるやつを連れてくるしかないな」キッペンジャーは立ちあがり、外の見張《みは》りたちに向かって口笛をふいた。見張りたちが忠犬《ちゅうけん》のように、足音を立てて階段《かいだん》をおりてくる。今回は、ある人物を連行してきた。

「トビアス……」声を出さずに名前をつぶやくと、トビアスが顔をあげた。鼻血のあとが残っている。会えたのはうれしいが、同時に動悸《どうき》もはげしくなってきた。トビアスがここにいるとは、どういうことだ？　フィンクとアマリンダ姫《ひめ》は？　どこだ？

トビアスはおれを見て目を見ひらき、信じられないといわんばかりに首をふった。「ジャロンさま？　生きているのですか？　噂《うわさ》では――」

「生きてるさ。かろうじて」

キッペンジャーが声をはりあげた。「ジャロン、もう一度きく。なぜ軍隊をあの絶壁の上に配置した？」

おれは反抗《はんこう》的にあごをつきだすだけで、答えなかった。キッペンジャーはおれが答えを拒否《きょひ》した罰《ばつ》として、手の甲《こう》で痕《あと》がつくくらい強くトビアスの顔を打った。トビアスは悲鳴をあげ、気絶《きぜつ》して地面にたおれた。

見張《みは》りたちがトビアスの両腕《りょううで》をつかんで連れだそうとしたが、キッペンジャーがとめた。「いまさら連れだして、なんになる？　意識《いしき》をとりもどすまで放っておけ。またジャロンに悲鳴をきかせるんだ」

見張りたちは、おれの向かいの壁《かべ》にとりつけてある鎖《くさり》つきの手錠《てじょう》をトビアスにはめ、地面に放置した。もし協力しないなら、トビアスもイモジェンと同じ目にあわせると、キッペンジャーがトビアスを指しておれを脅《おど》す。

キッペンジャーたちが引きあげたあと、おれは小声でトビアスの名を呼《よ》んだ。トビアスはもぞもぞとしただけだったが、もう一度、さっきよりも大きな声で呼びかけると、目をとじたまま、ささやいた。「もう安全ですかね？」

おれは咳《せき》こむようにして静かに笑った。「そんなわけないだろ。ここをどこだと思ってるんだ？」

トビアスが目をあけ、やっとのことで体を起こしてすわった。「なぜ気絶してないってわかったんです？」

「気絶したやつが、だれも見ていないすきに薄目《うすめ》をあけたりするかよ」

トビアスが、おれに向かってかすかにほほえむ。おれは、まじめな顔でつづけた。「おれが死んだと思っていたのか？」

トビアスは暗い表情《ひょうじょう》でうなずいた。「アベニア兵たちは、あなたさまの血まみれでずたずたの服をこれみよがしに見せてまわっています。カーシア国民の戦意をそごうとしてるんです」

おれは鼻を鳴らした。「はっ、見てのとおり、おれはアベニア兵がなんといおうと、死んじゃいない」

「いまにも死にそうに見えますけどね」

トビアスのじょうだんは気に入ったが、正直、自分でも死にそうな気分だった。

「じゃあ、モットとイモジェンは無事に逃《に》げのびたんですね？」

その質問《しつもん》に答えるのは思ったよりもつらく、言葉をしぼりださなければならなかった。「モットの消息はわからない。たずねるのがこわくて、まだ知らないんだ。イモジェンは……残念ながら……」

トビアスはうなずき、なにかいおうと口をひらきかけたが、またとじた。おくやみであれ、なぐさめであれ、問いかけであれ、いっさいききたくない。おれは目をとじ、トビアスがなにか思いつく前にたずねた。「アマリンダ姫《ひめ》とフィンクは？　頼《たの》むから、バイマール国にたどりついたといってくれ」

長い沈黙《ちんもく》に耐《た》えきれなくなって、トビアスを見た。トビアスは首をふっているところだった。「アベニアの国境警備兵《こっきょうけいびへい》は、とくに問題なくやりすごせました。食料品はあらかたうばわれましたが、荷馬車は通過《つうか》できました。ところがイゼルまであと一歩のところで、盗賊団《とうぞくだん》に襲《おそ》われて……。馬車の二重底にもどるひまがなかったんで、御者《ぎょしゃ》が盗賊団の注意をひきつけているあいだに馬車から逃げだし、近くにかくれました。そのとき、アベニア兵の一団《いちだん》が通りかかってさわぎをききつけ、盗賊の一部と御者をつかまえました。そして盗賊からぼくたちが逃げたことをききだし、馬車に乗っていたのがアマリンダ姫かもしれないと勘《かん》づきました。御者《ぎょしゃ》は詰問《きつもん》されても、カーシア国への忠誠《ちゅうせい》の言葉しかいわず、いっさい答えませんでした」

おれは首をふった。忠誠心は貴重《きちょう》だが、アベニア兵に囲まれた状況《じょうきょう》で御者がどうなったかは想像《そうぞう》がつく。

トビアスがつづけた。「そのとき、アベニア兵たちが御者に、あなたさまが死んだといったんです。あなたさまの服の切れ端《はし》まで見せました。ぼくとアマリンダ姫《ひめ》は離《はな》れた場所から見ていたんですが、その布《ぬの》が別れぎわにあなたさまが着ていた服のものだとわかりました」

「フィンクも見たのか？」

「もちろんです。あのときは全員、さけび声をおさえるだけでせいいっぱいでした。フィンクのやつ、立ちあがって敵《てき》に向かっていこうとしたんですよ。ぼくがとめましたが」トビアスはくちびるをなめた。「あれは、人生最悪の知らせでした。姫とフィンクにとってもそうです。アマリンダ姫は、アベニア兵の一団《いちだん》が去っても、しばらく歩く気力すらありませんでした」

「で、姫はバイマール国へ向かったのか？」

トビアスは、またしても首をふった。「向かうように説得したんですが、姫はあなたさまの死の知らせがすぐにひろまるとわかっていました。その知らせをきいたカーシアの民《たみ》は、王座《おうざ》に指示《しじ》をあおぐ。だからだれかが王座にすわっていなければとお考えになったんです。で、首都ドリリエドへ歩いてもどるといいはりました」

ばかな！　盗賊団《とうぞくだん》をつかまえたアベニア兵たちは、アベニア国内に姫がいると考え、徹底《てってい》的に探すはずだ。しかも港町イゼルは、最短の逃《に》げ道だったのに。わざわざカーシア国まで引きかえすなんて、あまりにも危《き》険《けん》だ。トビアスにもそういったところ、

「ええ、わかってます」という答えが返ってきた。「けれど相手は姫ですし、ぼくは召使《めしつか》いでしかありません。姫がカーシア国にもどりたいというのなら、ぼくはしたがうしかありませんよ。バイマール国には、フィンクが向かいました」

「な、なんだと？」おれはかっとし、必死に自分をなだめた。「ひとりきりで行かせたのか？」

「本人が行けるっていいはるんで。フィンクはアベニア人ですから、兵士をうまくかわせる確率《かくりつ》は高いですし。ほかにどうしようもなかったんです、ジャロンさま」

そうかもしれないが、やはりおだやかではいられない。「おまえは、どうしてつかまったんだ？」

「ある晩《ばん》、姫とふたりで暗闇《くらやみ》の中で休んでいたら物音がして、様子を見に行ったらつかまってしまったんです。休んでいた場所に引きずられてもどったときには、姫は消えていました」

そのあと姫がどうなったか、考えただけでぞっとする。表情《ひょうじょう》からすると、トビアスも同じらしい。もし姫もつかまっていたらどうなるか。想像するだけで耐《た》えられない。それなのに、こんなところで足どめを食らっているとは――。よけい気がめいる。

もうたくさんだ。脱出《だっしゅつ》しよう。

13

逃《に》げだすと決めたものの、状況《じょうきょう》が状況だけに、一筋縄《ひとすじなわ》では行かなかった。トビアスを人質《ひとじち》にとられ、おれに対するしめつけがさらにきつくなったのだ。体力もおとろえていて、たとえチャンスがあっても逃げきれそうにない。トビアスはなにかと助けてくれるが、おれと同じく敵《てき》につらく当たられている。おれが敵に協力しなければ、トビアスはますます苦しい立場に追いやられてしまう。

モットとイモジェンを逃がしたあのせまい空き地で、おれとトビアスはカーシア国の戦略《せんりゃく》について尋問《じんもん》された。今回は能《のう》なし巨漢《きょかん》テロウィックと、別の部下の小がらな兵士が相手だ。ここからだと、わずか数日前にイモジェンが立っていた丘《おか》がよく見える。それだけでつらい。もうどこにもいないとわかっていても、ついそっちを見てしまう。そのたびに注意を引きもどされて、えんえんと尋問された。

「ドリリエドには兵士を何人残した？」と、テロウィック。

「答えてはなりません」トビアスがおれに必死にうったえた。すると、また腹《はら》を拳《こぶし》でなぐられ、息がつまって体を曲げた。見ているだけで、おれも同じ痛《いた》みを感じる。

「人数をいえ」と、小がらな兵士。あごに大きなほくろがある。本人がいやがるとわかっていたので、おれは汚《きたな》い物でも見る目つきで、わざとほくろを見つめてやった。

「強引にききだすこともできるんだぞ！」

「やれるものなら、やってみろ」おれはつぶやいた。やつらの本気度を疑《うたが》ったわけではない。おれの中身が空っぽだから、なにもとりだせないといっているのだ。中身はすべて流れだしてしまった。あとは、かつての闘志《とうし》がほんの少しあるだけだ。

「おれたちをなめるんじゃねえぞ」と、テロウィック。「わが王は、ある人物とひそかに連絡《れんらく》をとりつづけている。おまえもよく知っている人物だぞ。ベビン・コナーという名の貴族《きぞく》だ」

「元貴族だ」おれは、またつぶやいた。そんなことは秘密《ひみつ》でもなんでもない。コナーとバーゲン王の関係はすでにつかんでいる。

「コナーからは、例の台所女中がライベスにいることや、警護隊《けいごたい》のこと、おまえが警護隊の総《そう》隊長と仲たがいしたことをきいた。おまえが口を割《わ》らなくても、こっちはほしい情報《じょうほう》が手に入るんだ！」

ならば、だれが口を割ってやるものか。顔をそむけようとしたら、テロウィックがムチをよこせとだれかに命令した。

ムチで打たれるのがおれかトビアスか知らないが、いずれにせよムチはさけたいので、声をあげた。「うちの司令官たちは、敵がおれから戦略をききだすと踏《ふ》んで、きっと計画をすべて変更《へんこう》する。ききだしてもむだだ」

「なにがむだかは、こっちが決める」テロウィックはキャンプ内のだれと比《くら》べても脳《のう》みそが半分しかないが、そのぶん、腕力《わんりょく》を倍にすることでおぎなっている。ぽっちゃりしているので最初は見くびっていたが、いまはちがう。このキャンプで一番ひどくおれをなぐったのはテロウィックだ。

「ああ、なにをむだというか、あんたほど身にしみてわかっているやつはいないよな。でも、もうたくさんだ。司令官と直接《ちょくせつ》話をさせてくれ」

テロウィックが眉《まゆ》をひそめ、わけのわからないことを言いだした。「赤いバラを見た人間は、だませねえぞ」

はあ？　赤いバラとは、いったいなんなのだ？　テロウィックの脳《のう》みそは、ふつうの人間の半分どころか三分の一らしい。

テロウィックがまたトビアスをなぐろうと手をあげる。おれはさけんだ。「もういい！　いますぐ司令官を連れてこい！」手をとめたテロウィックに、さらにいった。「連れてこないと、司令官の娘《むすめ》たちはガマガエルみたいだといったのをばらすぞ」

「そんなことをいったおぼえは――」

「きのうの夜、いっていただろうが。地下牢《ちかろう》の前を歩くときは、もっと気をつけてしゃべるんだな」

テロウィックは手をおろし、司令官を連れてくるからちゃんと見張《みは》ってろと、ほくろ顔の小がらな兵士に命じた。テロウィックが足を踏《ふ》みならして立ちさると、ほくろ男は洗濯物《せんたくもの》を抱《かか》えて通りすぎる女たちを見物していた。洗濯物を運ぶ女たちを見てもわくわくするとは思えないが、そう感じるのは、おれがもっと重要なことで頭がいっぱいだからかもしれない。

ほくろ男がよそに気をとられているあいだに、心を落ちつけようと深呼吸《しんこきゅう》した。が、不安がつのるだけなので、トビアスのほうを向いた。「笑い話をしろ。暗くならない話ならなんでもいい」

「ええっ、いま？」

「いまだからだろ」

「はあ、わかりました」トビアスはなにか思いついたのか、にやりとした。「あなたさまが死んだときいて、カーシア国へ引きかえしはじめた最初の二日間は、ぼくもアマリンダ姫《ひめ》もものすごく落ちこんでいました」

おれは片方《かたほう》の眉をつりあげた。「暗くならない話にしては、史上最悪だな」

「しーっ。ここからですよ」その日へと意識《いしき》が飛んで、トビアスの目がとろんとした。「アマリンダ姫はだまりこくっていて、どう声をかけたらいいかわかりませんでした。その晩《ばん》、雨が降って、ぼくと姫はやむなく生《お》いしげった下草の中にもぐりこみました。寒くて、自分の手すら見えないくらい暗くて、闇夜《やみよ》は永遠《えいえん》につづくのかと思いましたよ」

「暗くならない話といったのに」

「しーっ！」と、トビアスはまたほほえんだ。「ところが、翌朝《よくあさ》はみごとに晴れあがりました。天気がよくて、あたたかく、雨ですべてがきらきらと輝《かがや》いていました。そこはアベニア国だというのに、散歩にはうってつけだな、なんて思ったもんです。姫とふたりで食べ物を探《さが》しまわるうち、姫が野生の果実の茂《しげ》みを見つけて、空腹《くうふく》のあまりかけだしました。ところが果実に気をうばわれて、足元が目に入らず、飛びだした木の根に足をとられて、どろどろの土に思いきりつっこんだんです。出ようともがけばもがくほど、ますます泥《どろ》まみれになっちゃって！　あわてて助けに行きましたが、ぼくも転んでしまって、ふたりでぬけだすころには、全身みごとに泥まみれ！」

おれはくっくっと笑った。おれがアマリンダ姫《ひめ》とすごしたあいだ、姫はだらしない仕草を見せたことなど一度もなかった。その姫が全身泥まみれなんて、ありえない。おれは前に一度、コナー邸《てい》で給仕係のふりをさせられたとき、顔に泥がついていると姫にいったことがある。あのときのこととからめて、姫をえんえんとからかうことができそうだ。姫は、すきがないわけじゃない。もしかしたら、将来《しょうらい》うまくやっていけるかもしれない。

「で、果実は食べたのか？」

「ええ、まあ、最後には」トビアスはふたたびほほえんだ。「最初はぼくも姫も泥まみれで、果実を食べるどころじゃなかったんです。どんどん道からはずれ、ようやく池を見つけました。しかも前の晩《ばん》の大雨のせいで、水が滝《たき》のように落ちていたんです。ぼくも姫もきれいになるまで水に打たれて、何時間もたったように感じましたよ。服を乾《かわ》かすのに少しかかりましたね。そのあと、ようやく果実にありついたんです」

おれは笑みを消し、舌打《したう》ちした。トビアスがあわてて首をふる。「あっ、服を乾かすといっても、べつに……妙《みょう》ないい方をして、もうしわけありません。誤解《ごかい》です」

トビアスはさらになにかいおうとしたが、ちょうどそのときテロウィックがキッペンジャー司令官を連れてもどってきた。キッペンジャーはここに呼《よ》びだされて、いかにも不満そうだった。

おれはキッペンジャーにいった。「別の場所で話をしたい。ふたりだけで」

「ここでいいだろうが」と、キッペンジャー。

おれはトビアスとキッペンジャーの部下たちを見て、あきれた顔をした。「どこがふたりだけなんだ？」出ていこうとしたキッペンジャーに、おれはさらにいった。「あんたの望みをかなえてやるよ……ふたりだけで話せるならば」

「だめです！」と、トビアス。「ジャロンさま、なにをなさる気です？」

「おまえの命を救うんだよ」トビアスにいい、またキッペンジャーを見る。「どうする？」

キッペンジャーは、テロウィックとほくろ男に向かってうなずいた。「おまえたちのどちらかが、そいつを地下牢《ちかろう》にもどせ。もうひとりは、ジャロンとおれが話をするあいだ、ここに残ってろ」

トビアスが手錠《てじょう》をはずされる。おれの名をさけんでいたが、おれはふりむかなかった。トビアスはおれの決断《けつだん》を理解《りかい》する必要も、反対する必要もない。おれの決断なのだから。

その晩遅《おそ》くになってから、テロウィックに地下牢へもどされた。キッペンジャーとの話しあいは、期待したほどの成果はなかった。へとへとで、全身が痛《いた》くてたまらない。手錠をはめられるあいだも、すわっていられないほどだ。トビアスがおれにスープを用意するよう、必死に頼《たの》みこんだが、テロウィックにはねつけられた。どっちみち、おれはスープなどいらなかった。飲む気力すらない。

「ジャロンさまは捕虜《ほりょ》なんだぞ。あんたは、ジャロンさまの命をあずかってる。最低限《さいていげん》の待遇《たいぐう》は保証《ほしょう》するべきだ」と、トビアスは抗議《こうぎ》したが、

「なにが保証だ」と、テロウィックはにべもなかった。「最低限の待遇を受けたければ、それも取引の条件《じょうけん》に入れておくんだったな」

「取引って?」トビアスはそういって、おれのほうを向いた。「ジャロンさま、取引ってなんですか?」

「すべて……話した」体を起こしてすわるだけで一苦労だった。「ほぼ……すべてを。おまえの釈放《しゃくほう》を勝ちとれるていどの情報《じょうほう》をあたえた。明日の朝、おまえが無事に釈放されたら……残りを話すことになっている」

「まさか! ジャロンさま、なんてことを!」

「ほかにどうしろっていうんだ!」おれは、どなりかえした。「おれがなにもいわないせいでおまえがなぐられるのを、だまって見てろっていうのか? どうせ、いつかはしゃべらされる。でも、おまえはそれまでもたないぞ。取引すれば、少なくともおまえは助かる」

「あなたさまはどうなるんです?」

「解放《かいほう》されるはずがない」おれはささやいた。「わかってるだろ。なにがあろうと、おれは解放されないんだ」

解放されるはずがない。現実《げんじつ》に打ちのめされ、冷たい壁《かべ》の岩にもたれかかった。トビアスが同情《どうじょう》をあらわにおれを見る。同情されるくらいなら、がっかりされるほうがいい。怒《いか》りをぶつけられるほうがまだましだ。顔をそむけたが、みじめな思いは消えなかった。

「くじけてないって、いってください」と、トビアス。「くじけそうなのはわかりますが、あなたさまならここからはいあがれます」

「おまえになにがわかる？」おれは声を荒《あら》らげた。「王国の重圧《じゅうあつ》を肩《かた》に感じているか？ 全力で自分をたたきつぶそうとする敵《てき》がいるか？」

「いえ」

「愛する人をうばわれたか？」

「いえ、姫《ひめ》は――」といいかけて、トビアスははっとし、すぐに話題を変えた。「ジャロンさま、イモジェンを愛していたのですか？」

告白を期待していたなら、おあいにくさまだ。おれは、壁のほうへ転がって目をとじた。「いままでうばわれたすべての人を愛していた。だから、おれはくじけて当然なんだ。くじけるななんて、いわないでくれ」

14

トビアスは翌朝早《よくあさ》くに解放《かいほう》されるはずだった。ところが泥《どろ》のように眠《ねむ》ってようやく起きだしたら、トビアスはまだ残っていて、キッペンジャー司令官とのひそひそ話を切りあげるところだった。キッペンジャーが立ちさったあと、なんの話をしていたのかとたずねた。

「ぼくはカーシア国の評議員《ひょうぎいん》ですからね。捕虜《ほりょ》として、それなりに価値《かち》がありますよ」

見栄《みえ》を張《は》っている場合ではないのに。「生きのびたほうが、カーシア国にとって価値があるだろうが！まったく、とっくにカーシア国へ向かっていると思っていたぞ」

「残ることにしたんですよ。あなたさまにまともな食事と毛布《もうふ》をあたえることを条件《じょうけん》に。それと、今日一日は休みにするよう、交渉《こうしょう》しました」

トビアスの申し出をことわって、むりやりここから追いだすだけの体力があればよかったのだが、さすがに空腹《くうふく》が限界《げんかい》にたっしていた。寒くて体のしびれもとれない。しかたなく、うなずいた。トビアスの独断《どくだん》は不満だったが、正直にいうとありがたかった。

すぐに食事が運びこまれたが、おれをあざ笑うかのようにセットされていた。ぶあつい肉と厚切《あつぎ》りのパンが一切れずつ、王にふさわしい重たげな銀の皿にのせてあったのだ。この数日、ほとんどなにも口にしていなかったので、いきなり肉を食べたら腹《はら》をこわしてしまう。パンを少しずつかじってみたが、やはり体が受けつけない。

結局トビアスのほうへ、足で皿をおしだした。「おまえにやるよ」

「だめですよ。ジャロンさまの食事なんですから」トビアスが足で皿をおしもどす。

「食えないんだ。そのことは連中もわかっている」おれは、皿をトビアスのほうへ足でおしかえした。「皿をおしやるだけで、せいいっぱいなんだ。頼《たの》む、だまって食ってくれ」

トビアスは皿に手をのばしたが、食べずにひたすら見つめていた。「せっかく交渉したのに……。こんなことになるなんて」

「毛布は手に入った。それでじゅうぶんだ。さあ、食ってくれ。おまえだけでも体力をつけろ」香《こう》ばしいにおいに、飢《う》えの苦しみが一気にぶりかえす。毛布にくるまり、横になった。

そのまま寝《ね》そべっていたら、その日のうちにキッペンジャーが地下牢《ちかろう》にやってきた。バーゲン王が話をしにくるという。「残りの質問《しつもん》に答える約束だったな。バーゲン王が直接《ちょくせつ》おききになるそうだ」

おれは目もあけずに答えた。「トビアスが無事にここを出られたらという条件つきだったはずだ」

「こいつがまだここにいるのは、本人がおまえのために交渉したからだ。さあ、さっさと立て。バーゲン王は友好的な手をさしのべておられるのだぞ。お茶をともにしようとのことだ」

お茶にはひかれるが、バーゲン王との友好はどうでもいい。

テロウィックがもどってきた。今回は本人が着ているのと同じ、赤い横線が入った黒い羽織《はおり》を持っている。おれはそれを見たがなにもいわず、すきを見ては蹴《け》ろうとするテロウィックにやられる前にゆっくりと立ちあがった。

テロウィックは敵意《てきい》をあらわにおれをにらみつけ、おれの手錠《てじょう》をはずすと、羽織を放りなげた。「着ろ」

「このおれにアベニアの羽織を着ろだと？　ふざけるな。ほかの服をとってこい」

といいかえしたら、テロウィックは地下牢《ちかろう》の隅《すみ》にだまってすわっていたトビアスを指さした。「着ないなら、あいつの腕《うで》をへし折るぞ」

「どうしても着せたいのなら、お願いですから着てくださいとおれに頼《たの》め。暴力《ぼうりょく》をふるうことしか頭にないのか？」おれは羽織をひろい、テロウィックのほうへつきだした。「おれは王で、おまえは召使《めしつか》いだ。おれに着せろ」

テロウィックがなぐりかかろうとしたが、キッペンジャー司令官が腕をつかんでとめて、おれにいった。

「ジャロン、われわれにとって、おまえはただのクズだ。さっさと着ろ」

おれはため息をついて羽織を肩《かた》にかけたが、帯はしめなかった。かわりにキッペンジャーがおれの帯をきつくしばり、手錠をはめろとテロウィックに命じた。おれは無駄《むだ》にあらがわず、手首をそろえてさしだした。手錠をはめおえたテロウィックが、ついてこいとおれに命じる。

「そういわれても、歩けないなあ。わかるだろ、それくらい。あんた、おれをさんざんなぐったんだから」

おれの場合、無口をつらぬいても好かれないと思うが、しゃべっても味方は増《ふ》えそうにない。キッペンジャーはむっとし、おれをバーゲン王のところまでかついでいくよう、テロウィックに命じた。

「かんべんしてくださいよ。こいつ、ちゃんと歩けますって」

「きのう、暴力をふるっただろうが。歩けるとしても、あざだらけの体では、たどりつくまで一時間かかる。いいから、かつげ」

テロウィックは凶暴《きょうぼう》なブルドッグなみのていねいさで、おれを肩にかついだ。ようやくチャンス到来《とうらい》だ。地下牢を出る前に、テロウィックの腰《こし》から鍵束《かぎたば》を盗《ぬす》み、羽織の袖《そで》にしのばせた。

バーゲン王は、急ごしらえだが優雅《ゆうが》に飾《かざ》られたレンガの建物の中にいた。入り口まで階段《かいだん》が三段《だん》ある。テロウィックはおれを階段の前で落とし、ここからは歩かないと引きずるぞといった。おれは立ちあがったが、すぐに階段の真ん中の段へたおれこんだ。その瞬間《しゅんかん》、盗んだ鍵束を袖から羽織の中へ落とし、きつくしばられた帯にはさむ。そしてテロウィックに蹴られる前に立ちあがり、足を引きずりながら階段をのぼった。足を引きずったのは、演技《えんぎ》ではない。じょうだんぬきで、歩くのがつらい。

バーゲン王は質素《しっそ》な木製《もくせい》のテーブルのそばにすわっていた。王らしい派手《はで》な服装《ふくそう》をしているだけに、なんともちぐはぐだ。メガネをかけていないが、鼻の両側が赤くなっているのは、さっきまでかけていた証拠《しょうこ》だろう。今日は白髪《しらが》のまじった髪《かみ》を垂《た》らしていて、いっそう老《ふ》けて見えた。ゆうに十年は長く生きすぎている。

部屋の奥《おく》は、床《ゆか》まで垂れた刺繍《ししゅう》つきの厚手《あつで》のカーテンでおおわれていた。カーテンの裏《うら》になにがあるのか、一瞬《いっしゅん》気になったが、どうでもいい。バーゲン王のまわりには、勲章《くんしょう》をじゃらじゃらとつけた護衛《ごえい》が少なくとも二十名はいる。ひとりひとりが殺人兵器だ。おれから身を守るにはこれだけの護衛が必要なのだと思いたいところだが、いまのおれは殺人計画など立てていない。戦う体力も気力もない。いまならたった一匹《ぴき》の子猫《ねこ》でも、りっぱな護衛になれるだろう。

部屋に入ったら、バーゲン王はテーブルをはさんだ向かいの椅子《いす》をすすめてきた。無視《むし》して立っていたら、すぐ後ろにいた護衛たちにおしだされたので、テーブルまで足を引きずっていき、バーゲン王を見ないですわった。

バーゲン王はうんざりした顔でおれをながめてから、ようやくパンと薄切《うすぎ》りのチーズの皿をおれにすすめた。目をあわせるのをひたすら待っている。王が身を乗りだしたら、チャンスだ。そのときにそなえて、口の中につばをためた。

しかしバーゲン王は、背《せ》もたれによりかかってしまった。「今夜、アベニア軍は、カーシア国への侵攻《しんこう》を開始する。きのう、おまえが司令官につたえた情報《じょうほう》のおかげで、どこをどう攻撃《こうげき》するか、正確《せいかく》に把握《はあく》した。カーシア国の兵士一名につき、わが軍には百名の兵士がおる。わしに逆《さか》らう者は、すべからく死んでもらう」

おれはバーゲン王をちらっと見ただけで、テーブルに視線《しせん》を落とし、反応《はんのう》しなかった。

これがバーゲン王の気にさわったらしい。声がいっそう大きくなった。「外のことは、どうでもよいのか？　祖国《そこく》や民《たみ》がどうなってもよいのか？」

もちろん、そんなはずがない。体の傷《きず》やぶっきらぼうな物言いだけでおれを判断《はんだん》するのなら、本当のおれを――昔から変わらないおれを――なにもわかっていない。

「おまえはうちの司令官と取引し、わしに情報をもたらすと約束した。しかし、おたがい知ってのとおり、いったん情報を得たら、おまえを生かしておく理由はなくなる」ようやくバーゲン王が身を乗りだしたが、遅《おそ》かった。残念ながら、つばは飲みこんでしまっていた。「そこで提案《ていあん》だ。わしに協力し、この戦争を終わらせてはどうだ。おまえ自身の命もふくめ、数千人の命を救おうではないか」

バーゲン王が一息いれ、おれの反応を待つ。だが、おれはまばたきひとつしなかった。

しかたなく、王がつづけた。「カーシア国にはアベニア国の属国《ぞっこく》となってもらう。両国の皇帝《こうてい》はわしだ。おまえは王のままでよいが、わが統治《とうち》にしたがってもらう。友好関係を前提《ぜんてい》に、貢《みつ》ぎ物の条件《じょうけん》は相談にのってやってもよいぞ」間をおいて、さらにいった。「ききたくない話ばかりだろうが、おまえの家族の葬儀《そうぎ》の晩《ばん》に警告《けいこく》したはずだ。あのときはさしたる要求もしなかったし、わしから平和条約《じょうやく》を引きだせたであろう。しかしおまえは警告を無視し、わが配下の海賊《かいぞく》の忠誠心《ちゅうせいしん》をもてあそんだ。おまえ自身が事態《じたい》を悪化させたのだ」

おれは口元をゆるめた。そうやって事態を悪化させるのは、おれの数少ない特技《とくぎ》のひとつだ。

「わしが望めば、おまえからなんでもとりあげられることは、すでにわかっていよう。カーシア国もうばえるぞ。だがわしとしては、双方《そうほう》の合意という形に持っていきたい。おまえが降伏《こうふく》文書に署名《しょめい》すれば、両国のとりきめは盤石《ばんじゃく》だ」

なおも無視《むし》しつづけたら、バーゲン王は身を乗りだし、手をのばしてきた。おれは顔をそむけたが、王のむっちりした指にほおをつかまれ、むりやり前を向かされた。「命を救い、平和をあたえてやろうといっておるのだ。生きてこのキャンプを出るには、わしにすがるしかないのだぞ」

王の顔がだいぶ近い。つばを吐《は》いたら、王の目に命中した。ねらったのはほおだが、目のほうがいい。

おれはきつい言葉を投げつけた。「自分の命すら惜《お》しくないおれが、あんたの命をどうしたいか、わかるよな！」

バーゲン王は悪態《あくたい》をつき、おれをはりとばした。椅子《いす》から落ちそうになったが、かまわない。おれの無礼のほうが勝っている。

バーゲン王は護衛《ごえい》たちにいった。「謙虚《けんきょ》さをたたきこめといっただろうが！　これが謙虚に見えるか？」

護衛たちのためにいっておくと、バーゲン王につばを吐く瞬間《しゅんかん》までは、かなり謙虚に見えたはずだ。さらにつらく当たられることになるだろうが、これっぽっちも後悔《こうかい》していない。

バーゲン王がなにかいいかけたそのとき、建物の外にひかえていたキッペンジャー司令官が飛びこんできて、そそくさとおじぎした。「陛下《へいか》、失礼ながら、カーシア国からジャロン王の死についてたずねたいと使者が来まして。いますぐ陛下に会わせてくれと強くもうしております」

おれは、はっとしてふりかえった。使者だと？

すかさずテロウィックが横に来て、おれの首にナイフをおしあてる。

「ジャロンをカーテンの裏《うら》に連れこみ、だまらせておけ」と、バーゲン王が命じた。「わしに協力しなければどうなるか、思い知らせてやる」

ナイフの切っ先をつきつけられたまま、二名の護衛に部屋の奥《おく》へ、カーテンの裏へと引きずられた。カーテンの裏には、戦争の必需品《ひつじゅひん》をつめた箱が積んであった。一言でも声を発したらどうなるか、テロウィックが小声でおどしてくる。気分はよくないが、そもそもさわぎを起こすつもりはない。だれよりもこのおれが、使者の正体を知りたくてたまらないのだ。

「バーゲン王、民《たみ》が喪《も》に服しているカーシア国から、悲しみのごあいさつをもうしあげます。国を代表し、われらの君主であらせられるジャロン王の亡骸《なきがら》について、おたずねするべく、参上いたしました」

どれだけ離《はな》れていても、この使者の声の主はすぐにわかっただろう。ああ、ほかの人だったら、どれだけよかったか。カーシア国の首席評議員《ひょうぎいん》、ハーロウだ。

大声をあげたくなった。おれはここだ！　ぴんぴんしているぞ！　しかし咳《せき》ばらいをしただけで、おれだけでなくハーロウの命も危険《きけん》にさらされるのだ。事情《じじょう》はさっぱりわからないが、ハーロウはなぜかアベニア軍へ飛びこんできた。このまま、おれが協力しなければ、ハーロウまでバーゲン王にうばわれてしまう。

15

バーゲン王は、カエルに飛びつくヘビのように、降《ふ》ってわいたチャンスに食らいついた。きっとこれをいいことに、おれになにかさせる気だ。どうすればいい？　おれとトビアスだけでも逃《に》げられなくて苦労しているのに、今度はハーロウまで？　あの地下牢《ちかろう》に、カーシア国の人間があと何人入れられるのか？　仲間を増《ふ》やしたくはないのに。おれにいくら救いの手をさしのべても、事態《じたい》はなにも変わらないのに。

手錠《てじょう》の鍵《かぎ》は、羽織《はおり》の中にかくしたままだ。だが、手錠をはずして自由になる前に殺されてしまう。おれが殺されたら、つぎはハーロウがやられる。いまは、おとなしく立っているしかない。

「ジャロンの亡骸《なきがら》を引きとりたいのか？　なんのために？」と、バーゲン王がハーロウに声をかける。

「ジャロンではなく、ジャロン王です」ハーロウは静かにいった。「われわれとしては当然ながら、カーシア国の伝統《でんとう》にのっとって埋葬《まいそう》したいと考えております」

バーゲン王は、長いあいだ、なにもいわなかった。ハーロウをおびえさせたいのだ。しかしバーゲン王がどれだけ長く見つめようと、ハーロウはまばたきひとつしないだろう。とうとうバーゲン王が、根負けしていった。「ジャロンが死んだのは、かえすがえすも残念だ。さもなくば、身代わりとなって死ぬ機会をあたえてやったのに」

「喜んでお受けできましたのに」と、ハーロウ。

「うむ、しかしジャロンは、おまえを身代わりにするか？」バーゲン王の笑い声は、陰気《いんき》で品がなかった。表向きはハーロウに向かってしゃべっているが、じつはおれにいっているのだ。「自分が助かるために、おまえを死なせたりするか？」

「そうするように強くすすめます。もしジャロンさまがここにおられるのなら、わたしの命を犠牲《ぎせい》にしてでも生き残る道をさぐるよう、真剣《しんけん》にうったえます」

「ジャロンがここにいるならば、ふたりとも助かる道を教えてやろう。よし、ジャロンをここへ！」

両脇《りょうわき》の護衛《ごえい》たちが、おれをカーテンの裏《うら》から部屋の中へおしだした。もともとひどいありさまだったが、急に連れだされて足がもつれ、いっそうみじめな姿《すがた》になった。ハーロウはおれを見て背筋《せすじ》をのばしたが、その顔におどろきはなかった。深い悲しみだけが刻《きざ》まれている。どういうことだ？　おれが生きていると、最初からわかっていたらしい。しかし、なぜわかった？　ハーロウはすぐさま椅子《いす》から立ちあがり、おれの足元でひざまずいて頭を下げた。それを見て、バーゲン王が激怒《げきど》してどなる。

「ひれふす相手はわしだろうが！　ふたりとも、わしにひれふせ！」

ハーロウが立ちあがった。怒《いか》りのあまり体がふくれあがり、バーゲン王を見おろしているように見える。

ハーロウは、おれのほうへ手をふった。「ごらんなさい。ジャロン王が、ここでどれほどの苦痛《くつう》に耐《た》えてきたことか！　王家の人間をこのように非道《ひどう》にあつかうのなら、ジャロン王にひれふせなどと命じる資格《しかく》はない！」

「ジャロンはアベニア国に不法侵入《しんにゅう》し、このキャンプを攻撃《こうげき》したのだぞ」と、バーゲン王が反論《はんろん》した。「それが王のやることか？　金でやとわれた兵士かと思ったぞ。いまのジャロンはあくまでも捕虜《ほりょ》。それにしては、手厚《てあつ》いもてなしだ」

ハーロウがさらにいいかえそうと前に出たが、おれはハーロウの名をつぶやいて注意を引き、首をふった。

「いますぐもどれ。もどれるうちにもどれ。こっちのことは、おれに任《まか》せろ。おれは無事だと民《たみ》につたえてくれ」

「どこが無事なのです？　ぜったいにおそばを離《はな》れません」

バーゲン王がクックッと笑う。「なんと心あたたまる会話であろう。しかも、ありえぬ可能性《かのうせい》について話しあっておるとは」ハーロウのほうへ頭をかたむけ、つかまえろと護衛《ごえい》たちに合図する。護衛たちはハーロウの腕《うで》を後ろにまわし、あれよあれよという間に手錠《てじょう》をはめた。

「ジャロンよ、その者があらわれる直前、おまえにある命令をくだそうとしておった。それがなにか、わかるか？」

「おれの解放《かいほう》だ。おれに逃《に》げられて、あんたが恥《はじ》をかかないようにな」

バーゲン王はむっとして目を細めた。「おまえの処刑《しょけい》を命じようとしていたのだ。だが、まずは首席評議《ひょうぎ》員《いん》のその者を先に処刑するとしよう。その次は、地下牢《ちかろう》にいる若《わか》き評議員だ」

「やめろ！」

「ならば、いうとおりにしろ！　カーシア国をアベニア国の属国《ぞっこく》にすると記した降伏《こうふく》文書に署名《しょめい》しろ」

おれはハーロウをちらっと見たが、無表情《むひょうじょう》だった。署名などできないことは、わかっているはずだ。

バーゲン王の合図に、ハーロウをつかまえていた護衛がナイフを引きぬき、ハーロウの首筋《くびすじ》に当てた。ハーロウは顔をそむけたが、おれから目をそらさない。その視線《しせん》は落ちついている。少なくとも、おれよりはおだやかだ。

バーゲン王がいった。「ジャロンよ、いま、ここで、その者が死ぬのを見るがよい。そして、わしに頭を下げさえすれば防《ふせ》げたことを思い知るのだ！」

それでもおれが反応《はんのう》しないので、バーゲン王はとうとうしびれを切らした。「殺せ！」

おれはさけんだ。「時間をくれ！　バーゲン王、あんたはおれから、すべてをとりあげようとしている。せめて一時間、あんたの条件《じょうけん》について、二名の評議員と内々に相談させてくれ。ふたりの意見をききたい」

バーゲン王が納得《なっとく》のいかない顔をしているので、一言つけくわえた。「それ以上引きのばさないと約束する」

バーゲン王は手をふって、おれとハーロウを地下牢へと追いはらった。護衛たちはおれを先頭にし、すぐあとにハーロウを連れて地下牢へ向かった。そのとちゅう、護衛のテロウィックがとつぜん服のあちこちをたたいて鍵束《かぎたば》を探《さが》しはじめ、「鍵をなくしちまった」と、おれをつかんでいたもうひとりの護衛にいった。

あたりまえだ。おれが盗《ぬす》んだのだから。

「おいおい、またかよ。王にばれたら、首をはねられるぞ」

おれはつぶやいた。「おれの護衛《ごえい》はぜったい鍵《かぎ》をなくさない。カーシア国にそんなマヌケはいない」

テロウィックはおれの腕《うで》に指を食いこませ、足を速めた。おれは足がすべりそうになったが、なんとか持ちこたえた。ここで足がもつれたら、ハーロウを心配させてしまう。そうでなくても、ハーロウには心配ばかりかけている。

地下牢《ちかろう》の壁《かべ》には、鎖《くさり》でつながれた手錠《てじょう》がふたつしかない。その片方《かたほう》につながれたトビアスは、おれがハーロウとともに入っていくと、おどろいてすわりなおしたが、なにもいわなかった。護衛たちはおれを鎖つきの手錠につなぎ、ハーロウを地下牢の隅《すみ》に連れていって静かにすわっているように命じると、カーシア国の要人をさらにひとりつかまえたと上機嫌《じょうきげん》で、腕を組んで壁によりかかった。

おれはテロウィックたちにいった。「おまえらがいなくなるまで、一言もしゃべらないからな。バーゲン王は内々に相談する時間を一時間くれた。それがのびた理由を、おまえらから説明するか？　それとも、おれが説明しようか？」

テロウィックたちが、顔を見あわせて出ていく。おれは立ちさるのを待って、すぐにハーロウにたずねた。

「おれが生きていると、どうしてわかった？」

「モットが、あなたさまには近づけませんでしたが、キャンプの近くにずっとかくれていたのです。トビアスのことは知りませんでしたが、そばにいてくれて、よろしゅうございました」

「できることなら、もっとお助けしたかったです」

と、つぶやいたトビアスに、ハーロウはほほえみかけた。「全国民が感謝《かんしゃ》しているとも」そして、またおれのほうを向いた。「あなたさまを助けだせない以上、ご自身から逃《に》げだすようにしむけようと決めたのです」

「逃げられるものなら、とっくに逃げてるさ。まったく、死にに来たようなもんじゃないか！」

「死にになど来ておりませんぞ、陛下《へいか》。全員、無事に逃げるのです。お顔を見ればわかりますぞ。なにか腹案《ふくあん》があるのでは？　さあ、教えてください」

前回の案はイモジェンの死をまねいた。今回も、ハーロウとトビアスのためにうまくやれる自信はない。しかしなにもしなければ、結末はひとつのみだ。とにかく、やってみるしかない。

多少苦労したが羽織《はおり》の中から鍵をとりだした。自分の手錠をはずし、トビアスの手錠もはずしてやる。トビアスがハーロウへと近づき、後ろ手にはめられた手錠をはずしはじめた。

おれはふたりにたずねた。「戦えるか？　悪いが、おれは役に立てそうにない」

「ぼくの戦いぶりは、ごぞんじですよね」と、トビアス。「でも、できるかぎり戦います」

「では、わたしが三人分働きましょう」と、ハーロウ。

一時間後――。テロウィックがやってきたとき、おれたちは元の位置にもどっていた。手錠をはめているが、手首に巻《ま》いているだけで、鍵はかかっていない。

おれは、地下牢にひとりで入ってきたテロウィックに、すぐに声をかけた。「鍵は見つかったか？」

テロウィックが顔の片側《かたがわ》をゆがめ、奥《おく》へと入ってくる。「なぜ、そんなことをきく？」

「もし捕虜《ほりょ》が鍵《かぎ》を持ってたら、あんた、かなりまずいよな」

ピンときたテロウィックが、なぐりかかってくる。だが横転してよけたので、壁《かべ》に激突《げきとつ》した。すかさずドアの後ろにかくれていたトビアスが飛びだし、さっきまではめていた手錠《てじょう》でテロウィックの頭を力いっぱいなぐりつける。骨《ほね》にひびが入る大きな音とともに、テロウィックは気絶《きぜつ》して床《ゆか》にたおれた。

「うわっ、見ました？　やった！」と、トビアス。

ハーロウがトビアスとともにすばやくテロウィックの羽織《はおり》を脱がし、トビアスがそれをはおる。

三人でドアへ向かいかけたら、さわぎをききつけたほかの見張《みは》りたちがかけつけてくる足音がした。しまった、万事休《ばんじきゅう》すだ！

16

ふたりの見張り番が地下牢《ちかろう》になだれこんできた。おれは中心に進みでようとしたが、ハーロウにおしもどされた。そのとき階段《かいだん》の上から数人が落ちてくる音がし、地下牢にいた見張り番たちがぎょっとする。そのすきにハーロウがテロウィックの剣《けん》をうばい、次つぎとたおした。ほどなくモットが、長さのちがう剣を二本、両手にかまえて飛びこんできた。アベニア兵の兜《かぶと》をかぶり、帯こそ結んでいないが、おれと同じアベニア兵の黒と赤の羽織をはおっている。

モットはまっさきにトビアスに気づき、おどろいて眉《まゆ》をつりあげると、おれを見て顔をしかめた。「いったい、どんな目にあったのです?」だがおれが答えるより先に、突入《とつにゅう》してきた理由を思いだした。「あまり時間がありません。さあ、早く!」

おれとトビアスは、床にたおれているふたりの見張り番から兜と短剣《たんけん》をうばった。ハーロウをアベニア兵に変装《へんそう》させるひまはない。おれたち三人がアベニア兵のかっこうをしていれば、三人のアベニア兵の見張り番が捕虜のハーロウを連行しているように見えると思いたい。

地下牢を出るとすぐに、モットが近くにつないでおいた馬におれを乗せた。おれの前に自分も乗り、顔をふせるようにと、おれにいう。用意してあったもう一頭の馬に、ハーロウも意外なほど身軽に飛びのった。

その後ろにトビアスが乗り、ハーロウが捕虜《ほりょ》であるかのように短剣《たんけん》まで立ててみせる。おどろいたことに周囲の兵士たちにいっさい見とがめられずに、全員、地下牢《ちかろう》から離《はな》れられた。

モットがおれたちを連れて向かった先は、キャンプの正門ではなく、沼地《ぬまち》だった。テントをいくつか通りすぎたが、思っていたより兵士の数が少ない。急に背後《はいご》がさわがしくなった。おれたちの脱獄《だつごく》がばれたにちがいない。モットはおれへの捜査網《そうさもう》がひろがる前に逃《に》げだそうと速度をあげた。

沼地のそばの静かな場所でとまった。地面はぬかるみ、ガマとウキクサが茂っている。モットは馬から飛びおりると、おれを抱《だ》きかかえた。おれは歩けるといいはったが、モットはそのまま沼《ぬま》の中に入っていき、かくしてあったボートにおれをおろした。ハーロウとトビアスもボートの後ろに乗りこみ、かじとり役の舵《だ》手《しゅ》がすぐさま、ふたりの漕《こ》ぎ手にボートを出せと命令する。漕ぎ手のひとりが櫂《かい》でなにかを引っぱたくのが見えた。敵《てき》の槍《やり》などではなく、ただのヘビであってくれればいいのだが。

ぶあつい毛布《もうふ》を肩《かた》にかけられた。ボートは岸から静かに離れていく。ボートの真ん中の席につくよう、ハーロウにすすめられた。ハーロウはおれの前にひざまずき、毛の靴下《くつした》と革靴《かわぐつ》をはかせてくれ、すぐに手当てしたほうがいい傷《きず》はあるかとたずねた。おれが首をふると、携帯《けいたい》用の水筒《すいとう》をさしだし、ゆっくり飲むようにといった。熱い茶は、おれの中にまだ残っていたわずかなエネルギーをいたわってくれた。沼地から硫黄《いおう》のきついにおいが蒸気《じょうき》となって立ちのぼってくる。おれは気にせず、熱い茶をありがたく飲ませてもらった。となりにハーロウがだまってすわる。トビアスは、背後で追っ手がいないか見張《みは》っている。

気のせいかもしれないが、沼地は暗くなるのが早い。ところどころ水面から草が大量に顔をのぞかせているので、草の少ない場所を探《さが》して何度も航路を変えた。岸辺に生《お》いしげった背《せ》の高い木々のあいだに硫黄がこもり、吐《は》き気をもよおすにおいがする。バーゲン王のキャンプから北へだいぶ離れると、舵手がボートの前方にいる漕ぎ手にランプを灯《とも》せと命じた。かえって闇《やみ》が濃《こ》くなり、沼の黒い水が深くなった気がする。おれは沼から目をそらし、毛布にくるまった。

「陛下《へいか》、お寒いので？」ハーロウが、ボートの背後を手でさぐった。「毛布ならまだありますよ」

「だいじょうぶ。じゅうぶんだ」ハーロウと目があったので、つけくわえた。「さっきは、ありがとう」

「礼ならモットに。モットの案ですので」

モットのほうをふりかえったら、目があった。感謝《かんしゃ》の気持ちをつたえたくてうなずくと、ほほえみを返してくれたが、顔がこわばっている。

「キャンプにしのびこむとき、ふたりのカーシア兵が手伝ってくれたんだ」おれはつぶやいた。「どちらも射手《しゃしゅ》で――」

「ふたりとも逃げられませんでした」と、モット。「残念です、ジャロンさま」

やはりバーゲン王のいったことは本当だったのか。予期していたとはいえ、あのふたりを失った悲しみや、ふたりを犠牲《ぎせい》にしたのに成果をあげられなかった後悔《こうかい》が軽くなることはなかった。

ランプの光がとどかない場所は真っ暗で、なにも見えない。そもそも見るべきものなどないのだろうが。

うなり声に似た音や、なにかがきしむような音がしきりにきこえてくるが、気にしないようにし、さらにお茶を飲んだ。長いあいだまともに食べていないので、お茶を飲んだだけで腹《はら》の調子がおかしくなったが、冷えきっていた体があたたまるので飲みつづけた。

ハーロウが口をひらいた。「昼間の沼《ぬま》を見ていただきたいものです。おぞましい場所だと昔から思っていますが、陛下《へいか》のご意見もうかがってみたいので」

おれはおかしくなって、ふっと口の端《はし》をゆるめた。沼地は暗くてほとんど見えないが、においはいやというほどかがせてもらった。意見なら、すぐにでもいえる。

ハーロウがつづけた。「わが一族は昔からこのあたりで暮《く》らしているんですが、わたしは大人になるとすぐに離《はな》れたくなりましてね。できるだけ遠い場所で暮らしたくて。実際《じっさい》、しばらく離れていた時期もあるんですよ。その旅のとちゅうで、もう何年も前になりますが、ハバニーラという名の美しい娘《むすめ》と出会ったんです。彼女《かのじょ》は、沼地にも美しさはあるといいはりました。そういう性格《せいかく》だったんですよ。周囲の美しいところしか見ない人でした」

「ハバニーラ……。その名前は初耳だな」

「孫娘《まごむすめ》のニーラの名前は、ハバニーラにちなんだものなんです」ハーロウはまた物思いにふけってから、つづけた。「愛する妻《つま》のハバニーラは、一年前、あまりにも早く逝《い》ってしまいました」

おれはもう一口、お茶をすすった。ハーロウが妻を心から愛し、いまなお深く愛していることは、声からありありとつたわってくる。愛する人を早く亡《な》くすのと、だれも愛せないのと、どちらのほうが悲惨《ひさん》だろう？「どうして亡くなったんだ？」好奇心《こうきしん》もあったが、イモジェンから気をそらしたいという思いもあった。

ハーロウは顔に深いしわをきざんで考えこみ、ようやく答えた。「きっと悲しみのせいです。わが家はこれまでに家人が三人亡くなっておりまして。ごぞんじのとおり、長男のマシスは、先日亡くなりました。お話ししたことはないと思いますが、陛下はどことなく、うちの長男に似《に》ているのです。外見も多少似ていますが、それよりも性格ですね。息子はあなたさまと同じく、がんこで、強情《ごうじょ》っぱりで、いうことをきかなくて……。あつかいにくい子ではありましたが、わたしには大切な愛《いと》しい子どもでした」

父上にとって、おれはどうだったのだろう？　父上はおれを支配《しはい》し、型にはめ、自分と同じ視点《してん》で世の中を見るようにしつけたくて、つねにおれとぶつかった。おれはなにかにつけて反抗《はんこう》し、さんざん迷惑《めいわく》をかけてきた。ハーロウが長男を深く愛していたように、父上もおれを愛してくれていたと思いたい。

ハーロウがつづけた。「ごぞんじないと思いますが、じつはマシスには弟がいました。まだ赤んぼうのころにアベニア人の乳母《うば》に連れさられ、多額《たがく》の身代金《みのしろきん》を要求されましてね。わたしは払《はら》うつもりだったのですが、そのあと乳母からの連絡《れんらく》がとだえてしまいました。あの年の冬はとりわけ寒かった……。おそらく乳母も息子も、逃《に》げるとちゅうで死んだのでしょう。次男を失ってから、妻はとうとう立ちなおれませんでした。悲しみのあまり、命をちぢめてしまったのにちがいありません。しかし、たとえわたしといっしょにいられなくても、妻はあの世で息子たちといっしょにいると思って、自分をなぐさめております」

「あの世は存在《そんざい》すると信じているんだな？」

ハーロウは、おれを見つめたまままいった。「ええ、存在しますとも。家族がわたしを待っていてくれます」

おれの家族がおれを待っているように、か。

「陛下《へいか》にこのような話をしたのには、わけがあります。わたし自身は国王になりたいなどと大それたことは考えておりませんが、陛下が実の息子のように思えることがありまして……。だからこそ、あのキャンプに乗りこまずにはいられなかったのです。あなたさままで失うなんて、耐《た》えられなかった……」

なんと答えたらいいかわからなかったので、無言で毛布《もうふ》をきつく体に巻《ま》きつけ、しばらく間をおいてから、戦況《せんきょう》についてたずねた。

ハーロウが答えた。「カーウィン卿《きょう》からは、まだ連絡《れんらく》がありません。ひきつづきメンデンワル国のハンフリー王を説得していると思うことにいたしましょう」

「三日前、メンデンワル軍はわが国に侵攻《しんこう》した。南部のベントン近郊《きんこう》でわが軍を打ち負かし、北上中だ」

といったら、ハーロウがおどろいた顔をした。「はい、メンデンワル軍は数千名の兵士を引きつれてきました。わが軍にはとても太刀打《たちう》ちできない人数です。しかし、なぜそのことをごぞんじなのです？」

「おれはあのキャンプを出られないと、敵《てき》は高をくくっていた。だから、おれのそばで油断《ゆだん》してしゃべったこともあったんだ。おかげで、バーゲン王が思っているよりはるかに情報《じょうほう》をつかめた。それでも、わが国に侵入《しんにゅう》した後のメンデンワル軍の動きまではわからなかった」

「ならば、お役に立てるかと」と、ハーロウ。「うちのスパイのひとりが、メンデンワル国からアベニア国に向かう使者をとちゅうでつかまえまして。メンデンワル軍の大半はファルスタン湖にキャンプを張《は》り、アベニア国からの次の指示《しじ》を待っています」

「じゃあ、ファルスタン湖にもっと兵士を送りこめ。わが軍は湖の上の高台にキャンプを張ってるんだ」

「あの地で戦いに勝つには、兵士の数がとうてい足りません」

「兵士の数は関係ない。おれが湖に着くまで、いっさい兵を動かすなよ」

きき耳を立てていたトビアスが割《わ》って入った。「本当にそれでよろしいのですか？　いくらアベニア軍の情報をつかんでも、こっちの情報も敵につつぬけなんですよ。ジャロンさまはキッペンジャー司令官との取引で、手の内をすべてさらしたじゃないですか」

おれはトビアスのほうをふりかえり、にやりとした。「本当にそう思ってるのか？　これまでえんえんとうそをつく練習をしてきたのに？」

トビアスがくすっと笑う。「つまり、うその計画をもらしたんですか？」

「それのどこが悪い？　ベントンの丘陵《きゅうりょう》地帯にある秘密《ひみつ》の洞窟《どうくつ》に、カーシア国の財宝《ざいほう》をかくしたっていっておいたが？」

「ベントンに丘陵地帯なんてありませんよ。洞窟《どうくつ》もね」

おれは片方《かたほう》の眉《まゆ》をつりあげた。「だからこそ、かえって〝秘密〟っぽいだろ。うちの兵士の剣《けん》を溶《と》かし、それで鎧《よろい》を作っていると作り話をしておいた。将来子《しょうらい》どもが産まれたらさしだすという条件《じょうけん》で、メンデンワル国との和睦《わぼく》を考えているともいっておいたぞ。どうだ？　疑《うたが》うか？　キッペンジャーはなにひとつ疑わなかった。おれは連中から情報《じょうほう》をいろいろもらってきたが、連中はおれたちからなんの情報も得られなかったわけだ」

トビアスたちが声をあげて笑うあいだに、ハーロウはさっきの話のつづきにもどった。「お望みとあらば、ファルスタン湖にお連れしますが、まずは、どうかゆっくり体を休めてください」

「道中、休ませてもらうよ。おれが生きていて、ファルスタン湖にいることを、カーシア国内に広く知らせてくれ」

「広く知らせたら、敵《てき》の耳にもとどきますが」と、ハーロウ。

「そんなことは計算ずみだ。だが、ファルスタン湖にすぐには行かない。先にやらなきゃならないことがある」おれは、モットのほうをふりかえってたずねた。「武器《ぶき》はあるか？」

モットは手をのばし、鞘《さや》に入ったおれの剣《けん》をつかんだ。「二日前の晩《ばん》、敵が倉庫にしまったのをうばってきました」おれは受けとろうとしたが、モットは剣を自分のそばにおいた。いつもなら、よこせと強引にいうところだが、体が弱っているので、受けとってもきちんと持てないだろう。モットは、そばにおいてある一束の包みのほうへ手をふった。「武器ならここにもありますが、必要ありません。もうすぐカーシア国です。ここからできるだけ離《はな》れましょう」

おれは首をふった。「行き先変更《へんこう》だ。アベニア国の安全な場所でおろしてくれ」

モットは顔をしかめ、拳《こぶし》をにぎった。ばかな国王がまた無茶をいいだしたと爆発寸前《ばくはつすんぜん》なのだ。いや、もう爆発したか。いい争いをさけるため、「わけがあるんだ」といった。

モットは、おれをどなりつけたかったにちがいない。それでも深呼吸《しんこきゅう》だけして、いった。「ジャロンさま、ここがどこか、おわかりですよね。安全にボートをつけられるカーシア国のすぐ近くです。なのに、アベニア国の奥《おく》へ進めと命令するのですか」

「アベニア国にボートをつけるんだ。できれば沼地《ぬまち》の西側に」モットがうめき、ハーロウが反対しかけたが、おれはなおもいった。「どっちみち、そのほうが安全だ。バーゲン王がカーシア国側の岸に兵士を送りこむのは、そうむずかしいことじゃない。待ちぶせしている可能性《かのうせい》もある。アベニア国内にとどまるとは、だれも思わないだろ」

「あたりまえです」と、モット。「いくらとっぴなあなたさまでも、さすがにばかげていますぞ」

おれはハーロウのほうを向き、今後の戦略《せんりゃく》についてハーロウに知らせておきたいことをつたえた。それが終わると、ハーロウはすぐにいった。「かしこまりました。ですが、せめて陛下《へいか》がアベニア国に残る理由だけでも、お教えねがえませんか」

おれはトビアスとモットと目をあわせてから、答えた。「おれたちは海賊《かいぞく》の元へ行く。海賊王として、海賊たちに要求をつきつけるときがきたんだ」

17

アベニア国への上陸は拍子《ひょうし》ぬけするほどかんたんだったので、ほらみろとモットにいってやりたくなった。もちろんこの先は危険《きけん》だから、喜ぶのは早すぎる。おれとモットとトビアスはあいかわらずアベニア兵のかっこうをしているので、おそらくアベニア国の田舎《いなか》を通りぬけるのに問題はないだろう――戦いにさえならなければ。いくらかくそうとしても、おれがとても戦える状態《じょうたい》でないことは、モットに見ぬかれている。

おれたち三人はボートから離《はな》れた。おれは舵手《だしゅ》と漕《こ》ぎ手に、ハーロウを無事にドリリエドまで送りとどけるように命じた。ハーロウにはおれの戦略《せんりゃく》について念押《ねんお》ししたが、まずはアマリンダ姫《ひめ》の捜索《そうさく》を最優先《さいゆうせん》するようにもうしわたした。フィンクのことも気がかりだ。もしバイマール国まで無事にたどりついていれば、安全なバイマール国内にとどまるか、あるいはバイマール軍とともにカーシア国にもどるか、どちらかであってほしい。

もめたくなかったので、戦略の要だけ説明すると、モットは不満をあらわに口をきつく引きむすんだ。ハーロウも似《に》たような表情《ひょうじょう》をうかべている。トビアスはあきらかに、捕虜《ほりょ》のあいだにおれの頭がおかしくなったと思っている。まあ、おかしくなっていないとはいえなかったので、否定《ひてい》はしなかった。最終的には全員がおれの頼《たの》みをききいれてくれ、ハーロウはモットとトビアスにおれを守るように約束をせまった。するとモットは、おれを外部の敵《てき》からは守れるが、おれ自身からは守れないと答えた。

なるほど。ごもっともだ。

ハーロウと別れたあと、おれとモットとトビアスは、沼地《ぬまち》のほとりに住んでいる農夫から、食料と三頭のがんじょうな馬を手に入れた。南にあるアベニア軍のキャンプから、できるだけ離れたルートを通りたい。自分からでも、連行されてでも、あそこにはもうもどりたくない。

背後《はいご》から太陽が少しずつ顔をのぞかせた。ゆっくりとしたスピードで西に向かっている。モットがおれに、なるべく体力を使わず、この数日の疲《つか》れをとるようにといってゆずらないのだ。おれは根気という美点には昔からまったく縁《えん》がないし、ほしいと思ったこともないが、いまはそれが必要だった。その日の夜は、一晩《ひとばん》ぐっすり眠《ねむ》れる宿屋に泊《と》まった。アベニア軍の赤と黒の羽織《はおり》をまとっていたし、おれはアベニアなまりでしゃべれるので、だれにもあやしまれなかった。

翌朝《よくあさ》はだいぶ気分が良くなり、食事にもありつけた。アベニア国にしてはめずらしく、まあまあな料理だった。出発してすぐに、トビアスが質問《しつもん》してきた。「海賊《かいぞく》のいるターブレード・ベイをめざすなら、もっと南なんじゃないですか？」

「先に寄《よ》り道をする」

と答えたら、モットがうめいた。「まったく……敵国《てきこく》に深く入りこんでいるという事実をお忘《わす》れか？」

「アベニアの民《たみ》は敵じゃない。敵はアベニア国王だけだ。伝言をたくしたい」

「アベニア人に頼《たの》むつもりですか？　ジャロンさま、あなたさまにとってアベニアの民《たみ》は敵《てき》じゃなくても、向こうはあなたさまをこころよくは思いませんよ。伝言をたくすのなら、きのうハーロウに頼めばよろしかったのに」

「ああ、そうだよ。きのう、思いついていればな！」おれは、がみがみといいかえした。

三十分ほど馬で進み、盗賊団《とうぞくだん》のキャンプにたどりついた。ここには以前、海賊《かいぞく》の元へ向かうとちゅう、拉致《らち》されて連れてこられた。そのころは活気があったので、いまもそうだとばかり思っていた。

ところが、今回は様子がちがった。

剣《けん》は鞘《さや》に入れたままだが、万が一のときはすぐに使えるよう、柄《つか》に手をかけていた。だが人はまばらで、おれたちを迎《むか》えようと立ちあがって寄《よ》ってきただれもが、盗賊というより浮浪者《ふろうしゃ》のようだ。武器《ぶき》を持っている者はごくわずかで、だれも武器をとりに行こうとしない。知っている顔も少しはいたが、見たことのない者が大半で、味方と呼《よ》べる者はいない。

「もう、さんざん、連れていったじゃないですか！」ひとりの酔《よ》っぱらった男が、舌《した》をもつれさせながらさけんだ。「ここにいる連中はだれも戦えませんよ。この前の兵士たちはわかってて、放っておいてくれましたぜ」

モットとトビアスは緊張《きんちょう》して顔を見あわせている。おれは、自分たちがアベニア兵のかっこうをしていることを思いだした。

「ほかの連中はどうなった？　志願《しがん》して戦いにくわわったのか？」

「ええ、まあ、刃《やいば》を向けられて、しかたなく」と、別の男が答える。「使えそうなやつを根こそぎ連れていきましたよ」

さらに別の男が、おれをにらみながらぶらぶらと出てきた。「小僧《こぞう》、おまえ、いくつだ？　兵士じゃねえな。兵士だとしてもリーダーじゃねえ」

「ああ、アベニア兵のリーダーじゃない」兜《かぶと》を脱いだら、それなりに反応《はんのう》があったので、おれの正体を知っている者はいるようだ。「おれの名はジャロン。カーシアの国王であり、アベニアの海賊王であり、ここの頭《かしら》だったエリックの友だ。バーゲン王のために戦いたくないのなら、こっちにつけ。おれといっしょにここを出るんだ」

「あんたをつかまえて、バーゲン王から金をがっぽりせしめるっていう手もあるな」と、いちばん近くにいた男がいう。

おれは鼻先でせせら笑った。「ばかも休み休みいえ。おれをつかまえるだけの力があるなら、すでに兵にとられてるだろうが」

盗賊たちはあきらめ、おれから離《はな》れようとした。「おれたちはアベニア人だ」と、別の男が火のそばにもどっていく。「ここに残るよ」

「好きにしろ。その鍋《なべ》のシチューはうすそうだな。もし腹《はら》が減っているのなら、具をふやせるようにしてやろう。この中でいちばん速く馬を走らせられるやつに金をやるから、カーシア国まで伝言を頼《たの》む」

「だめですよ。こんな連中を信用しては」トビアスが小声でたしなめたが、おれは無視《むし》した。

いちばん近くにいた男が両手を腰《こし》にあてた。「それなら、おれですよ。で、伝言ってのは？」

「ドリリエドにいる司令官あてのものだ」おれは、男を見つめた。「つたえてくれるか？」

男がおれを見つめかえす。「盗賊《とうぞく》の名誉《めいよ》にかけて誓《ちか》いますよ」

盗賊に名誉とは、なんたる矛盾《むじゅん》。「いいだろう。じゃあ、こうつたえてくれ。捕虜《ほりょ》のあいだに重大な戦略《せんりゃく》をききだされたので、変更《へんこう》せざるをえなくなった。手のあいている兵士は全員ドリリエドに移動《いどう》して城《しろ》を守り、罠《わな》をしかけろ。カーシア国の財宝《ざいほう》は、ファーゼンウッド屋敷《やしき》に移《うつ》しておけ。そこのほうが安全だ」おれは男のほうへ身を乗りだした。「この伝言を、ドリリエドのおれの城にとどけると約束してくれ」

「ずいぶん重大な伝言だなあ」男は、おれがにぎっている一枚《まい》きりのガーリン硬貨《こうか》のほうへあごをしゃくった。「もう少し、はずんでくれますよねえ」

おれは硬貨をポケットにもどした。こいつに、この硬貨はわたさない。「バーゲン王ならまちがいなく、この情報《じょうほう》に、いまおれが払《はら》える硬貨以上の価値《かち》があると思うだろうよ。だが、おれの連れがこの場でおまえに数枚《すうまい》わたすし、ドリリエドに着いたらたぶんもっともらえるぞ」

おれはモットに合図した。モットが鞍《くら》の後ろにとりつけた袋《ふくろ》から硬貨をひとつかみ出して、男にわたす。

男は硬貨をポケットに入れると、盗賊たちに馬を用意するようにいった。

もう、ここに用はない。先を急ぐと盗賊たちにいってキャンプを離《はな》れてから、モットがいった。「あのですね、たしか捕虜になっておられるあいだに、敵《てき》にはうその戦略をつたえたのですよね？」

「ああ、そうだ」

「なのに、今度は戦略そのものを変えるおつもりで？」

「そのほうがいいかなと思って」

モットはしばらくおれを見つめると、肩《かた》をすくめた。「すべておわかりになったうえでのご判断《はんだん》だとよいのですが」

「どうせあとで、ほらみたことかっていうんだろ」

おれは口の端《はし》をまげてにやりとし、モットも軽く笑った。軽口をたたいたせいで、ずっとぎこちなかったモットとようやく打ちとけた。トビアスもほっとしているようだ。

数時間後、馬たちを休ませ、宿屋から持ってきた食料を食べた。日差しがふりそそぐので、背《せ》の高いイチイの木のかげに入った。遠くにエランボール海の海岸が見える。美しい海だ。いつか船でわたってみたい。

モットもトビアスも木によりかかり、先におれに好きなだけ食べさせてくれた。おかげでだいぶ力をとりもどせた。それでも、アベニア軍のキャンプから逃《に》げだして以来、ずっとさけてきた話題をとりあげるのには、勇気がいる。

これ以上引きのばせなくなるまでねばってから、モットにたずねた。「あのキャンプへあんたを追っていったのは、正しい判断《はんだん》だったのかな？」

「いいえ」モットは大きなため息をつき、横目でおれを見た。「ですが、まちがっていたわけでもありません。助けていただいたあの晩《ばん》、イモジェンが連れてこられた瞬間《しゅんかん》、わたしにはわかりました。あのままならば、敵《てき》にいわれるまま、情報《じょうほう》をもらしていたにちがいありません。ジャロンさま、わたしはあなたさまの期待を裏切《うらぎ》りました」

「おれだって似《に》たり寄《よ》ったりだ。トビアスを人質《ひとじち》にとられたときは、すぐに折れちまった……トビアスなんて、イモジェンほどきれいでもなんでもないのに」

トビアスが自嘲《じちょう》気味に鼻で笑う。「そりゃそうでしょうよ」

そのまましばらく休んでから、モットがいった。「イモジェンのことなのですが……」

おれは目をとじたまま、最後に見たイモジェンをふたたび思いだしていた。「おれが救ってやれたのに。あんたのことも救えたのに」

「わたしのことは救ってくださいましたとも。イモジェンも逃《に》げられたとは思いますが、あなたさまがイモジェンをおきざりにしなかったように、イモジェンもあなたさまを残しては行けなかったのです」

「おれをねらった矢だった。おれのために命を投げだしたんだ」

「あなたさまも、われわれのために命をかけてくださったではありませんか。なぜ、代わりの者をよこさなかったのです？　ほかにも救出にあたれる兵士がおりましたのに」

「アベニア軍が情報をほしがっているのはわかっていた。もしおれ以外の者がつかまったら、敵はあんたにしたように、強引に戦略《せんりゃく》をききだそうとする。でもおれがつかまれば、情報を操作《そうさ》できるだろ。実際《じっさい》にそうさせてもらったし」

トビアスが首をふった。「どうせうそをつくなら、なぜ暴行《ぼうこう》される前にさっさといわなかったんです？」

「あっさりいったら、信じてもらえないだろ」たびかさなる暴行が頭をよぎり、声が小さくなった。「暴行してききだしたと思ったからこそ、敵はうそを信じたんだ。どっちみち、なぐられただろうし……。こっちに得るものがあっただけましさ」連中をまちがった方向へみちびくために払《はら》った代償《だいしょう》はあまりに高く、一時は身も心も死にかけたが、おかげで優位《ゆうい》に立てた。アベニア軍はニセの情報にふりまわされ、かなりのエネルギーをむだにするだろう。

そのあとはほとんど話をしないまま出発したが、おれはイモジェンのことが頭から離《はな》れなかった。「あの矢はイモジェンの肩《かた》の下に刺《さ》さった。でも、もしかしたら心臓《しんぞう》は無事だったかも……。丘《おか》から落ちても生きていたら、敵は治療《ちりょう》するよな。イモジェンをおれへの切り札として利用するために」

「ですが、そうはなりませんでした」おれのつぶれた心がさらに痛《いた》むとわかっていたので、トビアスはそっといった。「もし生きていたなら、当然ぼくじゃなく、イモジェンを利用したはずです。でも、そうならなかったのは……」

答えはわかっていたが、つらくて言葉にできなかった。最後にいっしょにいたとき、イモジェン自身がその答えを口にしていた。イモジェンはたとえ生きのびたとしても、おれを攻撃《こうげき》する材料になるくらいなら、死を選ぶだろう。

だが、そうとわかっていても、いらだちはおさまらなかった。「イモジェンは、なぜ射手《しゃしゅ》をとめたりしたんだ？　あのまま逃《に》げればよかったのに」

モットはくちびるをきつく引きむすんでから、トビアスと同じようにそっといった。「イモジェンがそういう性格《せいかく》だからです。イモジェンの人の良さを責《せ》めてはなりません」

そのとおりなのだろう。それでも、イモジェンの死を受けいれられない。おれはうなだれて、モットにいった。「希望をくれ。イモジェンが生きている可能性《かのうせい》はないのか？」

モットは一分ほどだまって馬で進んだ。たぶん、おれと同じように、イモジェンが射《い》られた瞬間《しゅんかん》を思いかえしているにちがいない。目をとじ、顔をこわばらせ、ようやく口をひらいた。「丘《おか》から転げおちるのを見てかけよろうとしたのですが、イモジェンはあれよあれよという間に敵《てき》に囲まれてしまいました。敵は矢を引きぬくと、馬車をよこせといいました」

「薬をのせた馬車か？」

モットは、見るからにつらそうに、ゆっくりと首をふった。「あれは……死者を埋《う》めるための馬車です。イモジェンはそれに乗せられました……。残念です、ジャロンさま」

全員、だまりこくった。そのときまでは、モットが希望の持てる光景を――わずかでもイモジェンが生きている可能性のある光景を――きっと見ていると、自分にいいきかせてきた。けれど、イモジェンが乗せられた馬車の行き先はひとつしかなかった。

ようやく、おれは声をしぼりだした。「彼女《かのじょ》の母親はティシオにいると思う」

「カーシア国にもどりしだい、連絡《れんらく》の手配をいたします」と、モット。

「いや、おれがやる。彼女の母親に、せめてそれくらいはしてやらないとな」ポケットからガーリン硬貨《こうか》をとりだし、指の関節の上で転がしはじめたが、とちゅうでやめてポケットにもどした。「どこもかしこも痛《いた》くてつらいよ」

「いろいろご苦労なさいましたから。ときがたてば、すべて癒《い》えます」

「体の切り傷《きず》やあざのことをいってるんじゃない」

「わかっていますとも」

「そうか」

「ジャロンさま、イモジェンがあなたさまを救ったのは、あなたさまが国民を救わなければならないからです。カーシア国のために正しいことをしたのです。ただしそれは、あなたさまがイモジェンの死をむだにせず、この戦争に勝てばこその話です」

わかっている。しかし、だからといって、さしせまった難題《なんだい》が楽になるわけでもない。どんな苦難《くなん》が待っていようと、やりとげなければと痛感《つうかん》しただけだ。

ほとんどしゃべらずに進むうち、右側に広い野原があらわれた。おれはそこを指さし、モットに剣《けん》を抜《ぬ》けと命じた。トビアスも――腕前《うでまえ》はさておき――剣を抜く。おれは、ひそひそ声でつげた。「気をつけろ。ここが海賊《かいぞく》のキャンプ、タープブレードだ」

18

タープブレードは、人目につかないようにうまくかくされた、アベニア人の海賊たちの拠点《きょてん》だ。海からはキャンプが見えるが、キャンプの存在《そんざい》に気づく距離《きょり》まで近づいた船の乗組員はつかまって殺される。陸側からだと、たいていの者はそばを通っても気づかない。ほんの数カ月前までいた場所なのに、敵地《てきち》に乗りこむみたいに緊張《きんちょう》し、ここには立ち寄《よ》るべきなのだと、自分に必死にいいきかせていた。

海賊のキャンプに入る者は敵意《てきい》がないことをしめすために、刃《は》を下にして剣をかまえる。だがおれは、敵意がないのは当然だが、剣をかまえはしなかった。あくまで海賊王として入るのだ。

キャンプの端《はし》にいた海賊たちはすぐにおれに気づき、急にキャンプ内があわただしくなった。エリックを呼《よ》ぶ声があちこちからあがる。おれの名を呼ぶ声もあったが、親しみのこもった声ではなかった。

エリックは元は盗賊団《とうぞくだん》の頭《かしら》で、おれを海賊と引きあわせた張本人《ちょうほんにん》だ。最終的におれは海賊王となり、エリックにここを任《まか》せた。エリックがいまも海賊たちを束ねる親分でいてくれて、正直助かった。海賊たちの顔からすると、おれがまだ海賊王でいられるのは、ずっと留守《るす》にしていたおかげで、やつらに決闘《けっとう》をもうしこまれて死なずにすんだかららしい。

「本当に、すべてわかったうえでのご判断《はんだん》なのでしょうね？」タープブレードの奥《おく》へと馬を進めながら、モットがたずねた。

「正直にいうと、自信はない。剣《けん》をいつでも使えるようにしておいてくれ」

エリックが小屋から出てきたが、おれを歓迎《かんげい》するそぶりは見られなかった。初めて会った数カ月前と同じく、やせていて背《せ》が高く、短い赤毛は色があせ、目は濃《こ》い青のままだ。しかし、変わったところもあった。顔に新しい切り傷《きず》がいくつかあり、下あごに生えていた短いあごひげはなく、かわりにぎざぎざの傷が一本走っている。エリックはおれを見て大きなため息をつき、近くにいたふたりの海賊《かいぞく》になにかつぶやいた。ふたりの海賊は台所へと向かっていく。

「こいつらは？」エリックがモットとトビアスのほうへ腕《うで》をふった。「ここでは客はおことわりだって、知ってますよね」

「このふたりは客じゃない。おれの仲間だ。大切にあつかってくれ」仲間と呼《よ》ぶことでモットとトビアスにも危険《きけん》がおよびかねないのは、覚悟《かくご》のうえだ。なにせおれ自身、仲間として大切にあつかわれるかどうか、わからない。

モットとエリックは、そっけなくうなずきあってあいさつした。トビアスもあいさつをしようとしたが、緊張《きんちょう》のあまり背骨《せぼね》がガチガチにかたまってしまったらしい。おれは馬からおりて、エリックにいった。「その顔は、けんかでしくじったのか？」

「そっちこそ、ひどい顔じゃないですか」おれとエリックは台所へ向かった。背後《はいご》からモットとトビアスが馬の手綱《たづな》を持ってついてくる。「ところで、なぜここへ？」

「わかってるだろ。アベニアが戦争をしかけてきた。海賊たちには、戦争になったらおれのために戦うという誓《ちか》いをとりつけてある。今日は、その誓いを果たしてもらうために来た」

エリックは本気かといわんばかりに、顔をしかめて立ちどまった。「連中が喜んで誓ったと思います？」

「誓った以上は守ってもらう」

「親分の座《ざ》を守るだけで、いっぱいいっぱいですよ。ジャロンさま、おれはここに来て日が浅い。あなたに命じられたから、束ね役になっただけなんですよ。連中はいちおうおれにしたがっていますが、ほかのだれかが親分になりかわったら、大喜びしますよ。あなたの下にいるおれのことだって尊敬《そんけい》してないんだから、あなたをどう思ってるか、おわかりですよね」

海賊たちの本心について、おれがかんちがいしているとでもいうのか？　かっとするのが自分でもわかった。「この戦争に負けたら、カーシア国はどうなる？　おれがなにを失ったかわかるか？　海賊の気持ちなんて、どうでもいい！　連中を集めてくれ。おれが直接《ちょくせつ》話す」

「はいはい、集めますよ。ですが、そこの色黒のお仲間に、剣をいつでも抜《ぬ》けるようにしろといっといてくださいよ。必要になるかもしれないんで」エリックはモットを見ながらそういうと、剣の柄《つか》をいじくっているトビアスのほうへあごをしゃくった。「そこのお子さんには、だれかを傷つけるといけないんで、剣をおろすようにいっといてください。じゃあ、まずは腹《はら》ごしらえを。死体でも、あなたよりも健康そうに見えますよ」

と、エリックが近くのテーブルへ腕《うで》をふる。見れば、セリーナが――以前、海賊《かいぞく》につらい目にあわされていたときに助けてくれた台所女中だ――おれたちのためにシチューの皿をならべているところだった。セリーナはおれにやさしくほほえみかけ、どうぞと席をすすめてくれた。

おれはもうれつに腹《はら》がすいていたので席についた。となりにトビアスがすわる。モットは立ったままだったが、けんかでも始める気かと注意したらようやくすわり、シチューを少しつついた。だが、おれがあっという間にシチューを平らげたのを見て、自分の皿をおれのほうへおしだした。「たまには文句《もんく》をいわず、だまって食べてください」

おれは空腹《くうふく》すぎて、文句をいう気にもなれなかった。モットの分のシチューも食べおえるころ、海賊たちが集まりはじめた。モットが先に立ちあがり、おれもすぐに立った。海賊たちは、おれとモットが立っている坂の下のほうにかたまっていた。知っている顔がけっこういる。以前、おれの正体を知ったとたん、暴行《ぼうこう》をはたらいた連中だ。おれが前の海賊王デブリンと戦ったときには、デブリンを応援《おうえん》した連中でもある。端《はし》にぽつんと立っているのは、おれがローデンと戦っている最中に、骨折《こっせつ》していた右脚《みぎあし》を後ろから蹴《け》りつけた海賊だ。あれは人生最悪の痛《いた》みだった。あいつのことは一生忘《わす》れない。

エリックがおれのとなりに立ち、集まった海賊たちにつげた。「カーシア国のジャロン王が海賊の元へやってきたとき、ここにいなかった者もいるだろうが、話はきいているはずだ。ジャロン王の強さと、勇気と――」

「はあ、勇気？」海賊たちの中から声があがった。「セージという名の盗賊《とうぞく》になりすましていただけじゃないですか。もし本当のことをきいていたら、さっさと始末したのに」

「だからこそ、うそをついたんだ」と、エリックはいいかえした。「個人《こじん》的な考えや、海賊王となったいきさつへのわだかまりは捨《す》てろ。おまえたちがどう思おうと、ジャロンさまは海賊王であり、おまえたちはジャロンさまにしたがうと誓《ちか》ったのだ。そのジャロンさまがもどってきて、おれたちの助けをもとめている。全員、話をきくように」エリックはおれのほうを向き、ひそひそ声でいった。「雲行きがあやしくなっても、おれにはとめられませんよ」

おれはエリックに向かってうなずくと、進みでた。「わがカーシア国が戦争をしかけられた。力を貸《か》せ」

「おれたちの祖国《そこく》と戦えっていうんですか？」別の海賊がどなる。

その海賊はけんか腰《ごし》だったが、本気で刃向《はむ》かう気はなさそうだ。おれは、負けないくらい強い口調でいいかえした。「いままでさんざんアベニアの民《たみ》から盗《ぬす》み、アベニアの民の家いえをおびやかし、逆《さか》らう者をかたっぱしから殺してきたのに、いまさら裏切《うらぎ》れないとほざくのか？　おまえたちにとって祖国といえるのはアベニア国じゃない。ターブレードだけだろうが！　おまえたちは海賊で、おれは海賊王だ。そのおれがカーシア国のために戦えといってるんだから、つべこべいわずに戦え！」

「あんたを海賊王にしておく必要はないね」と、ある男が声をあげた。背《せ》も横幅《よこはば》もあり、石をくりぬいたように、ごつごつした外見の男だ。あごには黒いもじゃもじゃのひげがはえ、顔のしわというしわがほこりにまみれている。いまのおれなら、小枝《こえだ》のようにへし折られてしまうだろう。体調がいいときでも、勝てそうにない。

エリックが、おれとその男のあいだにわりこんだ。「まずは、おれをたおしてからいえ」

「わたしもだ」と、モットも剣《けん》をかまえる。トビアスは無言だったが、剣に手をかけ、ふたりとならんだ。

おれはエリックたちをおしのけ、さらに前に出た。「海賊《かいぞく》王としてのおれに挑戦《ちょうせん》したいなら、海賊の権利《けんり》だから受けてたつ。だが、後にしろ。おれにはカーシア国への義務《ぎむ》がある。この戦争を最後まで戦いぬかなければならない」

海賊たちのあいだから不満の声があがる。おれは剣を引きぬき、重く感じたことにおどろいた。この数日で、思った以上に体が弱っていたらしい。それでも剣をかまえ、いざとなれば戦えるところを見せようと、必死に剣をささえた。

「おれがだれか忘《わす》れたのか？　ここでなにをしたか忘れたのか？　助けてくれと頼《たの》んでるんじゃない。おれにしたがうべきかどうか、話しあうために来たのでもない。おれにしたがうという誓《ちか》いを守れと、命令しに来たんだ。おれも海賊になったときに誓った。だから、おまえたちが困《こま》っているときは助けてやる。さあ、海に出ている者をかきあつめ、旅に必要な食料をすべてそろえろ。おれの計画はエリックにつたえておく。戦場で会おう」

「カーシア国が危機《きき》に直面していることは、知ってますよ」と、かたすみにいた男が声をあげた。「いまさら飛びこんだら、飛んで火に入る夏の虫だ」

おれは男をせせら笑った。「無難《ぶなん》な人生を送りたければ、産婆《さんば》にでもなるんだったな。あるいは仕立屋か。指を切っただけでびくびくするなら、それもむりだがな。いいか、命の保証《ほしょう》はないが、海賊の名にふさわしい戦いになることは約束する」

海賊たちは、だまりこくった。少しずつもぞもぞしはじめる者があらわれ、ひそひそ声やつぶやきがもれてくる。おれは、余韻《よいん》が残っているうちに消えることにした。

「今夜はよく眠《ねむ》っておけ。すぐに出発だ」といい残すと、ふりかえらずに立ちさった。説得できたのだといいが。海賊たちは話しあえばあうほど、おれの命令にしたがわなくなるだろう。

ならんで歩いていたエリックに、海賊に頼みたい作戦について説明した。すでに背後《はいご》は、かなりざわついている。「しばらく見なかったと思ったら、とつぜんもどってきて、死ねっていうんですか？　そりゃあ、あんまりですよ、ジャロンさま」

「勝利を手にするつもりで戦えといってるだけだ」

「できるだけのことはしますが、おれたちはいないものと思って計画を立てたほうが無難ですよ」

「すでに計画は立ててある。うまくいくかどうかは海賊しだいだ。エリック、海賊たちを連れてきてくれ」

おれは真顔になった。「誓いは、なにがなんでも守ってもらう」

「たとえ連中が守らなくても、おれは守りますよ」エリックは握手《あくしゅ》しようと手をさしだして、つけくわえた。

「連中の決断《けつだん》がどうであれ、おれはいいつけどおりに行きますから」

おれは握手《あくしゅ》し、モットとトビアスに両脇《りょうわき》を守られながら立ちさった。これからエリックには、海賊《かいぞく》たちとの熱い議論《ぎろん》が待っている。連中の言葉はききとれなかったが、おれの命令にだまってしたがう気があるとは思えない。

馬までもどり、最短ルートでキャンプをつっきって、タープブレードを離《はな》れた。襲《おそ》われる危険《きけん》のない距離《きょり》まで来ると、すぐにトビアスが口をひらいた。「ジャロンさま、お願いですから、今度こそアベニア国を出るといってください」

「ああ、出るよ。ファルスタン湖に行く。水なしの湖だけどな」おれはあくびをし、何時だろうと思いながら、暮《く》れていく空をながめた。「今夜はどこかに泊《と》まるとしよう。でも、明日はぜったいたどりつくぞ」

一呼吸《ひとこきゅう》おいて、モットがいった。「ジャロンさま、海賊たちは誓《ちか》いを守ると思いますか？」

おれはつぶやいた。「さあ。どうだろうな」

19

翌朝《よくあさ》、モットとトビアスは、おれを好きなだけ寝《ね》かせてくれた。ようやく目がさめると、すでに太陽が高くのぼっていたのでおどろいた。

「まだ体力がもどっていないんだな」おれは大あくびをしながらいった。「とっくに回復《かいふく》したと思ってたのに」

「たった二日で？」トビアスが片方《かたほう》の眉《まゆ》をつりあげる。「ご自分がふつうの人間だってことを思いだすのが、そんなにご不快《ふかい》ですかね？」

「ああ、かなりご不快だ」おれは軽く笑ってから、モットへ視線《しせん》を移《うつ》した。「この宿屋はどのくらい食料がある？　全部、買いとりたい」

モットはおれの頼《たの》みにうなずき、できるだけ多く集めてみるといって出ていった。

一時間後、まともな食料をたっぷりたくわえ、また出発した。アベニア軍のキャンプで負った傷《きず》が治るには、まだ時間がかかる。一生治らない傷もありそうだ。それでも、生きる気力はとりもどしつつあった。いまは一刻《いっこく》も早く、カーシア軍に合流したくてたまらない。

半日進み、国境《こっきょう》をまたいでカーシア国に入った。故郷《こきょう》にもどれて、心底ほっとした。といっても、カーシア国がまだアベニア国にうばわれていなければ、だが。カーシア国に入ってすぐに一休みし、おれとトビアスは馬をモットにあずけ、ファルスタン湖の上にそそりたつ崖《がけ》がここから見えないかと、小高い丘《おか》にのぼってみた。まっさきに地平線に目を走らせ、カーシア軍のキャンプを探《さが》したが、遠すぎてまだ見えない。

しかし、トビアスの意識《いしき》は別のほうへ向いていた。「姫《ひめ》はどこにいるんでしょう？　まだ行方《ゆくえ》不明のままでしょうか？」

「そろそろドリリエドにたどりつくころかもしれないな。いずれにせよ、ハーロウがくまなく探すよう、命令してくれるさ」

「バーゲン王も同じ命令を出しますよ」トビアスは、自分自身にいらついている様子で首をふった。「お守りするって約束したのに守れなかった。もし姫に万が一のことがあったら――」

「姫なら自分で身を守れるさ。聡明《そうめい》だし、臨機応変《りんきおうへん》だし、本人が思っている以上に強い人だから」

「わかってますよ、そのくらい！」トビアスは吐《は》き捨《す》てるようにいった。「姫の人柄《ひとがら》なら知ってますよ。あなたさまよりもくわしく！」

おれはトビアスのほうを向いた。その顔に不安が深く刻《きざ》まれていなかったら、無礼者めとどなりつけるところだ。だがその表情《ひょうじょう》を見て、おだやかに声をかけた。「だいじょうぶ、かならず見つけるさ」

おたがい口をつぐみ、おれは丘の下の小道に目をとめた。無数の足跡《あしあと》がついている。たぶんカーシア軍ではない。アベニアとの国境《こっきょう》のすぐ近くに兵をみちびく司令官など、うちの軍にはいない。危険《きけん》すぎる。

最近、まちがいなく、兵隊がここを通過《つうか》した。たぶんアベニア軍か、メンデンワル軍だろう。

つまり、敵軍《てきぐん》が近くにいるかもしれない。おれたちは身をふせ、様子をうかがった。すぐにモットも合流する。兵士たちの足跡を追うか、それともルートを変えてファルスタン湖へ向かうか、相談をはじめた。

そのとき、「ちょっと待った」とトビアスが片手《かたて》をあげて、おれたちをだまらせた。「しーっ……。きこえました？」

耳をすますと、たしかになにかきこえた。丘の斜面《しゃめん》から、うめき声のようなものがきこえてくる。小道のそばだ。

トビアスが見に行こうと立ちあがったが、モットが引きもどした。

「けがをして、うめいているような声ですよ。助けに行かないと」トビアスがひそひそ声でいう。

「敵《てき》だぞ」と、モット。「手当てしてやっても、戦場にもどってカーシア兵を殺すだけだ」

「でも、アベニアの民《たみ》は敵じゃありません」トビアスは、おれのほうを向いた。「そう、おっしゃいましたよね。敵はアベニア国王だけだと」

たしかにいった。けれど、そういいきれるか？　あの声は、おれたちをおびきよせる罠《わな》かもしれない。罠に引っかかるのだけはさけたい。もしここが戦場ならば、声の主とは剣《けん》をまじえ、どちらかが死ぬことになる。けれど戦場ではない場所で、負傷《ふしょう》して動けないとしたら？　敵でも救ってやるべきか？

とにかく、見殺しにはできない。海賊《かいぞく》たちの元にいたころ、おれは海賊たちと同じ邪悪《じゃあく》な道には行かないと心に決めたのだ。あんなふうになってたまるか。

トビアスに向かってうなずくと、おれとモットは剣《けん》を引きぬき、三人で丘《おか》の斜面《しゃめん》をおりていった。罠《わな》ではないような気がするが、用心するにこしたことはない。

最初にトビアスが声の主を見つけ、声をあげて笑いだした。トビアスに追いついたおれたちも、いっしょに笑ってしまった。そいつは、おれとたいして年齢《ねんれい》が変わらない少年だった。おびえた子羊さながらに、こわくもなんともない。狩《か》りに使うロープを足首に巻《ま》かれて、逆《さか》さづりになっていた。おれたちの着ているアベニア軍の羽織《はおり》と同じ羽織をはおっているが、体に結びつけていない物はすべて——スモモを串刺《くしざ》しにするのがやっとという感じの、切れ味の悪そうな剣も——地面に落ちている。長時間逆さづりになっていたらしく、顔が髪《かみ》の毛と同じくらい赤い。はっきりいって、かなりこっけいだ。

敵《てき》の少年兵はおれたちに気づき、仲間だと思って声をかけてきた。「お願いです、助けてくれませんか。頼《たの》むから」

おれはあたりを歩きまわって茂《しげ》みをかきまわし、だれもかくれていないのをたしかめた。敵兵《てきへい》は体をひねってモットのほうを向いた。三人の中で年長のモットをリーダーだと思ったのだろう。

「一日以上この状態《じょうたい》で、痛《いた》くてがまんできません。同胞《どうほう》のよしみで助けてください」

おれはアベニアなまりでたずねた。「きみの名前は？」

「メイビス・トック。父親は、南部のろうそく職人《しょくにん》」

「へーえ、じゃあ、戦う技術《ぎじゅつ》は父親から教わったんだな。なんでまた、こんな宙《ちゅう》づりに？　なにかの罰《ばつ》か？」

「ううん」

「追われてたとか？」おれは、あやしむように少年兵を見た。

「それとも、おまえ、おとりか？」

「行進してたんだけど、ものすごくのどがかわいちゃって。こっそりぬけて、小川に水を飲みに行ったんだ。で、あわてて追いかけたら、猟師《りょうし》の罠に引っかかっちゃって。隊列はだいぶ進んでて、助けを呼《よ》んでも声がとどかなかった。おれがいないことに気づいているかどうかもあやしいよ」

トビアスがナイフをとりだし、ロープを切ろうとしたが、おれは片手《かたて》でおしとどめた。「おまえの隊はどこへ向かった？」

「北。ジェリン軍が国境《こっきょう》でカーシア軍の小隊に足止めを食らってるんだ。ジェリン軍が勝ちそうだったのに、土壇場《どたんば》でバイマール軍が応援《おうえん》にかけつけて、ジェリン軍の負けが決まったらしいよ」

バイマール軍が応援にかけつけた!?　これは、ふたつの意味で朗報《ろうほう》だった。ローデンが国境で勝利し、フィンクもふじにバイマール国にたどりついたということなのだ。思わずにやりとしかけたが、メイビスはおれたちをアベニア兵だと思っている。そこで、わざとがっかりしたふりをして首をふった。「カーシア人って野蛮《やばん》だよな。立場もわきまえずに戦うなんて。なあ？」

メイビスはうなずいたが、なにか引っかかるのか、ふと顔をしかめた。が、深く考えるのはやめたらしい。

「痛くてたまらないんだ。おろしてくれないか？」

おれのゆるしを得て、モットがすっと前に出て、メイビスのロープを剣で切る。メイビスは、地面にまっさかさまに落ちた。ロープが食いこんでいた足首から血が出ている。

トビアスがかけより、傷《きず》を調べはじめた。「なぜ、こんなひどい傷を？」

メイビスは傷を見て目まいをおこし、また寝《ね》そべった。「何時間も、もがいたせいだ。痛《いた》かったけど、まさかこんなに大きな傷になってるなんて」

トビアスがポケットからハンカチをとりだした。アマリンダ姫《ひめ》のものだ。なぜトビアスが姫のハンカチを？　トビアスは水の音のするほうへ走っていき、すぐにハンカチから水をぽたぽたと垂《た》らしながらもどってくると、ひざまずいて傷口を洗《あら》った。

モットが、おれのほうへかがみこんでささやいた。「先を急ぎましょう。自由にしてやりましたし、もうじゅうぶんです」

「おまえがおれの立場だったらどうする？　もっと情報《じょうほう》をききだせるとは思わないか？」

「もちろん、そう思うでしょうな」モットはいらだち、地面を蹴《け》とばした。「ですが、この道にはいたくないのです。あまりにも無防備《むぼうび》で」

その点はおれも不安だった。トビアスがおれを見て、おきざりにはできないと首をふる。メイビスの足首から血をぬぐったら、傷のていどがはっきりしたのだ。足首にロープが食いこみ、ざっくりと切れている。感覚がもどってきたら、そうとう痛むだろう。メイビスは早くも痛みを感じはじめたらしく、少しでも楽になるのか、ももをおさえている。

トビアスが立ちあがり、おれを脇《わき》に連れだした。「なにもしなかったら、傷口が化膿《かのう》して、脚《あし》を失うことになります。あの傷では歩けないから、命を失うことにもなりかねません」

「おれたちにはどうしようもない。ロープを切っておろしてやったんだし、医者じゃないんだ。助けようにも器具がない」

「ぼく、ずっと医学を勉強してたんです」トビアスがおずおずと、いかにも恥《は》ずかしそうにほほえんだ。「なにせあなたさまがこんなお方だから、傷を治す方法を知っておいたほうがいいかと思って。お願いです、ぼくに手当てをさせてください」

おれがうなずくと、トビアスはすぐにとりかかった。モットに馬の鞍《くら》の袋《ふくろ》から清潔《せいけつ》な布《ぬの》と革《かわ》の水筒《すいとう》をとってくるように頼《たの》むと、おれには厚《あつ》みのある先のとがった葉を引きぬいて集めるようにいった。葉の中に、治《ち》療《りょう》に必要なゼリー状《じょう》の液体《えきたい》があるのだという。

「その草はどこに生えてるんだ？」

「日当たりのいい水辺です」

おれはうなずいて、小川へ急いだ。この数日、つねにモットとトビアスがそばで守ってくれていたので、ひとりきりだと不安になる。ここは敵国《てきこく》アベニアのすぐそばだ。メイビスの隊はいずれ兵士がひとり足りないことに気づき、もどってくるだろう。

こんなところで時間を食っていいのかと思いつつ、トビアスが説明した植物を探《さが》して目をこらした。正しいことをしているのはわかっていたが、敵《てき》を利するだけだというモットの意見が頭から離《はな》れない。メイビスは兵力とはいえないだろうが、おれたちに害をあたえないともいいきれない。

だいぶ下流まで来てようやくお目当ての植物が見つかり、ナイフをとりだして葉を集めた。そのとき、低い姿勢《しせい》になった拍子《ひょうし》に、きらきらと光る物が目にとまった。ダイヤモンドの形にカットされたルビーが光を反射《はんしゃ》している。なぜ、こんなところにこんなものが？　妙《みょう》だ。

のぞきこんだ瞬間《しゅんかん》、はっとした。ルビーがとりつけられた片方《かたほう》の靴《くつ》。ただの靴じゃない。何日も前、トビアスが考案した緊急《きんきゅう》車両の荷馬車に乗っていたとき、おれはすることがなかったので、このルビーがついた靴を見つめていた。

そう、この靴はアマリンダ姫《ひめ》のもの。姫はどこかの時点で、この場所を通ったのだ！

20

アマリンダ姫の姿《すがた》がちらっとでも見えないか？　せめて居場所《いばしょ》をしめす手がかりがないか？　靴をつかんで、いきおいよく立ちあがった。靴はどのくらい前からここにあった？　姫はどの方向に向かった？　なにもわからない。ひょっとして、メイビスの隊の捕虜《ほりょ》となったのか？

　葉をむしりとり、トビアスの元へかけもどった。モットはすでにもどっていて、トビアスがメイビスの足首を洗《あら》うあいだ、耳をそばだてて不審者《ふしんしゃ》を警戒《けいかい》していた。おれはモットをおしのけ、メイビスの顔に姫の靴をつきつけた。「これはなんだ？」

　メイビスの目が見ひらかれた。靴に見おぼえがあるのか？　それとも、こんな場所でこんな高価《こうか》な女性靴《じょせいぐつ》を見ておどろいただけか？

「きいてるんだ！　答えろ！」

「あんた、アベニア人じゃないな」メイビスは落ちついていた。「いまの言葉はアベニアなまりじゃないし、そこのふたりはカーシアなまりだ。あんた、いちばん年下だよな。なのに、なぜ命令をくだしてるんだ？」

　メイビスの視線《しせん》がおれの全身をとらえ、海賊《かいぞく》の焼印がついた腕《うで》と、顔にはっきり残っているあざと、手に持った剣《けん》をとらえた。「わかった！　あんたは……ジャロン王だな」

メイビスは、思っていたほどバカじゃないらしい。それともこのおれが、自分で思っているよりバカなのか。どちらにせよ、情《なさ》けない。この一帯を敵《てき》に見つからずに通りぬけるのが、むずかしくなった。

モットがおれを守ろうと進みでる。だが、いまのメイビスは、おれを襲《おそ》える状態《じょうたい》じゃない。おれは片手《かたて》に姫《ひめ》の靴《くつ》、もう片方《かたほう》にメイビスに必要な治療用《ちりょう》の葉を持ち、となりにしゃがんで話しかけた。

「おれたちを助けてくれ。そうしたら、おまえを助けてやる」

メイビスは、ひたすら葉を見つめていた。「なるほど。あんたにその靴についてしゃべらないなら、見殺しにするのか。カーシア人もアベニア人とたいして変わらないんだな」

「敵とわかっていて助けてやったのに、よくもぬけぬけと！　ここはカーシア国だぞ。おまえたちが攻《せ》めこんだんだ！」

メイビスは顔をそむけた。「命令にしたがっただけだ。優秀《ゆうしゅう》な兵士は、そういうもんだろ。あんただって、部下にはそうしてほしいくせに」

「いや、おれは部下には、なによりまず善良《ぜんりょう》でいてほしい。そうすれば、部下がおれの命令にしたがうのを見て、自分が道を踏《ふ》みはずしていないと確信《かくしん》できる」トビアスが手をさしだしてくる。おれは葉をわたしていった。「こいつをきちんと手当てしたら出発だ」

しかしトビアスは返事をせず、葉をきつくにぎりしめた。「もし姫について、なにか知っているのなら――」

「こいつは、おれたちをもて遊びたいだけだ。足跡《あしあと》が残っているうちに追ったほうがいい。そいつの足を布《ぬの》でしばったら、すぐに行くぞ」

トビアスは葉の皮をむいて、べとつく黄色いゼリーをあらわにし、指ですくってメイビスの足に塗《ぬ》った。ゼリーが傷口《きずぐち》にしみて、メイビスは背中《せなか》をそらしたが、モットが鞍《くら》からとってきた布を巻《ま》いてもらうと、痛《いた》みは峠《とうげ》を越《こ》したようだった。

トビアスがメイビスに残りの葉をわたした。「傷の具合をちょくちょくたしかめて、完全に治るまでゼリーを塗りつづけて。感染《かんせん》を完全にはふせげないかもしれないけれど、危険《きけん》な状態にはならないと思うよ」

トビアスはそういうと立ちあがり、おれたちは馬へと急いだ。モットは鞍の後ろにとりつけた袋《ふくろ》からロールパンをひとつとりだし、メイビスへ放りなげた。「貸《か》しだぞ。おぼえておけ」

「おれはいちばん下っ端《ぱ》の兵士だよ。国王にお返しなんてできるわけがない」と、メイビス。

「きっとなにかできるさ」おれは声をかけた。

「行きましょう。急ぎませんと」トビアスが馬を走らせる。

おれとモットも走らせたが、遠くまで行かないうちにメイビスの声が追いかけてきた。「その靴をはいた若《わか》い女の人を見て、追いかけたんだけど、逃《に》げられた。どこにいるかは知らないけれど、捕虜《ほりょ》にはなってないよ！」

おれはメイビスと目をあわせ、感謝《かんしゃ》のしるしにうなずくと、アマリンダ姫を探《さが》しに先を急ぐモットとトビアスを追った。

21

追跡《ついせき》は得意だとモットからきいたことはあったが、実際《じっさい》に見て初めて、その実力を痛感《つうかん》した。小川のそばのやわらかい土で姫《ひめ》の足跡《あしあと》を見失うと、モットは馬をおり、目の前でやり方を教えてくれた。

踏《ふ》みつけられた草や、折られた枝《えだ》など、だれかが通ったことをしめす証拠《しょうこ》を見つける方法なら、おれも知っている。だがモットは枝を使って姫の歩幅《ほはば》をはかり、その数値《すうち》をもとに足跡をひとつひとつ割《わ》りだして、追跡をつづけた。手間のかかる作業で、馬を引いて歩かなければならないが、あるていど進むと、姫が走っているのではなく歩いているのがわかった。足跡がついてから、まだ一日もたっていないらしい。このままたどれば、見つけられそうだ。

数時間追跡するうちに、太陽がかたむきはじめた。日が暮《く》れないうちに姫を見つけるつもりだったが、むずかしそうだ。さらに、さっきとはちがう小川にたどりつき、向こう岸に足跡が見えないとわかると、はかない希望はあっけなく消えた。

「水中を歩いて上流か下流に向かい、どこかで陸にあがったのでしょう」モットは明らかにいらだっていた。

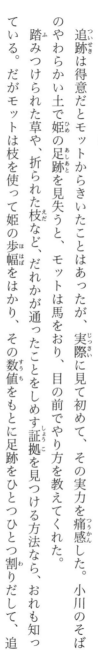

「これ以上は暗くてむりです。野宿して、つづきは明日に」

「このままつづけないと、姫がさらに遠くに行ってしまいます」と、トビアス。「上流を探《さが》しましょう。そ

いる。さらに南下しているかもしれない」

「姫を追っている兵士たちにも近くなるぞ」おれはトビアスに指摘《してき》した。「姫はすでに思っていたより南にいる。さらに南下しているかもしれない」

いずれにしてもあやふやなので、トビアスはしぶしぶ野宿に賛成《さんせい》し、モットがたき火の準備《じゅんび》をするあいだに、おれとふたりでかんたんなシチューを作った。食後はだまって火を囲んだ。トビアスは夜明けとともに追跡再開《さいかい》だと強くいいはり、まっさきに寝《ね》た。ほどなくモットも床《とこ》につき、おれも弱まりつつある火のそばに寝ころがった。しかし、いっこうに眠《ねむ》れない。今日のうちにファルスタン湖に到着《とうちゃく》するはずだったのだ。

アベニア兵のメイビスを助けたことは後悔《こうかい》していないし、アマリンダ姫の捜索《そうさく》を優先《ゆうせん》するのは当然だ。それでも、国王として先頭に立つべき戦争から遠ざかってしまったように感じる。戦場の周囲をむだに回っているあいだに、カーシア国が崩壊《ほうかい》してしまうのではないかと、正直、気が気でない。

ようやくまどろんだが、悪夢《あくむ》に心を乱《みだ》され、眠りは浅かった。夢《ゆめ》の中でアマリンダ姫は、イモジェンが転げおちたあの丘《おか》に立って、こっちよ、こっち、と必死におれをみちびこうとしていた。「わたくしは賢《かしこ》くて強いから、あなたのために戦います」とおれにいったそのとき、ヒュッと宙《ちゅう》を切る矢の音が――。

ひたいに汗《あせ》をかき、ぎょっとして目がさめた。だがすぐに、起きたのは夢のせいじゃないことに気づいた。物音がしたのだ。

馬たちは近くにつないである。ささいな物音だったが、馬たちが異変《いへん》を感じて立てた音にちがいない。

できるだけ静かに剣《けん》をとって、立ちあがった。モットとトビアスをつつき、目をさましたふたりに、ついてこいと身ぶりで合図する。まだいくらも進まないうちに、馬たちの足音がきこえた。いちはやくモットが飛びだし、おれとトビアスも追いかけた。馬どろぼうが三頭の馬のロープをほどき、一頭を盗《ぬす》んだらしい。モットがすぐに別の一頭をつかまえ、鞍《くら》に飛び乗り、どろぼうをつかまえようと猛《もう》スピードで馬を走らせた。

おれとトビアスも物音のしたほうへ走った。馬どろぼうがモットに追いつかれそうになって、引きかえしてくるかもしれないので、トビアスに注意をうながした。そのとき、残っていた一頭がトビアスへとつっこんできた。トビアスは必死に手綱《たづな》をつかんで馬をなだめ、それに乗って走りさり、おれだけがぽつんととり残された。

トビアスの姿《すがた》はすぐに見えなくなった。モットはすでに遠くにいる。どっちへ行こうかと迷《まよ》っていたら、数分後、トビアスと馬どろぼうがこっちへ馬で走ってくるのが見えた。

トビアスのさけび声がする。「いた！　いたぞ！」

おれは馬どろぼうをとりおさえようとかけだした。するどい剣の切っ先をつきつけてやる。

ところが、ここで予想外のことが起きた。トビアスが声をあげた瞬間《しゅんかん》、なんと馬どろぼうが反応《はんのう》したのだ。

「えっ、トビアス？」

アマリンダ姫《ひめ》の声だ！

姫の姿が月光にうかびあがった。姫はききおぼえのある声を耳にし、そくざにトビアスのほうへ向きを変え、二人ともほぼ同時に馬から飛びおりた。おれも姫に声がとどく距離《きょり》にいたが、声をかけるのはためらわれた。なんとなく、おれの出る幕《まく》じゃないと思ったのだ。姫がトビアスの名を呼《よ》び、かけよって抱《だ》きつくのを、だまって見ていた。先日、緊急《きんきゅう》車両のせまい底におしこまれていたときのふたりは、見るからに気づまりでぎこちなかったが、いまはそうではなさそうだ。

「あなた、どうしてここに？　あなたがつかまったときは、てっきり……」姫の声がふるえる。「ジャロンと同じ目にあうと思ったわ」

トビアスはおれに気づくと、姫が炎《ほのお》であるかのようにぱっと離《はな》れ、姫の背後《はいご》にいるおれを見ながらいった。

「姫さま、連中がジャロンさまについて語ったことは、真っ赤なうそでした」

トビアスが姫をおれのほうへ向ける。姫は、一瞬《いっしゅん》、目を見ひらいた。月明かりはほのかだが、長い栗色《くりいろ》の髪《かみ》がもつれて背中《せなか》に垂《た》れているのが見えた。上品なドレスはしみだらけでやぶれ、靴《くつ》は片方《かたほう》しかなく、足を引きずっている。すっかり汚《よご》れて、ぼろぼろで、疲《つか》れきっているが、あいかわらず美しい。

「ジャロン？」姫はぼうぜんと、よろめきながら近づいてきた。「本当にジャロンなの？　死んだってきいたのに」

「ああ、死にかけたよ」

「でも、どうやって――」アマリンダ姫はおれに手がとどく距離まで近づくと、思いやりに満ちた表情《ひょうじょう》をうかべ、顔にかかったおれの髪をはらってくれた。そのせいで、髪にかくれていたこめかみの黒いあざがあらわになった。アベニア兵の見張《みは》り番、テロウィックにやられた傷痕《きずあと》だ。「まあ……なにがあったの？」

おれは答えるかわりに姫《ひめ》の手をとり、キスをしてたずねた。「きみこそ。疲《つか》れた顔だな。なにがほしい？」

姫はほほえんだ。「とくにこれといったものはないけれど、お腹《なか》がすいたわ」

「食べ物ならあるよ」

「ええ。さっき、料理のにおいがしたわ。そのにおいで、だれかが野宿していることに気づいたの。行ってみたらアベニア兵の羽織《はおり》が見えた。馬にもアベニア兵の鞍《くら》がついていたから、てっきり……。まさか、あなたたちだったなんて。馬たちのロープをほどいて、馬を追いかけてだれもいなくなったあと、こっそり忍《しの》びこんで食べ物をうばうつもりだったの」

「ずいぶん危険《きけん》な計画だな」

「ええ、空腹《くうふく》でたまらなくて。でも危険をおかしたおかげで、こうして再会《さいかい》できたわ」

馬を連れたトビアスが、すぐそばに来ていた。ついさっき姫と親しげに抱《だ》きあったばかりなのに、鞍に乗る姫に手を貸《か》すトビアスは、前のようにぎこちない。おれは姫の前に乗った。姫はおれの腰《こし》に腕《うで》をまわしたが、ときどきトビアスのほうをふりかえっている。さっきからうすうす感じていたことは、やはりあたっていた。

トビアスと姫は、たがいに想いあっている。

22

野宿の場所に引きかえしたら、すぐにモットももどってきた。姫が無事で怪我《けが》もしていないと知ってほっとしつつ、なぜかむずかしい顔でこっちを見ている。おれがいらだっていると察しているのだ。だが、たずねないほうがいいことも心得ている。

姫のために火をおこし、お茶をすすめ、モットが姫の食事を作るあいだ、おれとトビアスは姫がくつろげるように席を作った。なぐりかかってしまいそうなので、トビアスにはもっと離《はな》れた場所にいてほしかったが、本人は姫がもどってきたことにすっかり気をとられ、おれのいらだちには気づいていない。三人で動きまわるあいだ、姫はトビアスがつかまったあとのことを語った。

「国境《こっきょう》を越《こ》えてカーシアにもどらなければと思ったのよ」姫は食事をしながらいった。「けれど北部では敵《てき》が血眼《ちまなこ》になってわたくしを探《さが》していたから、南に向かうしかなくて……。ようやくカーシア国に入ってからは、ドリリエドまで連れていってくれるカーシアの民《たみ》を見つけるつもりだったの」

「民はほぼ、すでにドリリエドへ逃《に》げてるよ」と、おれはいった。「ここに家族だけでいるのは物騒《ぶっそう》だろ。物騒なのはきみも同じだ。なぜ予定どおりバイマール国へ行かなかったんだ?」

思ったよりきつい口調になってしまった。姫にきつい口調でいいかえされても、文句《もんく》をいえない。けれど、姫《ひめ》の口調はやわらかかった。「だって……あなたが死んだってきいたから」

「ああ、死んでいてもおかしくなかった。だからこそ、きみは死なないようにするべきだったんだ！」

「いいえ、城《しろ》へもどるべきだったのよ！　王の座《ざ》は安泰《あんたい》だって、カーシアの民《たみ》を安心させるために！　なんのために戦っているかわかれば、民は戦いをつづけられる。あなたが死んだという噂《うわさ》がひろまったら、民は動揺《どうよう》しはじめるでしょ。民に戦う目的をあたえるために、わたくしは、もどらなければならなかったのよ」

おれは気持ちを落ちつかせるために手をとめた。おれの気持ちはさておき、いまの言葉は、姫がカーシア王家の一員であるなによりの証拠《しょうこ》だ。その勇気も、気高さも、疑《うたが》う余地《よち》はない。

トビアスが口をはさんだ。「ジャロンさま、城を出る前の晩《ばん》、姫にいいましたよね。あなたさまの身にもしものことがあれば、王の座を引きつぎ、カーシア人の夫を迎《むか》えてくれって。姫はジャロンさまの言葉にしたがっただけですよ」

「だからなんだ？」口をはさんでほしくない。トビアスの助言など、ききたくもない。かっとなるのが自分でもわかった。「それがおれの本心だと、ふたりとも本気で思ってたのか？」

アマリンダ姫がなにかいおうとして息を吸《す》ったが、言葉をのみこんだ。おれと姫が見つめあっていたら、モットが立ちあがった。「馬の様子を見てきます」といって、トビアスのほうを向く。「手伝ってくれ」

「えっ、なんで？」トビアスは明らかに不満そうだった。「馬にはちゃんとえさをやったし、水も飲ませたし、ロープもしっかり結んでありますよ」

「いいから来い！」

モットの声から、別の理由で呼《よ》ばれたと察したにちがいない。トビアスがアマリンダ姫のほうをちらっとふりかえったのを、おれは見のがさなかった。おれとふたりきりで残される姫に心から同情《どうじょう》し、いっしょに残れないことをくやしがっている。

おれは火に枝《えだ》をくべると、地面に転がっていた木の幹《みき》に腰《こし》かけ、枝が燃《も》えるのをながめた。今夜はとてつもなく長い晩になりそうだ。一刻《いっこく》も早く朝が来てほしいのに。姫もとなりにすわり、いっしょに火をながめた。なにか声をかけなければ。でも、なんといえばいい？

ひろびろとした場所にいるのに、とつぜん息苦しくなった。心臓《しんぞう》がどきどきする。なぜだ？　怒《おこ》っているからか？　いや、怒るのは当然だが、そうじゃない。ひょっとして、傷《きず》ついているのか？　まあ、それはそうだ。といっても、姫はおれが死んだと思っていたのだから、トビアスへの恋心《こいごころ》を責《せ》めるのは酷《こく》だ。いまのおれは、よりどころを失った気分なのかも。居場所《いばしょ》も、頼《たよ》れる人も、失った気分。国王という輝《かがや》ける地位についているのに、中身はだれにもふりむいてもらえない孤児《こじ》のままだ。

とうとう姫が口をひらいた。「あなたが海賊《かいぞく》の元へ行っていたあいだ、トビアスはたっぷり時間をかけて、わたくしがあなたを理解《りかい》できるよう、いろいろ教えてくれたわ」

おれはせせら笑った。「何時間もかかっただろ」

「何時間というより何日もよ」と、姫がほほえむ。おれをばかにしている顔ではない。姫はそんな意地悪な人じゃない。「トビアスがいってたわ。ファーゼンウッド屋敷《やしき》にいたころ、あなた、王になる気はないといってたんですってね。本心なの？　それとも身分を偽《いつわ》っていたせい？」

おれのくちびるから、ため息がもれた。「ファーゼンウッド屋敷でいったことはすべて、正真正銘《しょうめい》の本音だよ」

「ねえジャロン、わたくしとあなたはぜんぜん似《に》てないけれど、その一点だけはそっくりよ。あなたは、王《おう》冠《かん》などこれっぽっちも望んでいなかった。それは、わたくしも同じ。それどころか、これまでずっと、きみはどうしたいって、希望をきかれたこともなかった」

他人の言葉とは思えない。おれの不満も似たようなものだ。

姫《ひめ》がつづけた。「わたくしは生まれたときから、あなたのお兄さまのダリウスと結婚《けっこん》するように定められていた。あるていど大きくなってからは、ダリウスをもっとよく知るために、ドリリエドで暮《く》らしたこともあった。で、ようやくダリウスに愛情《あいじょう》を感じ、いっしょに幸せに暮らせる日を心待ちにするようになったのに、ある日とつぜん、ダリウスは永遠《えいえん》にいなくなってしまった……。そのとたん、ダリウスへの気持ちをすべて捨《す》てなければならなくなった。空っぽの心を見せることもゆるされない。しかもダリウスの暗殺が発覚したその晩《ばん》に、いきなり、あなたという別の婚約者《こんやくしゃ》をさしだされた……。わかってるのよ、そういうものだということは。でもね、ダリウスにそっくりのあなたを見るたびに、どうしてもダリウスの死を意識《いしき》してしまう。このやるせなさは、だれにもわからないと思うの」

「もうしわけない」自分の願望や不満にばかり気をとられ、姫の心の痛《いた》みを思いやれなかった自分の身勝手さを痛感《つうかん》した。

「ううん、あやまることなんてないわ。あなたにとっても、望んでいない婚約なんですもの。それでも、わたくしたちは友情《ゆうじょう》を育んだ。そして戦争が始まると、あなたはまっさきにわたくしの希望をきいてくれた。わたくしが希望するなら結婚しよう、そうでなければ好きに生きてかまわないといってくれた。感謝《かんしゃ》しているのよ。これまでの人生で最高の愛情をかけてもらったと思っている」姫はゆっくりと息を吸《す》って、いった。

「あなた、わたくしに二度とうそをつかないと約束したわよね？」

「ああ」

「じゃあ、ひとつ質問《しつもん》するわ。本音で答えてちょうだい」おれがうなずくのを見て、姫はつづけた。「城《しろ》を出る前に、わたくしたちは結婚するべきだとカーウィン卿《きょう》が進言したわね。なぜ、進言を受けいれたの？」

予想外の質問だった。正直なところ、考えたこともない。必死に考え、ようやく答えをひねりだした。「カーウィン卿のいうとおりだと思ったからさ。戦争中、おれの身に万が一のことがあっても、結婚していれば、きみは王妃《おうひ》という立場でいられる」

姫は口を引きむすんで、いった。「あなたにとって、それは結婚のちゃんとした理由になるの？」

理想の世界では、結婚の理由はひとつしかない。自分の命よりも相手のほうが大切だと思えることだ。けれど現実《げんじつ》の世界では、現実的な理由から結婚する場合がよくある。一家の大黒柱や、料理をしてくれる人や、パートナーがほしくて結婚《けっこん》するのだ。たいていの人は、それで満足する。おれとアマリンダ姫《ひめ》の場合は、家同士が決めた協定だった。愛情《あいじょう》以外の理由で結婚する人も少なくないだろうが、よく考えてみると、協定のせいで結婚するなんて、ばかばかしいにもほどがある。

「いや。愛してる人と結婚したい」

姫がすばやくおれに体を寄《よ》せてきた。姫の体のあたたかさを感じる。姫の声は低くて、おだやかだった。

「ジャロン、わたくしのことを愛してる？」

宇宙《うちゅう》の謎《なぞ》を解《と》いてみろと、たずねられたような気分だ。そもそも答えが必要となったことのない質問《しつもん》なので、まともに考えたことがない。姫との結婚は、王座《おうざ》につく条件《じょうけん》だった。最初から決まっていたことだ。疑《ぎ》問《もん》を持つ余地《よち》がない。

でも、問題はそこだった。おれはずっと、姫とは結婚しいいいいいいいなければならないと思いこんでいた。結婚しいいたいと思ったことは一度もない。

「もちろん、愛してるさ」熱烈《ねつれつ》な愛の告白みたいだ。「でも、妹や親友への愛情に似《に》てるかな。きみに恋《こい》はしていない」口に出せてすっきりした。この瞬間《しゅんかん》、姫とトビアスへの怒《いか》りがすっと消えた。自分が持っていない感情《かんじょう》なのに、姫も持っていないからといって責《せ》められない。もし姫に対して少しでも愛情があるのなら、本人の望みを最優先《さいゆうせん》するべきだ。姫を幸せにできるのはおれではないという事実を受けいれるしかない。

姫の緊張《きんちょう》も解けた。「トビアスはあなたのように口達者じゃないし、剣術《けんじゅつ》もうまくないけれど、善良《ぜんりょう》でやさしい人よ。いっしょにいると、自然体でいられるの」

姫のいいぶんは、もっともだった。トビアスは初対面の印象こそ最悪だったが、おたがいの立場を理解《りかい》するようになってからは、だれよりも忠実《ちゅうじつ》に仕えてくれる。うれしいことに、いまでは心から信頼《しんらい》できる友だ。

「あいつは頭がいいし、評議員《ひょうぎいん》という地位もある。王室のように優雅《ゆうが》な暮《く》らしはむりでも、もうしぶんのない暮らしをさせてくれるはずだ」

姫は肩《かた》をすくめた。「姫としての暮らしは、祖国《そこく》のバイマール国王があたえてくれたものよ。自分から贅《ぜい》沢《たく》を望んだことは一度もないわ」

「お姫さまという役割《やくわり》は、きみにぴったりなのにな」

「新しい役割も、こなしてみせるわ。トビアスは評議員だから、結婚しても両国の協定は問題ないわよね」

協定に問題がないのであれば安心だ。もしこの戦争が終わったときに、まだ国と呼《よ》べるものがあるならば、だが。

アマリンダ姫の手をとってキスした。ほかに好きな人がいると姫にいわれたのに、思っていたほど悲しくなかった。たぶん姫に心をうばわれたことがないから、落ちこむこともないのだろう。いや、もっと大きな悲しみのせいで、おれの心はすでにくだけてしまったからか。

つらい思いを笑みでかくして、いった。「たぶんトビアスは、おれに処刑《しょけい》されるんじゃないかとびくついてるぞ。処刑だって顔をしたら、おもしろいかな」

「おもしろがるのは、あなただけじゃないかしら」姫《ひめ》は大まじめな顔をしていたが、その目はちゃめっ気たっぷりにきらめいている。

ようやくモットとトビアスがもどってきた。モットが、おじゃましてもよろしいかと、許可《きょか》をもとめて足をとめる。いろいろといいふくめてきたにちがいない。トビアスは近づこうとせず、頭を下げてひざまずいている。おれの怒《いか》りを買って、打ち首にされると恐《おそ》れているのなら、わざわざ首をさしだすようなかっこうをしなければいいのに。

近づいていったら、トビアスが口をひらいた。「ぼくにとって人生最悪の日は、あなたさまが死んだときかされた日です。ジャロンさま、どうかそれだけは信じてください」

「信じるとも。おれが死んだときいた瞬間《しゅんかん》から、姫のために尽《つ》くしてくれたことは、感謝《かんしゃ》してもしきれない。姫と幸せになってくれ」

トビアスがはっとして顔をあげ、姫に向かってほほえみかける。

姫もほほえみかえすと、おれのほうを向いた。「ありがとう、陛下《へいか》。ではわたくしも、あなたさまとイモジェンの幸せをお祈《いの》りしてもよろしくて？　イモジェンはどこにいても、あなたのことを愛しているわ。あなたにふさわしい人よ」

イモジェンの名を耳にしたとたん、体がこわばり、息がとまりそうになった。イモジェンのことを思うたびに、体の中が空っぽになる。どう答えたらいい？　アマリンダ姫はイモジェンの死を知らないということを、すっかり忘《わす》れていた――。

モットが、アマリンダ姫の耳元にかがみこんでささやく。その瞬間、アマリンダ姫は息をのんで、目を見ひらいた。その目から涙《なみだ》があふれだして、滝《たき》のようにほおをつたう。「あなたが逃《に》げられたのなら……イモジェンも……てっきりいっしょに……」と、声をつまらせる。「ああ、なんてこと……」首をふりながらよろよろと前に出て、おれに腕《うで》をまわし、きつく抱《だ》きしめた。

どっちがなぐさめているのかよくわからないが、姫がおれの肩《かた》に顔をうずめて泣いてくれたおかげで、おれも思うぞんぶん、心の底から悲しむことができた。ようやく姫が離《はな》れたときは、最悪の悲しみを涙で流せた気がした。悲しみが消えることはないが。姫の手をとってキスすると、その手をトビアスの手に重ねてトビアスにいった。

「姫はこれからも王室の一員だ。王族として、大切にあつかうんだぞ」

トビアスは深く頭を下げた。「姫ともども、一生恩《おん》にきます。ぼくらにできることはありませんか?」

「アベニア軍のキャンプで、おれにくじけるなといったよな」死にかけたことを鮮烈《せんれつ》に思いだし、深呼吸《しんこきゅう》してつづけた。「あのときのおれは、くじけていた。だが、いまは立ちなおって、この戦争を戦う覚悟《かくご》ができている。トビアス、おれに力を貸《か》してくれ。バーゲン王をなにがなんでも止めるんだ」

23

トビアスとアマリンダ姫《ひめ》が眠《ねむ》りについてしばらくすると、おれは起きあがって火にあたった。体は疲《つか》れているのに眠れない。ポケットの中にあった硬貨《こうか》をいじりながら、薪《まき》をなめるように燃《も》える炎《ほのお》と、風に吹《ふ》かれてうずまく煙《けむり》をながめた。自分の意思を持たず、ふらふらとたなびくのはどんな気分だろう？　幼《おさな》いころのおれはまさに正反対で、あらゆる圧力《あつりょく》にえんえんと抵抗《ていこう》しつづけた。どれもおれのためを思ってしてくれたことだったのに。なんと愚《おろ》かだったのだろう。この性格《せいかく》を直そうと心に誓《ちか》った。素直になれと圧力をかけられないかぎりは、だが。

　ころあいを見はからって、モットも起きだしてきた。火のそばにすわり、トビアスとアマリンダ姫のほうへあごをしゃくって、ひそひそ声でいう。「さきほどのお言葉は、じつにごりっぱでした。もっとお怒《いか》りになるかと思ってましたぞ」

「なんでだ？　ふたりとも悪いことはしてない。幸せになって当然だろ」

「最初はそう思っていらっしゃらないように見えましたが」

「まあな。でも、いまは幸せを願ってるよ」本気だとわかってもらいたくて、モットのほうへ向きなおった。

「幸せになるべきだ。人生はまだ長いんだし」

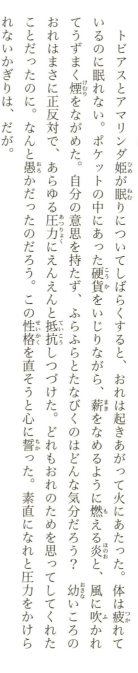

「それはあなたさまも同じですよ、ジャロンさま」

おれは軽く鼻を鳴らした。このおれが長く、かつ幸せに生きられるとは思えない。

モットはさらにいった。「もしイモジェンがここにいれば、同じことをいうでしょう」

目をつぶったら、イモジェンの顔がうかんできた。いつもの顔。おれの髪《かみ》の毛をはらいのけてくれた瞬間《しゅんかん》の顔だ。バーゲン王の地下牢《ちかろう》にとじこめられていたあいだ、イモジェンの夢《ゆめ》を何度も見た。あの世でいっしょにいて、イモジェンにゆるしてくれといっている夢だ。浜《はま》から波が引いていくように、細かい部分は記憶《きおく》から消えてしまったが、イモジェンがゆるしてくれたことだけはおぼえている。

目をあけ、モットを見た。「イモジェンはおれを愛してくれていた」

「もちろんですとも」

「なぜ、それがわからなかったんだろう？」

「ずっとわかっていらしたのでは。姫と結婚《けっこん》しなければならないと思いこんでいたせいで、意識《いしき》しなかっただけなのでは」

「そうだよな」おれはため息をつき、また火を見つめた。「悪人とか、陰謀《いんぼう》とか、敵《てき》とか、そういうものはわかりやすい。でも、友情《ゆうじょう》ってのは複雑《ふくざつ》だし、愛情《あいじょう》はもっとむずかしい。愛する人を失ったことで、剣《けん》の傷《きず》より深く傷ついたよ」

「深く傷ついたということは、それだけ深く愛していたということです。愛情は強い力を持っているのですよ、ジャロンさま。最終的には愛情《あいじょう》が、この戦争を勝ちぬく力となりましょう」

おれは軽く笑った。「それは斬新《ざんしん》な戦略《せんりゃく》だな。敵《てき》に剣《けん》をふるわれたら、おお、愛しているぞっていえばいいのか。おれの愛の告白に敵は腰《こし》をぬかしてへたりこみ、めでたく勝利ってわけか」

「敵に愛を誓《ちか》って勝つなんて、あなたさまが初めてでしょうな」モットも小声で笑ったが、おれが真顔になるのを見て笑うのをやめ、つけくわえた。「明日からまた戦場です。ですから、そろそろお立場をはっきりさせるべきです。われらに吹《ふ》きつける強風に、流されますか？　それとも、踏《ふ》みとどまって立ちむかいますか？」

複雑《ふくざつ》な人生をそうかんたんに割《わ》りきれれば、どれだけいいか。「なんだよ、嵐《あらし》じゃあるまいに」

「あなたさまにとっては嵐ですよ。われらの将来《しょうらい》は、あなたさまにかかっているのです。いまのあなたさまは、どなたですか？　自分のことしか考えない孤児《こじ》のセージですか？　それとも、お父上に追いはらわれた行儀《ぎょうぎ》の悪い反抗《はんこう》的な王子ですか？　あなたさまはこれまでの試練つづきの人生で、根性《こんじょう》と体力と精神力《せいしんりょく》をためされ、だれも予想だにしなかった形で身を立てられました。しかし今回の嵐は、ことのほか熾烈《しれつ》。まさに、のるかそるかの試練です。あなたさまは、すべてをうばわれてもなお、カーシア国の新生王ジャロンとして、われわれの前に立つお覚悟《かくご》がありますか？」

おれはまた目をとじた。だが今回は、イモジェンを思いだすためではない。おれの脳裏《のうり》をよぎったのは、片脚《かたあし》を骨折《こっせつ》し、ぼろぼろの体で海賊《かいぞく》の元から祖国《そこく》にもどって馬車からおりた、あの瞬間《しゅんかん》の光景だった。あのときは、全国民がおれを歓迎《かんげい》しに集まってくれたかのように思えた。全員が頭を下げ、新生王ジャロンと呼《よ》んでくれた。そう、新生王と呼ばれたからには、暗黒の夜をぬけだし、祖国に新たな夜明けをもたらさなければならない。すさまじい逆風《ぎゃくふう》が吹きあれる戦争だが、そこを切りぬける道を見いださなければ、祖国はまちがいなく滅《ほろ》びてしまう。イモジェンはこれからもずっと愛《いと》しい人だし、もどってきてほしいと痛切《つうせつ》に願う気持ちは変わらないが、おれはもう一度、立ちあがらなければならないのだ。

「モット、一眠《ひとねむ》りしよう。明日から、この戦争を終わらせるんだ。いっしょにカーシア国を救おう」

24

翌朝《よくあさ》——。モットがひとりきりになったとき、アベニア兵の集団《しゅうだん》に急襲《きゅうしゅう》されて剣《けん》をうばわれ、ひざまずかせられた。五人の武装《ぶそう》したアベニア兵はがさつで、はぐれた仲間を探《さが》しにもどってきたのだとかなんとか、わめいている。たぶんメイビスのことだろう。

兵士はそろって不潔《ふけつ》だった。アベニア人が不潔なのはよくあることだが、モットと話している男はとりわけ汚《きたな》らしかった。やせこけていて、片目《かため》を眼帯《がんたい》でおおい、でこぼこの頭皮から冬の枯《か》れ草のような色の髪《かみ》が生えている。

「おまえらの王はどこだ？」男がモットにたずねた。

「そう遠くない場所におられる。おまえたちを見ても、お喜びにはならん。いますぐ失《う》せろ」

男はげらげらと笑い、黒ずんだ歯をむきだした。まだ残っているほうがおどろきなくらい、ひどい歯だ。「このあたりで、うちの新入りが面倒《めんどう》を起こしてな。そいつから、おまえらのことをきいた」

「同じやつから、おまえらのこともきいたぞ！」おれは頭上から声をかけた。がんじょうな木の枝《えだ》の上で、アベニア兵たちを待ちかまえていたのだ。まぬけで不用心なアベニア兵たちは、まったく気づかなかったが。

「おまえらの体臭《たいしゅう》についての説明は、いいかげんだったな。スカンクみたいだといってたが、これじゃあスカンクに失礼だ」

おれはモットの弓に矢をつがえ、いつでも射《い》られるようにかまえていた。弓の腕前《うでまえ》はいまひとつだが、この距離《きょり》ならば問題ない。中央でしゃべっていた男が、モットの首にナイフを当てる。だが、直後にようやく、仲間が全員後ずさっていることに気づいた。

「怪我《けが》したくなければ、全員ナイフを捨《す》てろ」おれとしては、温情《おんじょう》たっぷりの警告《けいこく》だ。

男の仲間のひとりがいった。「なぜ、わざわざ捨てろと？　ふん、木の上にいても、つかまえられるぞ」

「まあな。でも、おまえらにはむりだ」おれは連中の背後《はいご》の木々へ頭をかたむけた。その木にはトビアスとアマリンダ姫《ひめ》がのぼっていた。ふたりは一本の長いロープの両端《りょうはし》をそれぞれ持っていた。ロープは木の幹《みき》にそって垂《た》れ、地面で輪を描《えが》いている。トビアスと姫がロープをひっぱると、その輪がアベニア兵たちの足首にきつく巻《ま》きつき、兵士たちを転倒《てんとう》させ、まとめてしばりあげた。メイビスがはまった罠《わな》とよく似《に》たしかけだ。メイビスと同じ罠にはまった皮肉に、連中が気づくといいのだが。モットにナイフを当てていた男は、味方がつかまったのを見てナイフを手ばなし、両手をあげて降参《こうさん》した。

モットが立ちあがって敵《てき》の武器《ぶき》を集め、そのあいだにおれは枝から飛びおり、敵の前に着地した。

「おまえらがあまりにもうるさくて、一時間前から来るのがわかったぞ。いいかげん、待ちくたびれた」おれは兵士たちにそういうと、モットにナイフを当てていた男のほうを向いた。「魚をえさで釣《つ》るように、おまえらをここへおびきよせたんだ。おれをつかまえに来たのか？」

男は答えようとしなかった。息が魚くさい。すかさずモットが男から取りあげたナイフでひっぱたく。男は悲鳴をあげ、腕《うで》をさらに高くあげた。「さっきもいったように、仲間を探《さが》しに来ただけだ」

「おまえの部隊はどこへ向かっている？　ファルスタン湖か？」

「ガキ王に、だれがしゃべるか」と、男がせせら笑う。

「なら、いいさ」

連れていけとモットに向かってうなずくと、男はもがいてどなった。「おまえにおれは殺せない！」

「ほう、殺してやろうかと考えていたんだが」

「生かしておいてくれたら、情報《じょうほう》をやる！」

おれは考えるふりをした。「ふうむ……ま、おもしろい情報ならば、生かしておいてやってもいい。でも、むだな情報だったり、うそをついたりしたら、命の保証《ほしょう》はないぞ」

男は目を左右に泳がせると、さっきより声をひそめてしゃべりだした。バーゲン王が近くにいるのかどうか知らないが、しゃべったことをよほど王に知られたくないらしい。

「バーゲン王は首都ドリリエドに向かっている。ドリリエドにはすでにメンデンワル軍が到着《とうちゃく》ずみだ。住民ともども城塞《じょうさい》をぶちこわせと命令されている。そのあとはファルスタン湖の陣営《じんえい》に合流し、最終決着をつける予定だ」

アマリンダ姫《ひめ》が息を吸《す》いこみ、トビアスと手を重ねる。おれはこの情報が本物かどうか迷《まよ》い、モットを見てから男にたずねた。

「ドリリエドでは戦闘《せんとう》が始まっているのか？」

「始まっていなくても、すぐに始まる。おたくの総《そう》隊長は、バイマール国の援軍《えんぐん》とともに、ドリリエドの近くに陣《じん》をかまえたそうだ。でも、たぶん長くはもたない。おたくの戦線を突破《とっぱ》する糸口さえ見つかれば、わが軍は一気に攻《せ》めこめる」

おれは男をしげしげとながめ、疑《うたが》わしげに目を細めた。「おまえ、うそをついてるな」

「うそじゃない！　うちのキッペンジャー司令官から直接《ちょくせつ》きいたんだ」

あのキッペンジャーか。その名前は、舌《した》に残る酢《す》のように頭にこびりついている。

ごつい石をひとつひろって、男にいった。「利《き》き手はどっちだ？」

男はおれの脅《おど》しの意味を悟《さと》ってふるえながら、こっちとばかりに左手をあげた。「た、頼《たの》む、やめてくれ。殺さないっていったじゃないか」

「おまえはうそをつかないはずだったよな。さっきは右手でナイフを持っていたくせに」おれは石を高くかかげた。

「し、知ってるのは、本当にそれだけだ！」男はすっかりうろたえ、声が一オクターブほど上ずっている。「ドリリエドに行けばメンデンワル軍がいる。うちの軍隊もいっしょに戦っている。バーゲン王はドリリエドをたたきつぶす気だ」

男をさらに不安がらせるために、にらみつけ、あごをさすり、もったいをつけていった。「まあ、いいだろう。いまは殺さないでおいてやる。仲間が探《さが》しに来てくれるよう、せいぜい祈《いの》るんだな」と、モットに向かってうなずく。「全員、しばりあげておけ」

モットがアベニア兵たちを周囲の木々にしばりつける。トビアスとアマリンダ姫《ひめ》も木からおりてきて手伝い、おれは馬をとってきた。すぐに出発だ。最後に見たとき、ローデンはまだ総《そう》隊長になりきれていなかった。あのままだとしたら、ドリリエドの陣営《じんえい》は長くもちこたえられないだろう。

出発してから、モットがいった。「陛下《へいか》、ドリリエドに向かうおつもりで？」

「もちろんだ。ドリリエドはわたさない」

「危険《きけん》な戦いになるわよ」と、アマリンダ姫。「心の準備《じゅんび》はいい？」

おれはにやりとして答えた。「戦闘《せんとう》の音は、戦場に乗りこむ十分以上前にきこえるだろ。ならば、たぶんいままででいちばん、心の準備ができるさ」

ドリリエドに向かって馬を走らせたが、とちゅうでトビアスにいった。「姫とふたりでファルスタン湖に行ってくれないか？」

「はい。でも陛下がドリリエドに向かうのなら、おともさせてもらえませんか。負傷者《ふしょうしゃ》の手当てをしますので」

「姫は？」

「トビアスの手伝いをします。わたくしも、この戦争で役に立ちたいわ」

おれは姫と目をあわせていった。「婚約《こんやく》の協定は白紙にもどったが、王座《おうざ》の約束はそのままだ。もし戦争が終わる前におれの身になにかあったら、きみに女王として指揮《しき》をとってもらいたい。すでにきみは、この国にとってなくてはならない存在《そんざい》なんだ。ぜったい無事でいてくれ」

「ジャロンさま、ぼくがお守りします」と、トビアス。「ぼくが姫を守るという約束も変わってません」

おれはトビアスにうなずき、姫にいった。「トビアスといっしょにファルスタン湖のキャンプに行って、救護《きゅうご》テントを張《は》ってくれ。ファルスタン湖でも数日中に、ドリリエドと同じくらい救護が必要となる。それと、司令官にできるだけ多くの兵士をドリリエドに送りこむようにつたえてくれ」

姫がおれに向かってうなずき、トビアスと姫はファルスタン湖へ、おれとモットはドリリエドへ、それぞれ向かった。

ドリリエドへと急ぎつつ、おれの心は重かった。もし敵《てき》がドリリエドの市壁《しへき》を突破《とっぱ》していたら、どんな地獄《じごく》が待っていることか。ドリリエドの守備《しゅび》は首席評議員《ひょうぎいん》のハーロウに任《まか》せてあるが、できることはかぎられている。市壁の中に避難《ひなん》してきた家族の多くは、家畜《かちく》の群《む》れを襲《おそ》うオオカミや野犬とたまに戦ったことくらいしかないし、大半は女たちだ。女たちの仕事は子どもと老人を守ること。男たちはすでに兵士として参戦している。

もしかしたらハーロウは、〝カーシア国のために戦う気のある囚人《しゅうじん》を釈放《しゃくほう》する〟という例の案を実行しているかもしれない。囚人《しゅうじん》たちは、本当にカーシア国のために働いてくれるだろうか？　それとも、まっさきに国を捨《す》てるだろうか？　ハーロウは、コナーは釈放《しゃくほう》しないと約束してくれた。どんなにせっぱつまっても、あのコナーにだけは、おれやカーシア国の民《たみ》の命をあずけるつもりはない。

その日のうちに、ドリリエドのすぐ手前の丘《おか》までたどりついた。モットが馬をとめて、おれを呼《よ》ぶ。おれも馬をとめた。

「アベニア軍のキャンプを離《はな》れてからずっと、あなたさまを見てまいりました。まだ体力が完全には回復《かいふく》しておりませんな。剣《けん》を片手《かたて》で持てず、両手でささえていらっしゃる」

おれには、まっすぐ前を見つめることしかできなかった。「日を追うごとに回復してるし、根性《こんじょう》は元のままだぞ。そっちのほうが大事だろ」

「ですが、この丘のすぐ向こうは戦場ですぞ」

「ああ。いざとなれば、剣を両手でかまえて戦うさ」

モットは納得《なっとく》しなかった。「鎧《よろい》と盾《たて》はお持ちで？」

「そっちこそ、持ってるのかよ？」おれはいいかえし、いらだちをおさえて、ため息をついた。「自分は戦場にいないで、民だけ戦いに送りこむなんて、まともな王のすることじゃない」

「王をひとりで戦場へ行かせるのも、まともな家来のすることではありません」

おれはいつものように感謝《かんしゃ》をこめて、モットのほうをふりかえった。「モット、あんたは家来じゃない。

おれの召使《めしつか》いじゃないし、だれの召使いでもない。おれが戦場にいっしょに乗りこみたいと思う相手は、あんただけだ」

「では、まいりましょう。わが王よ、ともに勝利に向かって」

「ああ、勝利に向かって」

前進したとたん、戦闘《せんとう》の音がきこえてくる。おれたちは顔を見あわせ、剣を引きぬき、戦場へと馬を走らせた。

25

ローデンの陣営《じんえい》はドリリエドの市壁《しへき》からそれほど離《はな》れておらず、丘《おか》を越《こ》えた瞬間《しゅんかん》に見えた。前方のだだっ広い戦場でバイマールとカーシアの連合軍が戦っているが、総《そう》隊長のローデンは右側に見えるロービング川を最終防衛線《ぼうえいせん》とさだめ、敵《てき》に川を越えさせないと決めているらしい。川の両岸に木製《もくせい》の長い屋根がもうけられ、飛んでくる敵の矢から兵士たちを守っており、土を高く盛《も》った塹壕《ざんごう》も作られ、正面からの攻撃《こうげき》の盾《たて》となっている。ロービング川はここでは川幅《かわはば》がややせまくなっているが、底が深いので、橋がないとわたるのに苦労する。敵にとってこの川はやっかいな防衛線だが、突破《とっぱ》できないわけではない。

それを不可能《ふかのう》にするのが、おれの仕事だ。

それには城《しろ》に入りたい。戦場に残ったまま、城の中に使者を送りこめるのならば、なおいい。とにかく時間がない。そこで戦場ではなく、いったん南に向かい、城に入るルートを探《さが》すことにした。南の町はずれには、兵士が数えるほどしかいなかった。しかもメンデンワル軍の兵士ばかりだ。おれもモットもアベニア兵の羽織《はおり》をはおったままだったので警戒《けいかい》されず、相手が油断《ゆだん》した隙《すき》をついて襲《おそ》うことができた。

しかしドリリエドをとりかこむ市壁に近づくにつれて、アベニア兵の羽織は不利に働いた。おれたちは、ロービング川が市壁の下を通って流れこむ谷間へと向かった。だが谷間に入ろうとしたそのとき、とつぜん女たちがあらわれ、わめきながら横にならんでいっせいにかけよってきたのだ。近づく者を混乱《こんらん》させて注意をそらす作戦だ。おみごと！　そのなかの数名は、旗のように毛布《もうふ》をぴんと張《は》った棒《ぼう》を両側からささえていた。そしておれたちに進路を変えるひまをあたえず、おれの馬とモットの馬の両側から毛布の旗を持って、はたきおとそうとせまってくる。

おれは背中《せなか》から派手《はで》に落馬し、馬はどこかへ走っていった。モットはおれよりも持ちこたえたが、女たちはあきらめず、とうとうモットもおれのそばに引きずりおろした。

離れた場所で若《わか》い娘《むすめ》たちがおれとモットの馬をつかまえ、ひらりと飛び乗る。おれたちは武器《ぶき》をとりあげられ、剣《けん》を胸《むね》につきつけられた。カーシア国の女たちのみごとな勝利だ！　司令官になってもらうとしよう。

リーダー格《かく》の女は背《せ》が高く、質素《しっそ》な身なりで、どうどうと剣を持っていた。「侵入者《しんにゅうしゃ》め、カーシア国のジャロン王の名において死刑《しけい》に処《しょ》す。いい残したいことはあるか？」

「ああ、あるとも」おれはかぶっていた兜《かぶと》をむしりとり、顔をあらわにした。「その剣をふるう前に、おれこそがカーシア国のジャロン王だとわかってくれ」

女はおれだとわかった証拠《しょうこ》に息をのんで目を見ひらき、気づいてよかったと感謝《かんしゃ》の祈《いの》りを唱え、あやまりながら剣をどけてひざまずいた。ほかの女たちも、いっせいにひざまずく。

モットの手を借りて立ちあがり、女たちにも立ちあがるようにいった。おれに死刑を宣告《せんこく》した女は、ドーンだと名乗った。

「ドーン《夜明け》か。平和とやさしさを感じさせる名前じゃないか。ご両親は、まさかこんなことができるとは思わずに名づけたんだろうな」

ドーンはおれにほほえみかけた。「陛下《へいか》、ここにいる兵士は、あたしらの底力なんて知りません。けれど総《そう》隊長のローデンさまはあたしたちを信頼《しんらい》し、この川の警護《けいご》を任《まか》せてくださったんです。万が一、カーシアの民《たみ》がこっちへ逃《に》げてきたら、城《しろ》の地下に通じるトンネルへ案内しますが、それ以外の者はいっさい通しません。あなたさまだと気づかず、もうしわけありませんでした」

「いやいや、女性陣《じょせいじん》の働きを間近で見られてよかった」おれは背中《せなか》をさすりながらいった。「骨《ほね》の髄《ずい》まで感心したよ」

「ありがとうございます、陛下」ドーンはためらい、ほかの女たちをちらっと見て、つづけた。「アベニア国であなたさまがどうなったか、いろいろと噂《うわさ》が流れていました。ハーロウ卿《きょう》が、あなたさまが生きているのをこの目で見たとおっしゃったので、希望は持っておりましたが、じっさいにお姿《すがた》を拝見《はいけん》して、心の底からほっといたしました」

「生きている姿を見せられて、おれも心の底からほっとしてるよ」ドーンにそういってから、全員に向かって問いかけた。「だれかこの川をたどって、城の中に行ってくれないか？」ほんの数カ月前、王座《おうざ》につくために通ったのと同じ道なので、完ぺきに思いだせる。「城の中に入ったら、国王が市内の暖房《だんぼう》用の油と動物の脂《あぶら》と松やにをすべて集めろといっているとつたえてくれ。おれが合図したら、それをこの川に流すんだ」

「なぜ油を捨《す》てるんです？　どうやって料理したり、ランプを灯《とも》したりするんです？」ドーンの後ろにいた女がたずねた。

「命が助かるなら、暗闇《くらやみ》で冷たい食事をとればいい」と、ドーンが女に注意する。「王の言葉にしたがいなさい」

「こっちは、戦いの最前線で準備《じゅんび》をする。準備が整ったら、火をつけた矢を一本、まっすぐ宙《ちゅう》に放って合図するからな」おれはそういって、若《わか》い娘《むすめ》たちを見まわした。年齢《ねんれい》はフィンクとたいして変わらないが、母親たちと同じくらい意志が強い娘たちだ。「だれか行ってくれるか？」

後ろのほうにいた小がらな娘が手をあげた。顔が似《に》ているので、ドーンの娘だとすぐにわかる。ドーンが歩みよって、娘の肩《かた》をやさしくなで、中腰《ちゅうごし》になって娘と顔をあわせた。

「ここから市壁《しへき》まで、危険《きけん》な目にあうことはまずないわ。それでも、走りなさい。ふりかえっちゃだめ。いったん城の中に入ったら、国王から直接《ちょくせつ》伝言をたまわったといいなさい」

娘はおれに向かっておじぎしてから、風にも負けない速さでかけだした。おれは女たちに礼をいって馬のほうへもどりかけたが、ドーンに呼《よ》びとめられた。ドーンは、青と金色が入った二組の革鎧《かわよろい》を持っていた。カーシア軍の色だ。おれには少しぶかぶかで、モットには少しきつそうだったが、アベニア軍の羽織《はおり》よりだんぜんいい。

「あたしたちが縫《ぬ》ったんですよ」ドーンが、おれに革鎧を着せながらいった。「国王にはふさわしくないかもしれませんが、誇《ほこ》り高きカーシア兵にはぴったりです」

「ああ、それでじゅうぶんだ」アベニア兵の羽織《はおり》とようやくおさらばできて、せいせいする。「ここから最前線には、どう行けばいい？」

ドーンがいちばんいいルートを教えてくれ、おれとモットは馬で向かった。戦場をくぐりぬけなければならなかったが、モットが先頭に立って守ってくれた。おれも戦ったが、モットに指摘《してき》されたように剣《けん》を片手《かたて》ではささえきれず、すぐに疲《つか》れてしまう。次の戦いではまともに戦ってみせると心に誓《ちか》った。

メンデンワル軍の規模《きぼ》は見当がつかないが、いまのところアベニア軍は見あたらない。ありがたいことに、わがカーシア軍は、アマリンダ姫《ひめ》の祖国《そこく》バイマールの大軍に助けられている。バイマール軍は勇ましい騎兵《きへい》隊《たい》だとアマリンダ姫からきいたことがあったが、この目で見て、初めてありがたみを実感した。

おれの前ではバイマール軍の司令官が、左右の敵《てき》と戦いながら、馬をあやつってつき進んでいた。馬は騎《き》手《しゅ》の思いがつたわるらしく、司令官と一体となって動いている。おれの技術《ぎじゅつ》は、この司令官の足元にもおよばない。戦争が終わったら、バイマール兵に訓練してもらおう。

モットはそのバイマール軍の司令官に「国王をお連れした」と大声でつたえ、最前線への案内を頼《たの》んだ。

司令官はこっちを向いて、いった。「貴軍の総《そう》隊長は、すでに対岸からの撤退《てったい》を命じています。塹壕《ざんごう》と塹壕をつなぐ橋も、じきに、はずされますよ。メンデンワル軍が間近にせまっています」

「いいから、案内してくれ」と、おれは頼んだ。

「いいですが、あまり意味がないですよ。夜明け前に敵がおしよせてきます」

「いや。そうはさせない」おれは、きっぱりといった。

バイマール軍の司令官は強引につきすすんでいく。おれとモットも人ごみをかきわけ、ついていった。わが軍の兵士は覇気《はき》があったが、戦争そのものはひたすら醜《みにく》く、おぞましかった。一刻《いっこく》も早く終わらせようと、あらためて思った。

兵士たちは次の一戦にそなえ、態勢《たいせい》を整えている最中だった。兵士の人数は減《へ》っている。もし次の戦いに突入《とつにゅう》したら、大半は生きてもどれないだろう。それでもみんな落ちついて集中し、次に備《そな》えている。モットとともに川ぞいの木製《もくせい》の屋根の下に入ると、数人の兵士がすぐにおれに気づいた。ローデンの居場所《いばしょ》をたずねたところ、陣営《じんえい》の中央にある塔《とう》の中にいて、ひとりでも多くの味方がこっちへわたってこられるよう、可動式《かどうしき》の橋を取りはずすタイミングをはかっているという。

「もしメンデンワル軍がわたってきたら、どうするつもりだ?」とたずねたら、ある兵士が答えた。

「総隊長は、ジェリン国との国境《こっきょう》を守りぬいたように、この前線は死守するといってます」

「そのとおりだ」おれはその兵士に近づいて、たずねた。「いま、おまえたちは、総隊長のことをどう思っている?」

兵士は少し考えてからいった。「陛下《へいか》、自分は総隊長に命をあずけています」

もっと質問《しつもん》したかったが、モットが数名の射手《しゃしゅ》を連れてきたので、前線に沿って早足で移動《いどう》しながら計画を説明した。うまくいくとは思えないと射手たちは苦笑《くしょう》したが、とにかくやってみると前向きにとらえてくれた。

国王のおれが戦場にあらわれたという噂《うわさ》があっという間にひろがり、ひとりの兵士が近づいてきて、「ローデン総《そう》隊長がご命令をといっています」といった。

「メンデンワル軍は、あとどのくらいで、わが軍の前線に到達《とうたつ》すると思う？」

「陛下《へいか》、敵《てき》は態勢《たいせい》を立てなおすために、いったん後退《こうたい》しています。投石機と射手《しゃしゅ》で食いとめるつもりですが、長くはもたないでしょう。一時間以内ではないでしょうか」

「ならば総隊長に、川のこちら側の前線に兵士をとどめておくようにつたえろ」

「しかし、このままでは――」

「いいんだ。このまま待て」

兵士は困惑《こんわく》していたが、それでもおじぎをして走りだした。モットは無言でにやりとしている。以心伝心だ。

それから一時間、固唾《かたず》をのんで待ちつづけ、ついに対岸にメンデンワル軍があらわれた。暮《く》れゆく日差しのなか、メンデンワル軍の兜《かぶと》や軍服が見えるより先に、足音がきこえてくる。メンデンワル軍は一糸みだれず、川に向かって行進していた。ぐんぐん、ぐんぐん、近づいてくる。人数はわからないが、行進の足音は大きくなるいっぽうだ。

最後尾《さいこうび》から響《ひび》くドラムの音が、行進のリズムをとっていた。ドラムが鳴るたびに、戦いのときが近づいてくる。ドラムの音は大きさと力強さを増《ま》し、ドラムのリズムはあるメッセージをはっきりとつたえていた。

じきにここを突破《とっぱ》し、おまえたちの負けが決まるというメッセージだ。

おれのそばにいた兵士たちは、落ちつきを失っていた。メンデンワル軍がおしよせてきたらどこへ逃《に》げようかといいたげに、あたりを見まわす者もいる。いますぐ城《しろ》の中に逃げかえり、籠城《ろうじょう》して戦うのがいちばんいいという声もする。

しかしメンデンワル軍のドラムのリズムをきくうちに、おれはカーシア国の古い賛歌《さんか》を思いだしていた。

おれははしごにのぼり、高い位置から歌いはじめた。

風よ、吹《ふ》け
雪よ、積もれ
星よ、降《ふ》れ
われらは合図にこたえよう

ほかの者たちも歌いだす。母上がおれに歌ってくれたように、ここにいるカーシア兵の多くも母親に歌ってもらったのだろう。すると、あれほど恐怖《きょうふ》を感じた敵のドラムが急にちがう音にきこえてきた。

闇《やみ》よ、来い
どこの闇でもかまわない
戦いが終わったそのときは
朝の光を見るであろう

敵勢《てきぜい》の位置をたしかめるためにふりかえっても、兵士たちは歌いつづけている。おれはタイミングを見はからい、射手《しゃしゅ》に火をつけた矢を一本、まっすぐ宙《ちゅう》に射《い》させた。

メンデンワル軍がどんな策《さく》をしかけてこようとも、まだ戦いは終わっていない。

26

幼《おさな》いころはよく兄上と木の切れ端《はし》で小さな船を作り、ロービング川に流して遊んだ。船が城壁《じょうへき》と市壁《しへき》を通《つう》過《か》し、川のこのあたりまで流れつくのに十五分ほどかかったものだ。

さっきの合図で城《しろ》から流した油も、同じ速さで流れてくると思いたい。

メンデンワル軍がわが軍の射手と投石機の猛攻撃《もうこうげき》を通過するまでに、約二十分かかった。そのあいだに油がここに流れついたかどうかは、わからない。ここからでは水面の変化がわからないのだ。しかし、タイミングはもうしぶんない。

メンデンワル軍の兵士たちが川に入り、ドラムの音にあわせていっせいにわたりだす。

こちら側の岸の塹壕《ざんごう》に味方の兵士が全員おさまるのを待って、すぐに射手たちに矢に火をつけて射るように命じた。ねらいは敵勢ではない。そもそも弓でたおせるような人数ではない。ねらいは川だ。

最初の数本は、着水すると同時に火が消えた。しかし次の数本は油に命中し、川は瞬時《しゅんじ》に真昼の太陽のように赤々と燃《も》えあがった。炎《ほのお》が波紋《はもん》のように川のいたるところにひろがり、油の浮《う》いている場所で次つぎと燃え、炎の通り道にいる兵士たちを巻《ま》きこんでいく。兵士たちはあわてて逃《に》げようとしたが、炎のいきおいはそうかんたんにはおさまらない。まだ川に入っていなかった兵士たちも、陸へひろがりだした炎をさけようと走りだす。メンデンワル軍はたちまち大混乱《だいこんらん》におちいり、司令官たちの手に負えなくなった。気づけば、ドラムの音はやんでいた。

炎《ほのお》が燃《も》えつきると同時に、塔《とう》からローデンが大声で兵士たちに呼《よ》びかけた。おれは、その姿《すがた》が見える位置へと移動《いどう》した。ローデンは全員に自分が見えるよう、塔のはしごの上から呼びかけた。

「みんな前線に来たときは、農夫や仕立て屋や商人だった。しかしいま、ここでは、王と祖国《そこく》と家族を守る兵士だ。命はなによりも尊《とうと》い。その命は、もし落とすことになっても、天使の羽であの世に運ばれる。だから、ためらうな。ひるむな。勝利を疑《うたが》うな。夜明けとともに、みなで勝利を祝うぞ！」

ローデンは雄《お》たけびをあげ、残った兵士を決戦へと出撃《しゅつげき》させた。おれは少しのあいだ、ぼうぜんとしていた。おれの知っていたローデンは口べたで、自信がなく、兵士に闘《とう》志《し》があふれていても鼓《こ》舞《ぶ》できないような男だった。いまの感動的な演説《えんぜつ》は、本当にローデンの口から出たのか？

もちろん、そうだ。ファーゼンウッド屋敷《やしき》にいたころから、本人は意識《いしき》していなかったが、リーダーの顔をのぞかせることがあった。もともと素質《そしつ》はあったのだ。でも、まさかこんなに上手に、こうも早く開花させることになるとはおどろきだ。きわめて有能《ゆうのう》な男を総《そう》隊長に任命《にんめい》したのはこのおれだと、自分をほめるのはうぬぼれかもしれないが、ほめずにはいられなかった。ローデンは期待したとおりの総隊長だ！

おれも出撃しようとすると、身の安全のために残ってくれとモットに引きとめられた。残る気など毛頭ないことをわかってもらおうと、わざとあきれ顔をしたら、モットはそくざにおれとともに塹壕《ざんごう》を飛びだした。

激戦《げきせん》であることに変わりはないが、火が消えた時点でメンデンワル兵の多くは逃《に》げていた。メンデンワルの国王はおらず、司令官たちは散らばった兵士たちをまとめきれないでいる。おそらく司令官の多くは、おれと同じく、この戦争の意義《いぎ》を見いだせないでいるのだろう。

一時間もたたないうちに、おれとモットがやってきた方向から、カーシア兵がぞくぞくと到着《とうちゃく》した。ファルスタン湖のキャンプから応援《おうえん》にかけつけたのだ。元気で、闘志を燃やしている。バイマール軍もひきつづき応援してくれたので、ほどなくメンデンワル軍が撤退《てったい》を宣言《せんげん》し、わが軍から勝利を喜ぶ声があがった。メンデンワル軍はバイマール軍とカーシア軍に追われ、あれよあれよという間に引きあげた。

その後、すぐにローデンがおれを見つけた。疲《つか》れきった顔で馬にまたがっているが、怪我《けが》はしていないようだ。もう一頭、自分の馬より小がらな馬を引いていて、それをおれにさしだしてくる。おまえの乗っている大きいほうの馬をよこせといったら、自分はいまのままでなんの不満もないから、陛下《へいか》がいらないならほかのだれかにゆずります、などとほざいた。ふたりで声をあげて笑っていたらモットがやってきて、ひとまず前線に残って怪我人《けがにん》の手当てをしてから陣営《じんえい》で落ちあうといった。

馬にまたがったら、ローデンがいった。「今夜、ここにいる必要はありませんよ。アベニアでのことはハーロウ卿《きょう》からききました。城《しろ》のほうがゆっくり休めますよ。お連れします」

「おいおい、せっかくのお楽しみをうばう気か？　おれの軍隊とやっと合流できたんだ。ずっといっしょにいるさ」馬を進めながら、たずねた。「いまは、おまえの軍隊といってもいいんだよな？」

ローデンは無言で考えこみ、答えないのかと思いかけたそのとき、ようやく口をひらいた。「ジャロンさま、あなたさまの軍隊であることに変わりはありません。ですが、いまは全員、おれの部下です」

「なにが変わったんだ？」

ローデンは肩《かた》をすくめた。「おれのほうが変わったんですよ。おれ自身が自分を見直さないかぎり、まわりから見直してもらえるはずがないってわかったんです。若《わか》すぎるし、ばかだし、経験《けいけん》もないから総《そう》隊長になれないと思いこんでいたら、なれるわけがありませんよね」

「じゃあ、いまはなにをどう思いこんでるんだ？」

ローデンは軽く笑っただけで、ちゃんと答えてくれなかった。「陛下《へいか》はまともな食事をとるべきだって思いこんでいますよ。なんたって、モットがお守《も》りですからね。陛下の体調を心配するあまり、陛下が口をあけるたびにミートパイをつっこみますよ」

おれはローデンとともに笑った。「うん、モットならやりかねないな。よけいなことをいって、これ以上めんどうを引きおこさないように口をふさいでおけ、ってな」

「悪い案じゃないと思いますよ。ここにミートパイはありませんが、今回の勝利を祝う料理は出されます」

「ドリリエドの民《たみ》はどうしている？　食料は足りてるのか？」

ローデンは肩をすくめた。「食料不足はいつものことです。予想を超《こ》える人数が逃《に》げてきたんで、ぜんぜん足りなくて。ハーロウ卿《きょう》はもっと食料を調達しろっていうんですが、ドリリエドの市壁《しへき》をあけはなしたら守れませんし」

「じゃあ、いったい――」

「川で女たちと会いませんでしたか？」会ったと答えたら、ローデンはつづけた。「ドリリエドの女たちがいったんですよ。戦闘《せんとう》を市壁から遠ざけてもらえるのなら、自分たちが供給《きょうきゅう》ルートを確保《かくほ》するって。ドリリエドのために戦っているのは男たちでも、実際《じっさい》にドリリエドを救えるのは女たちですね」

アマリンダ姫《ひめ》とイモジェンのことを思いだした。姫はおれが死んだと思い、捨《す》て身で王座《おうざ》を守ろうとした。イモジェンは、おれの命を救うために犠牲《ぎせい》になった。カーシアの男たちが女たちに見合うくらい成長するには、たぶん一生かかるだろう。

その晩《ばん》、兵士たちは祝杯《しゅくはい》をあげ、総隊長のローデンの名をたたえたうえ、戦略《せんりゃく》を考案したおれの名もついでにたたえてくれた。おれもカップをかかげて応《おう》じたが、心の中では不安がうずまいている。とうとうがまんできず、その場を離《はな》れた。胸《むね》さわぎの原因《げんいん》がよくわからないだけに、よけい不安になる。

ローデンが追いかけてきて、どうしたのかとたずねるので、答えた。「今日の戦いは、楽勝すぎたと思わないか？」

「楽勝？」ローデンは戦場のほうへ腕《うで》をふった。「どれだけの兵士が命を落としたと思ってるんです？　敗北寸前《すんぜん》まで追いつめられたんですよ」

「ああ、わかってるさ。それは重く受けとめている。でも、なにか引っかかるんだ」

ローデンは明らかにむっとし、真正面に立って反論《はんろん》した。「楽勝だと思うなら、それは陛下《へいか》が戦線から長く離《はな》れていたからですよ。生き残った連中は、仲間が次つぎとたおれていくなか、決死の覚悟《かくご》で戦いぬいたんです。たった一日じゃなく、何日もここにいれば、そんなこと口がさけてもいえなくなりますよ！」

おれはいいかえそうとしたが、ローデンは足音も荒《あら》く立ちさった。モットが近づいてきたので事情《じじょう》を説明しようとしたのに、おかわりをとってくるといって強引におれの空の皿をとりあげ、すぐにいなくなった。

楽勝と感じた理由がわかったのは、夜もふけてからだった。そのころには、モットもおおかたの兵士も眠《ねむ》っていた。ローデンはまだもどってこないが、少し離れた場所にたき火が見えるので、そこにいるのだろう。怒《おこ》っているかもしれないが、話をきいてもらうしかない。

おれとモットがドリリエドに来たのは、息が魚くさいアベニア兵に、アベニア国のバーゲン王がドリリエドの戦線を突破《とっぱ》し、一気に攻《せ》めこむつもりだときいたからだ。だが戦場にいたアベニア兵はほんの少しの人数で、軍隊とは思えない。バーゲン王もいないし、アベニアの国旗も見あたらない。

息が魚くさいアベニア兵がうそをついたか？　それとも計画が変更《へんこう》されたのか？　どっちみち、おれたちがメンデンワル軍と戦ったことに変わりはない。いいかえれば、バーゲン王は一度も姿《すがた》をあらわさないまま、カーシア軍の兵力をそぐことに成功したのだ。バーゲン王が率《ひき》いるアベニア軍は別の場所で、伝染病《でんせんびょう》のように静かに、わがカーシア国をむしばんでいる。

アベニア軍をなにがなんでも見つけださねば。バーゲン王をたおさないかぎり、この戦争は終わらない。

27

姿より先にローデンの声がきこえた。大声でしゃべっているわけではない。あたりが静まりかえっているだけだ。おれの名前がきこえたので、足音を忍《しの》ばせて近づいていった。さっきローデンは、おれに戦場での働きぶりをけなされたと思って腹《はら》を立てていた。なにをいうか、だいたい想像《そうぞう》はつく。

ローデンのシルエットがたき火に浮《う》かびあがったので、近くの木の幹《みき》にかくれた。ローデンの話し相手の男は見おぼえがあった。たしか、最前線までの案内を頼《たの》んだバイマール軍の司令官。まわりからオリソン卿《きょう》と呼《よ》ばれている、上等な軍服を着た司令官だ。

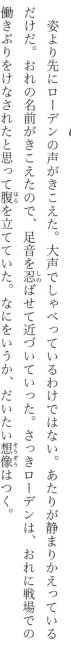

「こんなことをいってはなんだが、あなたはジャロン王と同じくらいお若《わか》い。なぜジャロン王はあなたを総《そう》隊長に？」

「おれ自身、いまだに自問自答してますよ。こっちが教えてもらいたいくらいだ」

その答えは、以前、海賊《かいぞく》たちの前で戦ったときにいったのに。カーシア国を脅《おど》す度胸《どきょう》があるのなら、守れる強さもあるからだ、と。これは本心だ。いざ戦いとなると、ローデンは落ちつきはらって、まばたきひとつしない。

「こんなことをおたずねしたのは、アベニア国のバーゲン王が貴国《きこく》の王をふたたびつかまえることに執念《しゅうねん》を燃《も》やしているからですよ。本人もそう明言していますし。ジャロン王をつかまえたらどうするつもりかは、いわなくてもわかりますな」

ローデンがうなずく。いやな流れの会話だ。

オリソン卿《きょう》がつづけた。「もしあなたがこの戦争を任《まか》せられたら、指揮《しき》できますかな？」

ローデンは肩《かた》をすくめた。「あのジャロンさまが、みすみすつかまるはずがありません。戦場を生きぬく知恵《ちえ》をお持ちです」

「それはそうですが、もし、万が一のときは、できますかな？」

ローデンは考えこんだ。長い沈黙《ちんもく》がつづく。おれは、ローデンの答えをききたくて身を乗りだした。ようやくローデンが、息を深く吸《す》って答えた。「ジャロンさまに初めて北方の国境《こっきょう》につかわされたときは、総《そう》隊長のふりをしているだけの剣《けん》を持ったガキでした。でも、たびかさなる激戦《げきせん》をくぐりぬけてきたいまは、あのときのガキじゃありません」

そう、ローデンは昔とはちがう。けれどそれは、オリソン卿のもとめている答えじゃない。

ローデンは一息入れてつづけた。「国境には、警護隊《けいごたい》の中でもえりすぐりの四十名を連れていきました。おれが国境に派遣《はけん》されたのは、兵士たちにおれにしたがうことを教えこむためかと最初は思ってたんです。でも、そうじゃありませんでした。兵士たちのほうが指揮のとり方を教えてくれ、おれをジャロンさまのもとめる総隊長に育ててあげてくれたんです。おれにはジャロンさまのような勇気も知恵もありませんが、必要とあらばカーシア国のためにこの戦争を戦いぬく覚悟《かくご》はできてます」

だまって飲み物をすする音がし、オリソン卿の声がした。「ジャロン王のことは、カーシアの民《たみ》からきいた話でしか知らないんですよ」

おれは天をあおいだ。かつてのおれをあざ笑うのだけは、かんべんしてもらいたい。この戦いだけでもつらいのに、かつての自分とも戦わなければならないとは――。

どんな話をきいたのかとローデンに問われ、オリソン卿が答えた。「カーシア国の民は悪魔《あくま》のねぐらへでも王について行くとききました。本当ですかな？」

「はい。おれが先頭を切りますよ。ジャロンさまにはどこまでもついていくし、この戦争を勝ちぬいてくれると心の底から信じてます」

「なぜそこまでいえるんです？」

ローデンは火を見つめ、声を落とした。「ほんの数カ月前、ジャロンさまはアベニア国の海賊《かいぞく》の元へ乗りこんだんです。右腕《みぎうで》に海賊の焼印が残ってますよ。かくそうとしても、ちらちらと見えちまう」

「さきほど近くで戦ったときに、拝見《はいけん》しましたよ」オリソン卿はくちびるをなめてからいった。「あなたにも同じ焼印があるようですな。ジャロンさまは海賊王だという噂《うわさ》をききましたが」

「本人は話そうとしませんが、事実です。どうやって海賊王になったか、ごぞんじですか？」

オリソン卿は肩をすくめた。「わたしがきいた話だと、海賊王だった男と決闘《けっとう》して勝ちとったと。その結果、脚《あし》を折るはめになったのだとか」

「本人はそういってますが、事実はちがうんです」ローデンはオリソン卿《きょう》のほうを向いた。「じつは、ほんの数時間ですが、おれがその海賊《かいぞく》王だった男なんです。決闘《けっとう》も、ジャロンさまの骨折《こっせつ》で終わったんじゃない。ジャロンさまの骨折から始まったんです。ジャロンさまは脚を骨折した状態《じょうたい》で、脱出不可能《だっしゅつふかのう》な部屋から脱出し、さらに絶壁《ぜっぺき》をよじのぼって、おれを決闘で負かしたんです。ジャロンさまとて、いずれ死を覚悟《かくご》する日が来るかもしれませんが、自分から命を捨《す》てる方ではありません」

オリソン卿は小さく口笛を吹《ふ》いた。「なぜご本人はだまっているんです？　まわりに知らせるべきでは」

「陛下《へいか》の骨《ほね》を折った張本人《ちょうほんにん》はおれなんです。それがばれたら、おれが警護隊《けいごたい》に襲《おそ》われると思ってるんですよ」

「なるほど。それはありえますな、残念ながら」オリソン卿は少し間をおいて、たずねた。「いったいどういういきさつで、決闘の相手からカーシア国の総《そう》隊長に？」

「ジャロンさまは、おれたち海賊を最初から敵《てき》とみなしていなかった。そのことを、おれに命がけでわからせてくれたんです」ローデンはとつぜん居心地《いごこち》が悪くなったかのように、もぞもぞした。「そして、おれを……陛下の骨を折ったこのおれを警護隊の総隊長に任命《にんめい》してくれて、友として必要だといってくれたんです。いまのおれがあるのは、ひとえにジャロンさまのおかげです」

「警護隊があるのは、あなたのおかげじゃないですか。あなたは、まだお若《わか》い。あなたが総隊長として成長するのが楽しみだ。いずれきっと、周辺諸国《しょこく》を代表する偉大《いだい》なリーダーとなられますよ」

「偉大な国王に仕えていられるかぎり……ですかね」ローデンはしばらく考えこむと、立ちあがった。「ジャロンさまは、さっきなにかいおうとしてました。おれ、探《さが》してきます」

ローデンが火のそばを離《はな》れ、こっちへ近づいてくる。おれはすでに表に出て、腕《うで》を組んで木によりかかり、ローデンが見たらむっとするような顔でにやついていた。

ローデンは、くちびるをなめておれを見つめた。「まさか……すべてきいてたんじゃないですよね」

「偉大な国王だと？」おれは満面に笑みをうかべた。「それだけか？　偉大かつ最強の国王じゃないのか？」

「ますます、つけあがるだけじゃないですか」

「ん？　いま以上にか？」

ローデンはクックッと笑った。「まったく、つねにもめごとを引きおこすお方ですよ、ジャロンさまは」

「おれも同じことを考えていた」

間をおいて、ローデンがつづけた。「さっきは腹《はら》を立てたりして、もうしわけありませんでした。なぜ楽勝だったと思われたんです？」

おれは静かな場所へとローデンを手まねきすると、息が臭くさいアベニア兵からきいた話について説明した。そのアベニア兵は、バーゲン王がドリリエドの戦線を突破《とっぱ》する気だといっていた。しかし、バーゲン王の姿《すがた》はどこにもない。ローデンと話をすればするほど、なにかおかしいと確信《かくしん》するようになった。バーゲン王がドリリエド攻落《こうらく》をもくろんでいるのは、まちがいない。なのに、ドリリエドへの攻撃《こうげき》をメンデンワル軍に任《まか》せた。つまり、ドリリエドへの攻撃《こうげき》に本腰《ほんごし》を入れていない。それは、王の真のねらいがドリリエドじゃないからだ。

「バーゲン王はあなたをふたたびつかまえたがっていると、さっきおれが話していた司令官は断言《だんげん》しましたよ」

「つかまってたまるか。バーゲン王の顔は、もう一生分、おがませてもらったよ」

また間をおいて、ローデンがいった。「おれとバイマールの司令官との会話を、どこからきいてました？」

「この戦争を指揮《しき》できるかって、司令官が質問《しつもん》したあたりくらいからだが？」

「じつはその前に、司令官から、別のことをきいたんですよ……陛下《へいか》の気に食わないことを」

「というと？」

ローデンがゆっくりと息を吸《す》う。そうとう悪い知らせにちがいない。「バイマールに行ったのはフィンクです。フィンクが援軍《えんぐん》を呼《よ》んできたんです」

「ああ、わかってる。アマリンダ姫《ひめ》の命令で行ったんだろ」

「おれは海賊《かいぞく》の元からもどってから、あいつに毎日しつこくせがまれたんです。剣術《けんじゅつ》を教えてくれ、頼《たの》むからって。で、さすがのおれも根負けして、木刀をわたし、もう少したくましくなったらもどってこいといっておいたのですが……」

「おい、フィンクは？　どうなった？」声におびえがにじみでるのが自分でもわかった。動揺《どうよう》をおさえきれない。

「さっきの司令官によると、フィンクはいったんドリリエドにもどってきたあと、あなたが死んだときいてショックを受け、ウソだといいはり、陛下を探《さが》しに行くとアベニア国へひきかえしました。そのあと国境《こっきょう》でつかまったんじゃないかと。なんの音沙汰《おとさた》もありませんし」ローデンはため息をついた。「剣術を教えてやればよかった」

「もしアベニア軍がフィンクをつかまえたのなら、強引に情報《じょうほう》をききだし、きっとファルスタン湖へ向かう。フィンクが知っているのは、おれのファルスタン湖での戦略《せんりゃく》だけ……。そうか、バーゲン王は、おれがファルスタン湖にいると思ってるんだ！」

走りだそうとしたら、ローデンに呼びとめられた。「バーゲン王がファルスタン湖で待ちかまえているのなら、行ってはなりません」

「いや、行くさ。どうどうと行ってやる！」

28

ファルスタン湖へ向かう前に、モットとローデンといっしょに策《さく》を練った。その結果、おれとモットは夜明け前にファルスタン湖にたどりつくようすぐに出発し、そのあいだにローデンは部下を連れ、東から北にかけての周辺地域《ちいき》を警戒《けいかい》しに行くことになった。ローデンはまちがいなく敵《てき》と出くわすだろう。

モットはおれに一晩《ひとばん》寝《ね》るようにいった。朝になってから出発すればいいというのだ。だがおれは、どうせ眠《ねむ》れないから、一晩むだになるだけだといいかえした。それにカーシア国にぞくぞくと敵兵《てきへい》が入りこんでくるのだから、闇《やみ》にまぎれて移動《いどう》したほうがきっと安全だ。

ファルスタン湖のキャンプまで馬を走らせたが、道中はなにごともなく、思ったよりも早く着いた。迎《むか》えに出てきた司令官は、編《あ》んだ髪《かみ》を背中《せなか》の真ん中まで垂《た》らしているのをのぞけば、モットによく似《に》ていた。その司令官はメンデンワル軍はあいかわらず近くにキャンプを張《は》っているが、周辺一帯にアベニア軍はいないと断言《だんげん》した。少なくとも、いまのところは静かだ。

司令官に案内されながら、おれはモットにいった。「おれの読みはぜったいあってる。アベニア軍はかならず来る」

「昨日、アベニア軍は、ドリリエドでの激戦《げきせん》をメンデンワル軍におしつけました。もしかしたらここでも、そうするかもしれません」

司令官がおれに一歩近づいた。「陛下《へいか》、だいぶお疲《つか》れのご様子ですね。専用《せんよう》のテントを用意しておきました。今晩《こんばん》はなにもないと思います」

「そうですよ、陛下、お休みになってください。頭がすっきりすれば、明日はよい一日となりますよ」モットは、文句《もんく》をいいかけたおれにたたみかけた。「陛下が眠ってくださらないと、わたしも眠れません。わたしもくたくたです」

眠れるかどうかわからなかったが、横になることにした。戦闘《せんとう》で負った傷《きず》がずきずきと痛《いた》み、テントにもぐるのさえ一苦労だ。結局、服を着たままベッドにたおれこみ、モットがテントを出る前に寝入《ねい》っていた。

夜明けまで眠ると、すぐに起きて動きだした。ドリリエドにもどったときにドーンからもらった革鎧《かわよろい》は戦闘で汚《よご》れてしまったのであきらめて、ひものついた灰色《はいいろ》の質素《しっそ》なシャツに着がえ、武器《ぶき》をはさむベルトをつけた。しっかり食事をとってから偵察《ていさつ》に出かけ、ようやくファルスタン湖を見わたせる場所に来た。眼下《がんか》ではロービング川が渓谷《けいこく》に流れこみ、美しい大きな湖を作っていた――そう、以前までは。

ロービング川は北のジェリン国の山中から蛇行《だこう》しながら流れてきて、カーシアの民《たみ》に水を供給《きょうきゅう》している。ファーゼンウッド屋敷《やしき》の敷地《しきち》の端《はし》を流れていたのは、ロービング川だった。同様に、コナーの暴《あば》れ馬で走った後におれがたおれていたのも、モットに正体を明かしたのも、この川の川岸だ。いまはドーンをはじめとするドリリエドの女たちが、市壁《しへき》の近くでこの川を守ってくれている。

ロービング川はドリリエドを通過《つうか》したあと、少しずつ地面をけずり、壁《かべ》がそそりたつ渓谷《けいこく》をなしていた。いま、おれは、カーシア軍のキャンプに近い渓谷の壁の上に立っている。

湖と渓谷につけられたファルスタンという名は、この地の開拓者《かいたくしゃ》からとったものだ。開拓者の日誌《にっし》には、ぐうぜん発見した青い湖の美しさがつづられていた。カーシアの民《たみ》はずっと、この湖の恩恵《おんけい》を受けてきた。おれも湖畔《こはん》の高い木々からロープをつるし、そこにぶらさがって湖に飛びこんだ楽しい思い出がたくさんある。

しかしいまのファルスタン湖は、ゆうに一カ月以上、水が干上《ひあ》がっていた。干からびた谷底には、かつてとは比《くら》べものにならない少量の水がちょろちょろと流れているだけだ。

湖が消えてしまったわけではない。広くて深い湖の水は、おれの背後《はいご》の渓谷で、岩と木々と泥《どろ》でできた高い壁にせきとめられている。水位が上がるにつれて堆積物《たいせきぶつ》も積みあがり、ダムのような壁はいまではおれが立っている絶壁《ぜっぺき》とほぼ同じ高さにたっしていた。ここからだと、上流のどこかで丘《おか》が丸ごとくずれ、土砂《どしゃ》がたまったように見える。

昨晩《さくばん》、司令官がいっていたように、周辺一帯にアベニア軍は見当たらない。だがメンデンワル軍は、むきだしの湖底からそう遠くない位置にキャンプを張《は》っている。ちょろちょろとはいえ水が流れているので、メンデンワル軍は料理用の水や兵と馬が飲む水には困《こま》らないと思うが、さすがに体を洗《あら》うのはむりだろう。汗《あせ》まみれで汚《よご》れた自分たちの体臭《たいしゅう》で息がつまって、くたばればいいのに――。まあ、おれも他人のことをいえる立場じゃないが。さんざん戦ったうえ、ほこりだらけの道をえんえんと旅してきたので、汗を流したい。いまの体臭なら、きっと悪魔《あくま》でも鼻が曲がる。たいしたにおいだ。

それにしても、メンデンワル軍はうちのキャンプの位置を知っているはずなのに、いっこうに襲《おそ》ってこない。なぜだ？　バーゲン王の一行を待っているのか？　だとしたら、そのこと自体がおどろきだ。メンデンワル軍は数千名。ドリリエドを襲った部隊よりはるかに大人数だ。わがカーシア軍のほうが、明らかに少人数で劣勢《れっせい》なのに。

メンデンワル軍は、かんたんには襲われない、隔離《かくり》された場所にキャンプを張っている。水のない湖底の近くだが、絶壁にうまく囲まれている場所だ。南側の絶壁の上から急襲《きゅうしゅう》するには大まわりしなければならないし、湖底から直接《ちょくせつ》ねらうとしても、キャンプの出入り口は厳重《げんじゅう》に警戒《けいかい》されているはずだ。となると、メンデンワル軍を打ち負かすには、敵《てき》をキャンプから誘《さそ》いだすしかない。そのための策《さく》は練ってある。

周辺をじっくりと観察してから、カーシア軍のキャンプにもどった。そしてモット、トビアス、アマリンダ姫《ひめ》と司令官たちをおれのテントに集めて会議をひらき、これまでの戦いで見てきたことや困った点を報告《ほうこく》しあった。が、はげみになる内容《ないよう》はほとんどなかった。

モットは朝早くドリリエドから伝言がとどいたと報告した。きのうの戦いはドリリエドのすぐ近くだったため、町は大混乱《だいこんらん》におちいっているらしい。

いずれそうなるとは予想していたが、首席評議員《ひょうぎいん》のハーロウはカーシア国のために戦うと誓《ちか》った囚人《しゅうじん》をやむなく解放《かいほう》した。しかし、そのチャンスをあたえるつもりのなかった男まで、どさくさにまぎれて逃《に》げてしまったという。

「コナーか」おれは小声でいった。「やつはどこだ？」

答えられる者などいない。コナーが消えたと知って、たまらなく不安になった。コナーはバーゲン王と通じているだけに、よけい不安をかきたてられる。行き先を考えても時間のむだだ。そもそも、いままで生かしておいたのがまちがいだった。解放されたコナーは二度とつかまることなく、よからぬことをたくらんでいるのではないのか。考えただけでぞっとする。

コナーはどこにいると思う？　と問いかけても、とうぜんながらモットは肩《かた》をすくめただけだった。フィンクの消息もつかめない。不安でしかたない。

つづいて、近くに陣取《じんど》っているメンデンワル軍の大軍について話しあった。メンデンワル軍はいつでも戦える状態《じょうたい》だと、ある司令官がいいきった。個人的《こじん》にはアベニア軍の到着《とうちゃく》を待ちたかったが、やはりメンデンワル軍に進撃《しんげき》される前に攻撃《こうげき》をしかけなければならない。

そこで付近一帯の地図をテーブルにひろげ、司令官たちにある指示《しじ》をあたえた。それをきいた全員が顔をこわばらせ、やりたくないと表情《ひょうじょう》でうったえてきた。ていねいな言葉だが、はっきりそういう者もいる。残念ながら、その言い分はまちがっていなかった。危険《きけん》きわまりない作戦なのだ。勝利するかどうかは運次第といってもいい。司令官たちに次つぎと反対され、自信がゆらぎそうになる。

「おい、迷《まよ》ってる場合か？」おれは、みんなにたずねた。「迷っていたら、戦う前に負けちまう。完ぺきな作戦なんて、ないんだ。完ぺきじゃないからって、あっさりあきらめるのか？　もっと良い案があるなら別だが、そうでないなら、やるぞ」あとは、部下たちを死へ追いやるはめにならないことを、ひたすら祈《いの》るのみだ。

司令官のひとりが身を乗りだした。「陛下《へいか》、われわれは最後までついていきます。ですが、敵《てき》の人数はざっと見てもうちの五倍です」

おれは椅子《いす》に深くすわり、にやりとした。「たったの五倍？　じゃあ、敵をおびえさせると悪いから、うちの兵の半分は帰宅《きたく》させるか」

神経質《しんけいしつ》な笑いがひろがる。おれは、ほほえんだ。顔には出せないが、本音をいうとおれも、司令官たちに負けないくらい、さしせまった戦いがこわい。いや、司令官たち以上にこわい。

長い会議が終わりに近づき、疲《つか》れてきた。アベニア軍のキャンプを脱走《だっそう》したときに比《くら》べれば、体力はだいぶ回復《かいふく》していたが、きのう激戦《げきせん》をくぐりぬけたばかりだし、明日もさらにきつい一日になるだろう。しかも昨晩《さくばん》は寝不足《ねぶそく》だった。両肩《りょうかた》に重圧《じゅうあつ》がのしかかってくる。ひとりにしてくれと軽く手をふると、モットがすばやく、病原菌《びょうげんきん》でも追いはらうように、ひとり残らずテントから追いだした。

「モット、国王の世話役として、あんた以上の人はいないよ。片手《かたて》は剣《けん》でおれを守り、もう片方の手でおれをベッドにつっこむんだから」

といったら、モットはにやりとした。「あなたさまを守るには両手が必要なんです。さあ、早くベッドにもぐりこんで、とっととお休みください」

「休んでなんかいられるか？」おれはうなだれた。立ちあがって歩きまわりたくなる。「たとえ明日、すべてがうまくいって、メンデンワル軍をたおせたとしても、アベニア軍はまちがいなくカーシア国のどこかにいるんだぞ」

「まずは明日をうまく切りぬけるために、わたしはなにをすればよろしいので？」

「兵士を五人、選んでおいてくれ。壁《かべ》をのぼれるやつがいい」

モットは眉間《みけん》にしわをよせた。「ジャロンさま、脚《あし》を骨折《こっせつ》なさってから、壁はのぼれなくなったのでは？」

「おれがのぼるとは一言もいってない。いいから五人選んでくれ。兵士たちには、今日一日しっかり休むようにいっておいてくれ。夜明け前に動く」

「選んでおきますよ……あなたさまが休んでくださるのであれば」モットはおれにおじぎし、テントから出た。

しばらく横になったが眠《ねむ》れず、結局起きあがり、軽く食事しながら周辺の地図をじっくりとながめた。カーシア軍のキャンプはメンデンワル軍よりも高い位置にあるので襲《おそ》われにくいが、襲われないという保証《ほしょう》はない。メンデンワル軍のキャンプから崖《がけ》の上まで、一本の急な細い道がのびている。その道を使えば、全軍は通れないにせよ、最短ルートでここにたどりつける。

テントの外の兵士たちと相談しようかと思ったが、たぶんモットに休めとしかられる。とりあえずいまは相談しなくてもいいと思いなおした。

明日は、勝負の行方《ゆくえ》を占う重要な日となるだろう。後悔《こうかい》する羽目にならないようにと、心の底から祈《いの》った。

＊

日が暮《く》れる直前、五人の兵士がおれのテントにやってきた。少し眠って、心の準備《じゅんび》ができていたおれは、できるだけ声をひそめ、今回の作戦とそれにともなう危険《きけん》を兵士たちに説明し、やめたい者がいれば名乗り出てくれとつげた。だれもやめるといわなかったのは、勇気のあかしだ。おれはますますわが軍が誇《ほこ》らしくなった。しかし、キャンプを出る前にふたりを除外《じょがい》した。ひとりは子どもが生まれたばかりだし、もうひとりはこっそり手首をもんでいたからだ。手首の違和感《いわかん》の原因《げんいん》はわからないが、おれの作戦にはふさわしくない。

残りの兵士に、木と鉄でできた小型のトランクを見せた。数週間前にドリリエドから送られてきたものだ。三人の兵士のうち屈強《くっきょう》なふたりに、そのトランクを湖底を見わたせる崖の縁《ふち》まで運ぶように命じると、全員で移動《いどう》しながら、これからやろうとしている作戦がどれだけ危険でむずかしいか、細かく説明した。もしメンデンワル軍がバカでなければ、おれたちを監視《かんし》しているはずだ。兵士たちには、暗闇《くらやみ》の中、知恵《ちえ》と経験《けいけん》だけを頼《たよ》りに、渓谷《けいこく》の絶壁《ぜっぺき》を静かにおりてもらわなければならない。さらに重いトランクをロープでくくりつけておろし、おれが合図するまで待機することになる。「できるといってくれ。明日、うまくいくかどうかは、おまえたちにかかってるんだ」

三人の兵士は、命がけで成功させてみせますと忠誠《ちゅうせい》を誓《ちか》ってくれた。あとは三人の無事を祈《いの》るだけだ。失敗したら、やりなおしはきかない。

三人に任《まか》せ、すぐにキャンプに引きかえしたところ、モットが司令官たちとともにおれの次の指示《しじ》を待っていた。

「うちの軍は総勢《そうぜい》何名だ？」

司令官のひとりが答えた。「約千名です、陛下《へいか》」

「じゃあ、ひ弱な百人を集めておいてくれ。軽装備《けいそうび》で、馬に乗せろ」

「犠牲《ぎせい》にするおつもりで？」別の司令官が、疑《うたが》うようにたずねる。

「とんでもない。カーシア国の英雄《えいゆう》にするんだ。おれたちの代表として、明日の戦いを勝利にみちびいてもらう。月が空のいちばん高い位置に来たら、おれのテントの前に集めてくれ」

「残りの兵士はどうします？」と、モット。

「いつでも馬に乗れるようにしておいてくれ。明日は決戦だ」

立ちさりかけたら、モットが追いかけてきた。「ジャロンさま、無謀《むぼう》で危険《きけん》な奇襲《きしゅう》をしかけようとしておられるのですね。あなたさまのことですから、ふつうでは考えられない奇策《きさく》でしょうな」

「ま、そんなところだ」

モットは軽く笑った。「お覚悟《かくご》はよろしいか？」

おれは横目でちらっとモットを見て、にやりとした。「ああ、もちろん。きのうの戦いは、バーゲン王の大きな計画の枝葉《えだは》でしかなかった。明日、この戦争の風向きを変えるぞ」

29

その晩《ばん》は少し眠《ねむ》ったが、ひ弱な百名がそろったという知らせがとどいたときには、すでに起きていた。鎖《くさり》かたびらの上に、濃《こ》い青の革鎧《かわよろい》を着た。革鎧にはカーシア国の紋章《もんしょう》が金の糸で刺繍《ししゅう》され、腕《うで》と胴体《どうたい》を守るための金属板《きんぞくばん》がとりつけられている。モットはこのいでたちに大反対で、鎧甲《よろいかぶと》をしきりにすすめたが、アベニア軍につかまる前の体力を回復《かいふく》していないおれには重すぎる。もともと体格《たいかく》や体力がすぐれているわけでもない。ゆいいつの強みは、いちばん速く動けることだ。ならば、鎧は軽いほうがいい。

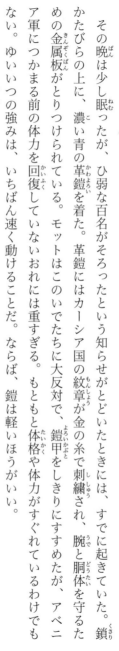

モットから朗報《ろうほう》をつたえられて、心がおどった。アベニア軍のキャンプに乗りこんだときに別れた愛馬ミスティックを手配してあるというのだ。ミスティックはおれのことをよくわかっていて、どの馬よりもおれにあわせて動いてくれる。モットにミスティックの準備《じゅんび》をしてもらい、そのあいだに身支度《みじたく》をした。あとは剣《けん》を体にくくりつけ、作戦のじゃまをしないでくれと悪魔《あくま》にそっと祈《いの》るだけだ。

しかし今回は悪魔に祈るだけでは足りない気がし、聖人《せいじん》のことを思いだした。幼《おさな》いころのおれは、毎週教会に行くたびに司祭たちに眉《まゆ》をひそめられ、ひそひそと陰口《かげぐち》をたたかれた。まあ、司祭たちの説教がつまらないと、ことあるごとに兄上に悪口をいっていたのだからしかたない。説教をまじめにきかなければ、将来《しょうらい》、聖人たちに目をかけてもらえませんよといくら司祭たちに注意されても、聖人もおれと同じくらい説教にたいくつしているはずだと相手にしなかった。そもそもおれなんか、聖人たちに情《なさ》けをかけてもらえるはずがないと思いこんでいたのだ。といいつつ、いざ死ぬときは情けをかけてもらいたい、などと思ってもいたのだが。

静かなテントの中で、来世について司祭たちがいっていたことを思いだした。人は死んでも生きている者の心に残りつづけ、永遠《えいえん》に見まもってくれるという考えは、いまのほうが子どものころより身にしみる。もし司祭たちの言葉が本当なら、おれの家族だけでなくイモジェンも聖人になっているはずだ。今回、聖人たちはきっと助けてくれる。イモジェンがそう説得してくれる。そうだ、まちがいない。生まれて初めて、悪魔たちへの恐《おそ》れが消えた。

テントをいきおいよく出て、すぐにミスティックの手綱《たづな》を受けとり、またがった。と同時に、モットも馬に乗っていることに気づいた。聖人たちのつばさに乗って、戦場へ乗りこむのだ。

「おい、なぜここにいる？」

「情けないことに、ひ弱な百人に選ばれてしまいまして」

「ふざけるな」

「残念ながら事実なのです」といいつつ、モットの口元はこらえきれずにゆるんでいた。「まことにお恥《は》ずかしいかぎりです。どうか、これ以上の詮索《せんさく》はご容赦《ようしゃ》を」

おれは軽く笑い、集まった兵士の前に移動《いどう》した。「諸君《しょくん》、われわれがこれから遂行《すいこう》する作戦は、先人の知《ち》恵《え》や伝統《でんとう》的な戦略《せんりゃく》とはちがう。前例のない戦略、正直にいうと成功例のない戦略だ。しかし、だからこそ、偉大《いだい》なる功績《こうせき》となる。将来《しょうらい》、子どもや孫にこの戦いについて語り、年老いて死すときは、この戦いを思いだして笑みをうかべることになろう。司令官からは、おれがひ弱な兵士を集めたときいたにちがいない。だが、選ばれたことを喜んでくれ。なぜならば、弱き兵士のおかげで、カーシア軍は力をぞんぶんにふるえるようになるからだ。友よ、弱き兵士らしく、眠《ねむ》っている鳥すら起こさないくらい静かに進もう。ついてきてくれ」

数少ないランプのほのかな灯《あか》りに、兵士たちの深刻《しんこく》な表情《ひょうじょう》がうかびあがる。モットの顔もよく見えた。モットは、見おぼえのある表情をうかべてほほえんでいた。おれのことを史上最強のうつけ者だと思い、だからこそ窮地《きゅうち》から救ってくれるのではないかと期待する顔だ。そのとおりになればいいのだが。

あらかじめ調べておいた小道を、先頭に立っておりていった。渓谷《けいこく》を見おろすカーシア軍のキャンプから湖底までのびた細い道で、こんもりとしげった木々にかくれている。この小道を通ると、作戦の第二段階《だんかい》でメンデンワル軍を待ちぶせする地点からそう遠くない場所に出られる。

全員、静かに移動《いどう》した。馬が音を立てるのはしかたないが、夜の谷底は風がうずまくので、大きな音さえ立てなければ、メンデンワル軍のキャンプにはきこえない。

夜が明けるころ、おれはメンデンワル軍のキャンプにほど近い谷底で、ミスティックにまたがっていた。となりにはモット、背後《はいご》にはカーシアのひ弱な兵士百名が馬にまたがっている。兵士たちは戦闘能力《せんとうのうりょく》には欠けるが、どうどうとした姿勢《しせい》と落ちつきはらった態度《たいど》でそれをおぎなっていた。

メンデンワル軍の偵察兵《ていさつへい》がおれたちに気づき、大声で危険《きけん》を知らせながらキャンプへ馬でかけもどっていく。

おれは全員に声をかけた。「いまごろ敵《てき》は態勢《たいせい》をととのえている。全員、気をぬかずにここで待て」

メンデンワル軍の先遣隊《せんけんたい》が谷底にあらわれたとたん、おれは国旗を高くかかげた旗手とモットを左右にしたがえ、兵士たちから離《はな》れて馬を前に進めた。風になびく国旗には、カーシア国の慈悲《じひ》と勇気を象徴《しょうちょう》する青と金色の生地に王家の紋章《もんしょう》が描《えが》かれている。ぎりぎりまで近づき、声がとどく距離《きょり》でとまった。

敵の司令官も十名の部下を連れて前に出た。こっちにはモットと軽装《けいそう》の旗手しかいないが、それぞれの軍の人数を思えば比率《ひりつ》は似《に》たようなものだ。おれは敵の司令官に声をかけた。「なぜカーシア国に戦争をしかけた？　対立していなかったのに」

「わがハンフリー王の命令にしたがったまでだ。王には王のお考えがある」

「そのお考えとやらは、命をかけるに値《あたい》するものなのか？」モットがいいすぎだと咳《せき》ばらいをしたが、おれはにやりとして、さらに声をはりあげた。「ハンフリー王をけなすつもりはないが、理性《りせい》がどこかにいってしまったようだ。いまのうちに国へ引きあげたほうがいい」

「わが王を侮辱《ぶじょく》するな！」司令官がさけんだ。

「侮辱じゃない。事実をのべたまでだ。ハンフリー王がわが国を侵略《しんりゃく》するのは、脅《おど》されたか、あるいは輝《かがや》かんばかりの戦利品をやるとアベニア国に約束されたからとしか考えられない。いっておくが、あのアベニア国が約束を守るはずがない。貴国《きこく》を利用しておれをつぶしたら、かならず貴国に襲《おそ》いかかる。貴国のために、ふらつく馬にムチ打って一刻《いっこく》も早く引きかえすことをおすすめする」

司令官のこわばった顔を見て、ふきだしそうになった。他人をここまで激怒《げきど》させたのは、ファーゼンウッド屋敷《やしき》でグレーブス先生を怒《おこ》らせたとき以来だ。すかっとする。

司令官は、おれの背後《はいご》にいる百名の兵士のほうへ腕《うで》をふった。「ジャロン王、そこにいるのは兵士か？それとも、カーシア国一の獰猛《どうもう》な子ネコどもか？」

おれは兵士たちのほうをちらっとふりかえった。「いっておくが、うちの子ネコはライオンのように敵《てき》の肉をえぐるぞ。おまえたちをたたきつぶして英雄《えいゆう》になりたい者ばかりだ」

「そいつらの相手なら、うちの子守《こも》りでじゅうぶんだ」

「子守りをそこまで軽《かろ》んじるとは、なげかわしい。うちの兵と戦える子守なら、ぜひカーシア国の民《たみ》として迎《むか》えたい。いいか、警告《けいこく》したからな。われわれは今日、ここに陣《じん》を張《は》ったメンデンワル兵を全員打ち負かす。国に引きあげろというさっきの警告は本心だ。おまえの部下は大多数が命を落とす。おまえもだ」

司令官は高笑いした。「ジャロン王よ、そっちこそ、いますぐ降参《こうさん》しろ」

「降参するのはおまえだ！　くだらない会話はたくさんだ。いますぐカーシア国から引きあげると約束すれば生かしておいてやる。さもなくば容赦《ようしゃ》しない。最初の千人はこのおれが始末する。おまえていどの兵士なら、もっとおおぜいたおしてやる」

司令官は部下たちを見た。部下たちがおれを軽蔑《けいべつ》して鼻を鳴らす。司令官がいった。「いいだろう、ジャロン王。地獄《じごく》へ落ちろ」

「おれが最後に負かした男も同じせりふを吐《は》いたぞ。とっとと失《う》せろ！　早く最強の兵を連れてこい！　こっちは早起きしたんで、昼寝《ひるね》したいんだ」

メンデンワル軍の先遣隊《せんけんたい》が馬で引きかえしていく。モットがこっちを向いた。「陛下《へいか》、お気はたしかか？」

おれがにやりとすると、さらにいった。「きくまでもないということですか。これも作戦のうちですな」

「おれの作戦は、ここにとどまることだ。敵を待つあいだ、口笛でも吹《ふ》いてくれ」

モットは口笛は吹かなかったが、うなり声とため息でみごとに合唱してくれた。

メンデンワル軍は、事前に行進の準備《じゅんび》をととのえていたにちがいない。すぐに姿《すがた》をあらわした。剣士《けんし》が中心で、訓練されて統制《とうせい》がとれている。人数が多すぎて馬が足りず、ほぼ全員が徒歩で谷底に入ってきた。さっきの司令官と部下たちは馬に乗っていたが、思ったとおり後方にいる。歩兵たちを前方に配置し、捨《す》て駒《ごま》にするつもりなのだ。

「敵は何人だ？」と、モットにたずねた。

モットが目を細めてじっと見る。「少なくとも千人……。まだ最後尾《さいこうび》が見えません。全員と戦うなんて無茶ですぞ」

「戦う気なんてないさ。だれとも」

メンデンワル軍は襲《おそ》える距離《きょり》まで近づくと、先頭の三人をねらえと号令をくだした。おれは「メンデンワルの女は、あばた顔ばかりだな！」と大声でなじると、きびすを返して、背後《はいご》で待機中のカーシア兵のほうへ馬を走らせた。ただし全速力は出さない。敵《てき》の歩兵よりも少し速いていどだ。

モットがいった。「この百名では、とてもさばききれませんぞ。まともに戦えない者もいます」

「だからこそ、本隊から離《はな》れてここにいるんだ」

モットは馬の速度をあげて、おれに追いついた。「この者たちを犠牲《ぎせい》にするわけではないでしょうな。あなたさまらしくない」

おれはほほえんだだけで、直接《ちょくせつ》は答えなかった。「敵の具合は？」

モットはちらっとふりかえった。「隊列はみだれていますが、谷がどんどん埋《う》まっています」

待機していた兵士たちの元へたどりついた。全員、恐怖《きょうふ》に顔をひきつらせている。大半が剣《けん》を引きぬいていたが、大敗北を覚悟《かくご》した顔だ。

「おい、そろいもそろって、なにをそんなにおびえてるんだ？」おれは、兵士たちの周囲を馬でまわりながら声をかけた。「明るい太陽がのぼってくるのを見なかったのか？　あたたかくないのか？」

全員、顔に汗《あせ》をかいている。太陽がぽかぽかだからか。まさか。冷や汗だ。

「よし、馬を走らせろ。スピードを出しすぎるな。敵につかまらないていどの速さで走れ」

せまりくるメンデンワル軍とは反対方向へ馬を走らせた。メンデンワル兵のためにいっておくと、疲《つか》れを知らない俊足《しゅんそく》の兵士もいたので、おれたちは思いのほか速く馬を走らせることになった。背後では、だだっぴろい谷底が敵兵でうまっていった。敵兵のいらだちがつのっていく。

とうとう、渓谷《けいこく》の壁《かべ》が近づいてきた。いまごろ、渓谷の上にあるカーシア軍のキャンプは、兵士が出はらっているはずだ。やりなおしはきかないし、応援《おうえん》もない。失敗したら逃《に》げ場はない。背後にはメンデンワル軍、前方はけわしい壁。全員を安全な場所へ避難《ひなん》させるのはむりだ。

しかし、絶壁《ぜっぺき》をのぼって避難する必要はない。谷底よりも少し高い位置へのぼるだけでいい。

おれは部下の〝弱兵隊〟の背後にまわり、剣をかかげ、メンデンワル軍に向かってさけんだ。「いますぐ武器《ぶき》を捨《す》てて、生きろ！」それでも、メンデンワル軍はとまることなく向かってくる。残念だが、予想どおりだ。「しかたない……」

いよいよ、数カ月前から練ってきた作戦を実行するときがきた。数分後には逆転《ぎゃくてん》大勝利か、大虐殺《だいぎゃくさつ》か、どちらかになる。

30

百名の弱兵隊が切りたった壁《かべ》につきあたる直前、おれは馬の速度をあげた。モットも速度をあげ、先頭のおれに追いついた。

おれは、夜のうちに絶壁《ぜっぺき》をつたっておりていた三人の兵士に合図した。三人とも壁の下で息をひそめ、準《じゅん》備《び》を整えていた。おれの合図にたいまつの炎《ほのお》を高くかかげ、ロープに火をつけると、岩棚《いわだな》をめざしてかけだした。ロープは、ふたのあいたトランクへとのびている。

「もっとスピードをあげるぞ！」と、モットにいったら、

「もしや、あれは……」モットはおれの後につづきながらいった。「たしか火薬は、アベニア軍のキャンプで使い果たしたのでは？」

「ああ、手元にあった分はな。だが、全部使いきったとはいってない」

「では、あの壁を爆破《ばくは》すると？」

おれは、前方でロープをつたっていく火を見つめながら答えた。「あれは壁じゃない。ダムだ」

王に就任《しゅうにん》後、おれは初仕事として、予備《よび》の兵士をほぼ全員ファルスタン湖に送りこみ、ロービング川をせきとめさせた。上流からの漂流物《ひょうりゅうぶつ》で自然にせきとめられたように見せられたら理想だと思っていたが、まさ

にそのとおりのダムができあがった。実際《じっさい》、ダムの大半は、上流から大きな物を流すという単純《たんじゅん》な方法で作られたようだ。

おれは兵士たちを引きつれ、壁の横の岩棚へ全速力で向かった。メンデンワル軍は火の行方《ゆくえ》よりも火そのものに気をとられていた。だが事態《じたい》を悟《さと》ったときには、すでに手遅《ておく》れだ。

おれたちが岩棚にたどりつく前に火薬が爆発《ばくはつ》し、落雷《らくらい》かと思うほど大地がはげしくゆれた。愛馬のミスティックがうろたえ、逃《に》げようとしたが、手綱《たづな》をとられるわけにはいかない。岩棚にのぼる以外に助かる道はないのだ。ミスティックの横腹《よこばら》に脚《あし》を食いこませ、強引に前進させた。攪乱《かくらん》された大気が、背後《はいご》から波のように打ちよせてきた。耳の中にぐわんぐわんと、教会の鐘《かね》のような音が響《ひび》く。

ダムの底が想像《そうぞう》を超《こ》えるすさまじいいきおいで破裂《はれつ》し、瞬時《しゅんじ》に壁全体がくずれ、水とともに岩や木々も一気に谷底へ流れこんだ。さながらダムの総攻撃《そうこうげき》だ。

岩棚にあがったときにはずぶぬれになっていたが、おれもみんなも無事だった。ファルスタン湖の復活《ふっかつ》だ。谷底を働きアリのように埋《う》めつくしていたメンデンワル軍の兵士たちは激流《げきりゅう》におし流され、わずか数秒で半数以上の兵力が水にのまれた。

カーシアの弱兵隊は歓声《かんせい》をあげたが、戦いはこれからだ。谷底に入っておらず、難《なん》を逃《のが》れた敵兵《てきへい》もいる。いま、その兵士たちは動揺《どうよう》しきっている。指揮官《しきかん》を選びなおして態勢《たいせい》をととのえるまで、時間がかかるだろう。その前にたたきつぶすのだ。カーシア軍の残りの兵士はすでにキャンプを出て、敵の背後からせまりつつある。

「これで兵力は互角《ごかく》になった。勝てるぞ」おれはモットにそういうと、弱兵隊のほうを見た。「おまえたちは、勇気の試練を切りぬけた。最難関《さいなんかん》の試練を通りぬけたんだ。次は実戦だが、おまえたちならできる。馬上で戦い、つきすすめ。剣《けん》だけでなく、全身すべてが武器《ぶき》になることを忘《わす》れるな。脚《あし》も腰《こし》も武器になるし、なにより頭脳《ずのう》がある。頭を使え。先を見こして策《さく》を練れ。そうすれば、きっと生き残れる！」

兵士たちが、実戦でも活躍《かつやく》しようとまた歓声《かんせい》をあげる。おれは先頭に立ってメンデンワル軍のキャンプへと向かった。湖岸では、水難《すいなん》を逃《のが》れた数名の兵士がずぶぬれで、ぼうぜんとしながら泥《どろ》にまみれてたおれていた。重装備《じゅうそうび》だったのに、逃《に》げ遅《おく》れずにすんだらしい。いや、死にものぐるいで泳いだのか。いまは丸腰《まるごし》の兵士たちは、おれたちを見てうろたえ、キャンプへとかけだしていく。おれは、あえて追わずに放っておいた。敵陣《てきじん》に到着《とうちゃく》したとき、敵兵がそろっていたほうが都合がいい。

メンデンワル軍のキャンプへ馬で乗りつけたら、すでに反対方向から攻《せ》めこんでいたカーシア軍と敵軍がいりみだれて戦っていた。メンデンワル軍のキャンプは、草木のないくぼ地にある。周囲は灰色《はいいろ》の壁《かべ》だ。おれたちはふたつある出入り口の片方《かたほう》から入った。もう片方の出入り口はカーシア軍がふさいでいる。このせまいくぼ地で、数百名の騎馬兵《きばへい》と歩兵が激突《げきとつ》していた。メンデンワル軍はあきらかに狼狽《ろうばい》している。わが軍のほうが優勢《ゆうせい》だ。キャンプをとりかこめ、敵をひとりも逃がすなと弱兵隊に命じてから、きのう地図で見つけた小道の位置を確認《かくにん》した。谷底のキャンプから崖《がけ》の上まで、急な細い道が壁ぞいにのびているのだ。

馬に乗ったまま、じゃま者に剣をふるいながら、その道へ向かった。メンデンワル軍は兵力を大きくそがれたうえ、大多数の司令官を失い、もはや勝ち目はない。おれは戦いを長びかせたくなかった。命を落とした兵士それぞれに、家で帰りを待ちわびている家族がいる。みんな、一家の大黒柱として、妻《つま》や子どもや母親をささえていたのだ。敵にやられたカーシア兵のそばを通るたびに胃をしめつけられる。もう、終わりにしよう。

急な小道をのぼる前に、剣を鞘《さや》にしまい、たいまつをつかんだ。小道は、馬にはつらいのぼり坂だった。じゃり道で、すべりやすい。足を踏《ふ》みはずしたら、谷底まで一直線に転げおちる。しかしおれの愛馬ミスティックは、体力だけでなく脚力《きゃくりょく》もある。

崖の上にたどりついてすぐに、戦場を見わたした。わが百名の弱兵隊は、すでにキャンプをとりかこんでいた。戦闘《せんとう》はつづいているが、出入り口はおさえてある。まだメンデンワル軍のほうが多勢《たぜい》だが、その数はどんどん減《へ》っていた。まともな指揮官《しきかん》がいないので、どの兵士も死にたくない一心で戦っているにすぎない。メンデンワル軍に必要なのは、戦いをやめる理由と生きるチャンスだ。おれが、それをあたえてやろう。

ミスティックの鞍《くら》にとりつけた袋《ふくろ》から、ロープをとりだした。片端《かたはし》を木にしばりつけると、近くにある大きな岩を全力で急な坂へとおしだした。こんな岩をおれひとりで動かせるのは、きっと聖人《せいじん》たちが力を貸《か》してくれているからだ。岩は急な坂を転がるうちにいきおいを増し、ほかの岩を次つぎとはじきとばした。おかげで音と迫力《はくりょく》が増す。くぼ地の底で戦っていた兵士たちはあわてて戦いを中断《ちゅうだん》し、安全な場所へ飛びのいた。

ようやく、全員がこっちを見あげる。おれはたいまつとロープを持ったまま、腕《うで》をあげてさけんだ。「このロープの端《はし》には、たったいまダムを決壊《けっかい》させた火薬がしかけてある。火をつけたらまた爆発《ばくはつ》する。ただし今回は水攻《みずぜ》めじゃない。岩攻《いわぜ》めだ。さっき仲間が水に流され、人数が半減《はんげん》したのを見ただろう。ここで爆発が起きたらどうなるか、想像《そうぞう》してみるがいい。わがカーシア兵は爆発を生きのびる術《すべ》を知っている。そうだな？」

カーシア兵たちは、笑顔でこっちを見あげた。実をいうと、そんな方法はだれも知らない。そもそも生きのびられるはずがない。それでも、おれを信じてくれている。

「メンデンワル軍がとるべき道はふたつにひとつ。武器《ぶき》を捨《す》てるか、捨てないかだ。捨てるならば、故郷《こきょう》に無事に帰してやろう。捨てないならば、近くにいるカーシア兵の剣《けん》につらぬかれる。全軍が武器を捨てなければ、このロープに火をつけ、さっきの二倍の爆発を引きおこす。家も家族も二度と見ることはないと思え」

メンデンワル兵たちは顔を見あわせ、無言で決断《けつだん》した。頼《たの》む、おれの望む決断であってくれ。

たいまつを持っている腕を少し下げた。「重たくなってきたので、早く決めろ。生きるか死ぬか、五つ数えるあいだに決めろ」

カウントダウンを始めた。五、といった瞬間《しゅんかん》、メンデンワル兵の半分がそくざに武器をおき、ひざまずいた。四、三と数えたら、剣が次つぎと地面に捨てられる音がした。しかし一まで数えても、おれのようなガキの王に降伏《こうふく》するくらいなら死んだほうがましだと考える反抗《はんこう》的な兵士が少なからずいた。

じつに見あげた根性《こんじょう》だとは思うが、ゆるすわけにはいかない。この戦いは、ぜったい終わらせてみせる。おれはさらに前に出て、ロープの先をかかげた。「では、来世で会おう。そっちのほうが先に着くだろうから、おれにいい席をとっておいてくれ」

ロープの先に火をつけたら、効果《こうか》てきめんだった。あわてたメンデンワル兵たちが、立っていた仲間を強引にひざまずかせたのだ。ロープがほんの数センチ燃《も》えた時点で、メンデンワル軍の全面降伏が決まった。

ロープの火を足で消し、メンデンワル軍をいますぐ撤退《てったい》させるよう、谷底にいるカーシア軍の司令官たちに命じた。「メンデンワル兵よ、怪我人《けがにん》と手当てに必要な品は運んでもいいが、武器は捨てていけ。カーシア国に二度と戦争をしかけるな。以上の条件《じょうけん》をのむなら、無事に解放《かいほう》してやる」

たいまつを崖《がけ》っぷちにこすりつけて火を消し、すわって見まもった。全軍撤退まで二時間くらいかかりそうだ。そのあいだに次の一手を考えよう。アベニア軍と一戦まじえる場所は考えてあるが、どうすればそこへ敵《てき》をみちびける？　いや、それより、まずは休憩《きゅうけい》だ。シャツ一枚《まい》でくつろぎたい。暑苦しい鎖《くさり》かたびらと革鎧《かわよろい》をはずせて、ほっとする。

谷底では、撤退が順調に進んでいる。今回は、戦いに勝つための強力な秘策《ひさく》を学んだ。とてつもなく無茶なやつだと敵に思わせるのだ。メンデンワル兵は、おれが完全に正気を失ってロープに火をつける前に少しでも遠ざかりたいと思っているだろう。もちろん火薬など残ってないし、ここに持ってきてもいないのだが、メンデンワル兵が一刻《いっこく》も早くカーシア国から出ていってくれればいうことはない。

ようやく谷底から、全軍撤退《てったい》を知らせる声がした。のんびりしすぎた。そろそろ司令官たちと合流し、次の策《さく》について相談しよう。

31

立ちあがり、ミスティックの鞍《くら》にとりつけた袋《ふくろ》に鎖《くさり》かたびらを入れて、口をとじた。急な小道をおりようと革鎧《かわよろい》のひもを結びなおし、剣《けん》を鞘《さや》にしまう。

そのとき、背後《はいご》の原野のどこかで、おれの名を呼《よ》ぶ声がした。ききおぼえのある声だ。おれを探《さが》している。

「フィンクか？」

剣をつかみ、声のしたほうへ走った。フィンクの背丈《せたけ》はこのあたりの雑草《ざっそう》と変わらないので、姿《すがた》は見えないが、声はとぎれない。

あっ、いた！　足を引きずり、両手を前でしばられている。シャツはやぶれ、片方《かたほう》のほおに濃《こ》いあざがひとつあるが、ひとまず無事だ。

かけよろうとしたが、フィンクはおれに気づくと、泣きじゃくりながら首をふった。「ご……ごめんなさい。ジャロンさま……ごめんなさい」

「ごめんって、なにが？」なにがあろうとゆるす。これからもゆるしつづけるが、なにをゆるすのかは知っておきたい。

「おれ……ファルスタン湖の計画について、しゃべっちゃったんです。だから、さっき、やつらはいなかったんです。メンデンワル軍が水にのまれて、戦いが終わるのを待ってたんです」

「やつらって？」

「アベニア国のバーゲン王の軍隊です。本当に……ごめんなさい」

フィンクがしゃべっているあいだにも、おれとフィンクがいる崖《がけ》の背後《はいご》の丘《おか》から、大きな音がきこえてきた。馬の鼻息と、岩と土にひづめがあたる音だ。味方のカーシア軍ではない。

遠くから騎兵隊《きへいたい》の大軍が近づいてくる。ここからでも、赤い線の入った黒い羽織《はおり》が見える。ずいぶん長いあいだ、同じ羽織に囲まれていたので、見まちがえようがない。アベニア軍の軍服だ。騎兵隊のはるか手前に、馬に乗った先遣隊《せんけんたい》がいた。知った顔がならんでいる。先頭にいるのはバーゲン王。そのとなりには、キッペンジャー司令官と国旗をかかげた旗手。そして、反対側にもうひとり。アベニア軍の羽織ではなく、貴族《きぞく》らしい上等な服をまとった男が馬上にいる。あれは、まさか——。

やはり、ベビン・コナーだ。コナーがおれを指さし、バーゲン王がこっちへと進路を変えた。おれは、後ろにかくれてろとフィンクにいうと、剣《けん》を引きぬいた。すぐにでも切れ味をたしかめたい。コナーは以前、自分の行動はすべてカーシア国のためを思ってのことだ、などとぬかしたが、これは祖国《そこく》に対する完全な裏切《うらぎ》りだ。先遣隊でバーゲン王とならぶためにどんな取引をしたのか知らないが、この裏切りは正当化できない。コナー自身、自分に対していいわけが立たないはずだ。

「ジャロンさま、とにかく逃《に》げましょう」

「逃げ場がない」おれはフィンクに小声でいった。地平線は、見わたすかぎり、赤と黒の羽織にうめつくされている。背後は切りたった壁《かべ》だ。墜落《ついらく》するしかない。

剣をかまえたおれの前で、先遣隊がとまった。このなかのだれに襲《おそ》いかかったらいい？　ひとりを襲うのがやっとで、すぐにやられてしまうだろう。コナーをたおせたら本望《ほんもう》だが、うす笑いを浮《う》かべたバーゲン王の顔もしゃくにさわる。キッペンジャーには、アベニア軍のキャンプでさんざん痛《いた》めつけられた。三人それぞれに、うらみがある。

まずバーゲン王があいさつをした。「ジャロン王、またお目にかかれるとは光栄ですな。メンデンワル軍との楽しい一戦に遅《おく》れたことを、おわびもうしあげる」

「遅れなければよかったのに。連中の負けざまを見せてやりたかったですよ。ぜひとも」

バーゲン王は片方《かたほう》の眉《まゆ》をつりあげた。「ほう、全滅《ぜんめつ》したと？」

「よほど泳ぎが得意な者以外は。いずれにせよ、メンデンワル軍はもう利用できませんよ」

「カーシア国内には、ほかにもメンデンワル軍がいる。全滅したわけではありませんぞ」

「ええ、まあ、いまはまだ。でも、うちの総《そう》隊長と賭《か》けをしてるんですよ。戦勝の数が多いほうが、あんたの王冠《おうかん》を溶《と》かして金にするってね。おれは勝つつもりですよ。あんたとは決着をつけなきゃならないんで。前に約束しましたよね」

バーゲン王は声をあげて笑い、先遣隊のほかの者たちも笑った。「おお、わが大軍を滅《ほろ》ぼそうとあがくさまを、ぜひ見たいものだ」

この場にいるのがおれだけなら、運を天に任《まか》せてバーゲン王に切りかかっただろう。しかし、後ろにフィンクがいる。フィンクを見捨《みす》てるわけにはいかない。

「むずかしい決断《けつだん》をせまられたな」と、キッペンジャー司令官が声をあげた。「われわれに襲《おそ》いかかって、背後《はいご》にいる小僧《こぞう》を見殺しにするか？　それとも逃《に》げるか？　逃げたところで、小僧はやはり犠牲《ぎせい》になるぞ」

「われわれのねらいは、おまえだけだ」と、バーゲン王がいった。「剣《けん》をおろせ。そうすれば、小僧は助けてやる」

「なんと卑劣《ひれつ》な。この子は、おれたちの取引の駒《こま》じゃないですよ」

「その子にずいぶん肩入《かたい》れしているそうじゃないか」バーゲン王はおれを傷《きず》つけたい一心で、冷酷《れいこく》な目でフィンクを見おろした。「小僧の命を助けてやるといったら、引きかえになにをする？」

「あんたを剣で深々と切ってやる。バーゲン王、カーシア国はあんたにはぜったい屈《くっ》しない」

「すでに屈しておるだろうが！　王のままにしておいてやるという口約束が、永遠《えいえん》に守られるとでも思っておるのか？　ジャロンよ、チャンスをふいにしたな。事態《じたい》は変わった。カーシア国はアベニア帝国《ていこく》の属国《ぞっこく》となり、コナー卿《きょう》がカーシアの新国王となるのだ。すでに合意にたっしておる」

コナーはどうだとばかりに首をかたむけ、おれを見おろしていた。結局、王座《おうざ》を手に入れたわけだ。

「こいつは王の器《うつわ》じゃないですよ」と、おれはいった。「王座にすわっただけで王になれるわけじゃない。民《たみ》に仕え、民を守り、民の幸せのためにつくしてこそ、真の王だ」

コナーがくちびるをゆがめてたずねた。「民のために死ぬというのはどうだ？」

おれはちらっとコナーのほうを見た。「ああ、必要とあらば。おれの死じゃなく、あんたの死だと思いたいね」

「バーゲン王とは協定を結んだぞ」コナーは、ばかにしたような口調でつづけた。「わたしかおまえか、どちらかが、末永《すえなが》く豊《ゆた》かに生きられるようにしてくれるそうだ。さて、末永く豊かに生きられるのは、どっちだと思う？」

おれはバーゲン王のほうを向いた。「あんたは王として残酷《ざんこく》だし、人としても残酷だ。でもコナーはもっと悪質《あくしつ》ですよ。なにせ裏《うら》切《ぎ》り者で、人殺しですから。せいぜいご注意を」

「そこまでいうなら、本当に裏切り者になってやる」と、コナー。「人殺しについては、あとひとつ、命をもらうぞ。何カ月もねらっていた命をな」

おれの命だ。

バーゲン王の笑みも、おれの命がほしくてたまらないと物語っていた。「ジャロンよ、終わったな。背後は絶壁《ぜっぺき》、ほかもすべてアベニアの大軍に囲まれておる。今回は逃げられんぞ」

アベニア軍がとてつもない大軍なのは、一目瞭然《いちもくりょうぜん》だ。とても打ち負かせる相手ではない。大多数の敵兵《てきへい》は、いまも谷底に向かって進行中だ。谷底にいるカーシア兵たちは、せまりくる危険《きけん》をまだ察知していない。さっきはメンデンワル軍をはさみうちにしたが、今度はこっちが退路《たいろ》をたたれる。

「わしとコナー卿とともに、ファーゼンウッド屋敷《やしき》へ行ってもらう」と、バーゲン王。

「ことわる！」おれは、きっぱりと首をふった。「あの屋敷《やしき》は前にコナーに連れていかれて、うんざりした。いっておくが、コナーのもてなしは、完全に見かけだおしだぞ」

コナーがすごみのある声で笑う。「喜ぶと思ったのに。王への道が始まった場所で、終わりを迎《むか》えられるのに」

「ファーゼンウッド屋敷は、あんたが落ちぶれた場所だ。おれが落ちぶれる場所じゃない」おれはコナーにそういうと、バーゲン王のしわだらけの顔を見つめた。「話しあう必要があるのなら、ドリリエドに行けばいい。わざわざファーゼンウッド屋敷へ行く必要はない」

「いやいや、あるとも」バーゲン王は、まるで自分とコナーだけが知っている笑い話を思いだしたかのように、軽く笑った。「ふふっ、あそこを選んだのは、おまえ自身だろうが。いつ選んだか、わかるか？」

アベニアの盗賊《とうぞく》に、財宝《ざいほう》はファーゼンウッド屋敷に移《うつ》しておけという伝言をたくしたときだ。やはりあの盗賊は、おれとの約束をやぶって、バーゲン王につたえていたのだ。だから、バーゲン王とコナーはおれをあざ笑ったのだろう。

コナーはがっかりもしたらしい。「見そこなったぞ、ジャロン」

「おれは最初からなにも期待してないから、あんたを見そこないようがない」おれは、にやりとしていった。

「ま、バーゲン王の脳《のう》みそとあわせれば、おれと対等にわたりあえるていどの知恵《ちえ》にはなるかな」

おれにばかにされて、バーゲン王が身をこわばらせる。「今週のうちに絞首刑《こうしゅけい》だ。おまえの味方も皆殺《みなごろ》しにしてやる。イモジェンのようにな」

イモジェン――。心臓《しんぞう》がどきっとしたが、いまのおれは、イモジェンの死に意味を見いだしていた。この戦争でなにが起きようとも、これ以上、愛する者は死なせない。なんとしても苦難《くなん》を乗りきる方法を見つけるのだ。

コナーからバーゲン王へと視線《しせん》を移《うつ》した。「おれをそんなに絞首刑にしたいんですか。でもその前に、あんたを破滅《はめつ》させてやるという、おれの約束を実行させてもらいますよ。ま、予定より少しよけいに、時間がかかるかもしれませんねえ。なにせ、処刑《しょけい》リストにコナーもくわわったんで」というと、キッペンジャー司令官のほうへ腕《うで》をふった。「そうそう、あんたもだ」

「連行しろ」と、バーゲン王が命令する。

キッペンジャー司令官が馬に乗ったまま近づこうとした。が、おれはベルトからナイフを引きぬき、コナーに投げつけた。平たい面がコナーの馬に命中し、馬がはねあがって、キッペンジャーの馬をおどろかせた。キッペンジャーもコナーもふり落とされ、さらに馬たちを混乱《こんらん》させる。そのすきにおれはきびすを返し、フィンクをおしながら絶壁《ぜっぺき》へと走った。背後《はいご》でバーゲン王が、追え、とどなった。

「追ってくる!」フィンクがさけぶ。

さっきのぼった急な小道は使えない。とちゅうでつかまる危険《きけん》が高い。崖《がけ》に近づくにつれて、あとひとつ、選択肢《せんたくし》があることに気づいた。あまりうれしくない選択肢だが。

「フィンク、手のロープはしっかり結んであるか？」

フィンクは、両手を前でしばっているロープを引っぱった。びくともしない。「きつくしばってあります」

「じゃあ、おれにおぶさって、手を前にまわせ」フィンクのために、すばやくしゃがんだ。同時に、さっきメンデンワル軍の前で少し燃《も》やしたロープを腰《こし》に結び、二、三回、胴体《どうたい》に巻《ま》きつける。しっかりと巻くよゆうはない。

いったんおぶさったフィンクが、身をくねらせておりようとした。「だめです、ジャロンさま。やめてください」

「いいんだ、フィンク。こわければ、目をつぶってろ」

キッペンジャー司令官がだれよりも早く追いつき、切りかかってくる。おれは肩《かた》に痛《いた》みを感じたが、崖《がけ》っぷちへと走っていき、背負《せお》ったフィンクのさけび声をききながら、いきおいよく宙《ちゅう》へ飛びだした。

32

おれにとって人生最悪のいたずらは、七歳《さい》のとき、城《しろ》の庭においてあった物を標的にして、古い投石機の威力《いりょく》をためしたことだ。投石機のしくみについて習ったばかりで、興味《きょうみ》しんしんだったのだ。けれど的をはずし、石は父上の部屋の屋根に穴《あな》をあけた。幸い、父上は部屋にいなかった。いたのは、不運な召使《めしつか》いただひとり。その召使いは命は助かったが、便所の汚水《おすい》に飛びこむはめになった。

そう、これが人生最悪の、ばかないたずらのはずだった――いま、フィンクをおぶって、腰にロープを巻きつけただけで、崖から飛びだすまでは。ジャンプする寸前《すんぜん》になって、木に巻いたロープの結び目も、ロープの長さも、ぜんぜんたしかめなかったことに気づいた。ロープがぴんと張《は》ってとまる前に、フィンクともども谷底に激突《げきとつ》したらどうしよう？

しかし追われる以上、飛ぶしかない。もし失敗したら、早く死ねるように祈《いの》るのみ。痛い思いはしたくない。

聖人《せいじん》に祈りがとどいたらしい。とりあえず、谷底に激突はしなかった。けれどロープの長さが中途半端《ちゅうとはんぱ》だとわかった時点で、今度は悪魔《あくま》がほくそえんだだろう。

ロープが胸《むね》に食いこみ、輪縄《わなわ》のように肋骨《あばらぼね》に巻きついた。おれの首にまわされたフィンクの腕にも、のどをしめつけられる。フィンクがしがみついているだけなのはわかるが、息がつまる。そのまま、おれとフィンクは絶壁《ぜっぺき》に衝突《しょうとつ》した。しかも大切な命綱《いのちづな》のロープを離《はな》すわけにはいかないのに、肩《かた》からつっこんだ。腰《こし》に二、三回巻《ま》いておいたロープは、すでにほどけている。壁《かべ》にぶつかってはじめて、手のひらがロープの摩擦《まさつ》でやけどしているのに気づいた。

死なずにすんだが、前途多難《ぜんとたなん》だった。絶壁のとちゅうで宙《ちゅう》づりだ。飛びおりるには高すぎるし、ロープをのぼるのも危険《きけん》すぎる。おれたちがジャンプするのを味方のカーシア兵たちが目撃《もくげき》し、谷底から必死に声をあげていた。崖《がけ》の上にいるバーゲン王は、谷底のカーシア兵に姿《すがた》を見られたことに気づいたようだ。頭上からロープに、いやな振動《しんどう》がつたわってくる。こんなジャンプが逃亡《とうぼう》と呼《よ》べるか疑問《ぎもん》だが、敵《てき》はおれの逃亡を失敗させるまで、ここを離《はな》れそうにない。

「壁につかまれ！」と、フィンクにさけんだ。「上でロープを切ってるぞ！」

フィンクの体をおれの体の前に持ってきて、壁でおれの体をささえながら、フィンクを壁に張《は》りつかせた。フィンクの体重を壁に移《うつ》し、体勢《たいせい》をととのえて移動《いどう》した瞬間《しゅんかん》、頭上から切断《せつだん》されたロープが落ちてきた。おれの弱った右脚《みぎあし》をフィンクが足でおさえてくれなかったら、おれも落ちていただろう。

バーゲン王が崖の上から顔を出した。「海賊《かいぞく》の元からもどって以来、壁をのぼっていないそうだな。今度は落ちるぞ」

おれは答えなかった。バーゲン王に、ほらみろといわれないようにするだけで必死だ。

バーゲン王は敵意をあらわにうなり声をあげた。が、カーシア兵の射手《しゃしゅ》たちにねらわれたので、やむなく顔を引っこめた。おれは谷底のカーシア兵に向かって、すぐに全面撤退《てったい》しろとさけんだ。アベニアのあの大軍には、かなわない。

谷底で四方八方に号令が飛んだ。ある声がひときわ大きく響《ひび》く。モットだ。

「ふたりともおろしますから！　つかまっていてください！」

「アベニア軍が来るぞ！　行け！」

モットはききながし、ここまでのぼれる兵士はいないかとさけんだ。自分が情《なさ》けなくて、たまらない。ローデンに右脚を折られる前はたった数分でおりられたのに、身動きひとつできなくなってしまったとは、なんということだ。

体をひねって、ブーツにつけておいた小型ナイフを引きぬき、フィンクの手のロープを切った。両手が自由になったので、フィンクは壁にしっかりとしがみつけるようになった。それでも指関節が白くうきあがり、限界《げんかい》ぎりぎりだと顔に書いてある。

「フィンク、よくきけ。壁はのぼるのも危険だが、おりるときのほうが落ちやすい。ひとつひとつの動きが重要だぞ。ばかなまねはいっさいするな」

「はあ、ばかなまね？」フィンクは、すっとんきょうな声をあげた。「崖からジャンプするみたいな？　ジャロンさま、そりゃないですよ！」

フィンクはまだ気が動転していて、いつ落ちてもおかしくない。すぐ下の壁はつるつるですべりやすいし、下からだれかが助けようとしても、ここまではのぼれない。見れば、右側の少し離《はな》れたところに、崖《がけ》から一本、木が生えていた。太くはないが、おれたちの体重くらいならささえられそうだ。ジャンプに使ったロープはまだ持っている。このロープを木の幹《みき》に結べば、谷底近くまでおりられそうだ。

木のほうへ頭をかたむけ、「あそこへ行くぞ！」とフィンクにいうと、谷底のモットに向かってさけんだ。「全員、撤退《てったい》しろ！　バーゲン王がこの谷に大軍を送りこんでいる。逃《に》げられなくなるぞ！」

「あなたさまを残してはいけません！」と、モットがどなりかえす。

肩《かた》にかかる力を必死にこらえ、モットのほうをふりかえった。少し離れているが、真剣《しんけん》なのだと表情《ひょうじょう》でうったえる。「いいから行け！　モット、これは命令だ。撤退させないと、全員やられる。ここは、ひとりでなんとかするから」

さすがのモットもうなずいて、号令を発している司令官たちと合流し、兵を連れだせと指示《しじ》を飛ばした。そして全軍が動きだすと、すぐに崖の下にもどってきて、さけんだ。「これでよろしいですな！　わたしは、あなたさまといっしょでなければ離れません！」

今度は、おれがうなずきかえす番だった。万が一、おれが転落しても、ひとりで谷底まで無事におりられるよう、フィンクにロープをわたしておく。

両腕《りょううで》と左脚《ひだりあし》で壁《かべ》を水平に移動《いどう》できればいいのだが。正直、自信はない。右脚の骨折《こっせつ》にくわえ、アベニア軍につかまっていたせいで、筋肉《きんにく》はかなり落ちている。さっきのジャンプで手をやけどしているし、肩もやけにずきずき痛《いた》む。ここに踏《ふ》みとどまれるかどうかさえ、わからない。

少しずつ、慎重《しんちょう》に移動した。右脚には体重をのせない。場所を入念に選び、おれの後につづくフィンクに、手をかける位置を細かく指示する。この指示には、一苦労した。なにせフィンクは小がらで、おれほど腕《うで》が長くない。それでも、のろのろとだが、なんとか壁を横に移動した。がまんを重ね、くじけなければ、きっと木までたどりつける。着きさえすれば、あとは木にロープをゆわえ、谷底まですべっておりるだけだ。

しかしおれの場合、何事も思いどおりにいったためしがない。しかも今回は、おれひとりが怪我《けが》するだけではすまされない。谷の向こうから、カーシア軍がはげしく打ちあう音がすでに始まっていた。退却《たいきゃく》が間にあわず、バーゲン王のアベニア軍とぶつかったのだ。

モットも音に気づき、一刻《いっこく》も早く崖からおりてくれとせかすので、フィンクにもう少し早く動くようにいった。だがフィンクの手脚はすでに限界《げんかい》で、ふるえている。フィンクの気をそらそうと、バーゲン王につかまったときのことをたずねてみた。

「バイマール国から無事にもどれたんで……アベニア国にまた侵入《しんにゅう》しても問題ないだろうって……思ったんです。前回はだれも……見向きもしなかったし。でもバーゲン王が……盗賊団《とうぞくだん》のほぼ全員を軍に引きいれてたんで……カーシア国との国境《こっきょう》で……盗賊のひとりに……見つかっちゃったんです。おれがあなたの味方なのは、ばれてたんで……そのままバーゲン王の前に連れだされて……尋問《じんもん》されました」

次に手をかける位置をフィンクに指示し、さらにたずねた。「ファルスタン湖の計画のほかに、バーゲン王になにかしゃべったか？」

「はい」フィンクは、にやりとした。「あなたと戦っても勝てっこないって……いってやりました。そうしたら……怒《おこ》っちゃって」

少しずつ、木に近づいていった。戦闘《せんとう》の音がきこえてきて、いやな想像《そうぞう》がふくらむ。壁《かべ》にしがみついたまま、負傷兵《ふしょうへい》のさけび声や号令ばかり耳にし、剣《けん》と剣がぶつかりあう音にたじろぐなんて、拷問《ごうもん》に近い。なんという役立たず。下手をすれば、兵士たちがおれを気にかけ、戦いに集中できず、命を落としかねない。

ミスティックが崖《がけ》の急な小道をおりてきたと、谷底のモットが声をはりあげた。おれはミスティックを見つけ、思わずにらみつけた。フィンクを連れて小道をくだったほうがよかったってことか？　いや、それはない。バーゲン王は、まちがいなく追ってきただろう。それでもミスティックはぴんぴんしているのに、おれとフィンクは傷《きず》だらけで、くたくただ。しかもいまだに命がけで、壁を横にはっている。

「お、おれ……もう……むりです」とうとうフィンクが音をあげた。

フィンクに視線《しせん》をもどした。木にだいぶ近づいている。あと四、五歩だ。

「できるさ」

「むりですって！　ジャロンさま、おれ……お、おれ……落ちちゃいます！」

「落ちつけ」おれはきっぱりといった。「ここから落ちたら、はるかに痛《いた》い思いをして死ぬんだぞ。おまえをあの世に入れるなって、聖人《せいじん》たちにいうからな。そうしたら、おまえは霊《れい》になって、永遠《えいえん》にこの世をさまようんだ。一瞬《いっしゅん》たりとも休めないぞ」

脅《おど》しはきいた。「ジャロンさま……まさか、そんな……」

「いや、やってやるとも。それがいやなら、しがみついてろ」おれは、歯を食いしばってスピードをあげた。

脚《あし》がまともなら、一分もかからずたどりつけるのに。フィンクは、手脚のふるえをおさえられなくなっている。

木に少しでも近づきたくて、ためしに骨折《こっせつ》した右脚に体重をのせてみた。膝《ひざ》ががくんとくずれ、足を踏《ふ》みはずし、右手もすべる。木の細い根にとっさにかけた左手の人差し指だけで、体重をささえた。

おれが足をすべらせた瞬間《しゅんかん》、フィンクが悲鳴をあげ、モットがおれの真下に走る。おれは毒づくと、元の位置に体を引きあげた。

「もう、ぜったい、やめてくださいよ！」フィンクがどなった。

「うるさい！」

いまだに体力をとりもどせない自分に腹《はら》が立つ。いっそう慎重《しんちょう》に壁をはって、ようやく木にたどりついた。ロープを幹《みき》に巻《ま》いてきつくしばり、もう片方《かたほう》の端《はし》を両脇《りょうわき》の下に通してしばると、フィンクのほうへジャンプして、フィンクを壁から引きはがし、また木までもどった。

ロープをはずし、フィンクに結びつけ、壁にそって谷底までおろした。底につくと、モットがフィンクの体を壁におしつけて安定させる。谷の外は、あいかわらず戦闘中だ。もしこっちへ向かってきたら、おれたちも戦いにのみこまれる。おれも、くわわって戦うのだ。

だが、体力がない。壁《かべ》をのぼりおりするのは、本当にひさしぶりだ。めったに使わない筋肉《きんにく》を使うのはきつい。

「ジャロンさま、ロープにつかまってください！」と、モットがどなる。

今度ばかりは、どなられても腹《はら》が立たない。素直にロープをつかんだ。が、腕《うで》に力が入らず、スピードを調整できなかった。思ったよりも速くすべり、地面までまだ距離《きょり》があるのに手が離《はな》れてしまう。下で待ちかまえていたモットが受けとめてくれたので、大けがはまぬがれた。しかし痛《いた》めていた右脚《みぎあし》から落ちたので、激痛《げきつう》の波が背骨《せぼね》をかけあがる。しばらく右脚をおさえて、震《ふる》えをしずめた。うめき声は必死にこらえた。

「歩けますか？」モットが立ちあがりながらたずねた。

どうだろう？　フィンクがかけよってきて、おれに肩《かた》を貸《か》す。フィンクとモットに助けられて立ちあがり、バランスをとった。モットにかつがれてミスティックにまたがり、戦場へと向かった。戦いの中心はすでに谷から遠ざかっていたが、あまりにも多くのカーシア兵が犠牲《ぎせい》になっていた。

これは戦闘《せんとう》じゃない。虐殺《ぎゃくさつ》だ。

フィンクを乗せたモットの馬が横に来るのを待って、たずねた。「戦いはどこへ向かってる？」

モットは地平線に目を走らせた。「崖《がけ》の上ですね。湖から離れていってます」

「カーシア軍のキャンプのほうか？」おれは、ぎょっとして目を見ひらいた。「キャンプには、まだトビアスとアマリンダ姫《ひめ》がいる！」

「戦場を突破《とっぱ》して知らせにいくのは、むりかと」

おれはミスティックを反対方向へ向かせた。「ダムがあった場所をのぼろう」

「あの斜面《しゃめん》は爆破《ばくは》でくずれてますよ。のぼれるような場所があるんですか？」

「なかったら道を作ればいい。バーゲン王が着く前に危険《きけん》を知らせるんだ！」

33

モットのいったとおりだった。カーシア軍のキャンプまで近道をしたくても、わずかに残っていた道は爆《ばく》破《は》のせいでぼろぼろで、馬でのぼるのは危険《きけん》だ。しかしカーシア軍とアベニア軍の戦闘《せんとう》は、谷からこっちへ近づきつつある。戦場をさけるなら、ここを通るしかない。

崖《がけ》のふもとで馬を乗りすてた。愛馬のミスティックをおいていきたくはなかったが、どうしようもなかった。ここから先は岩をよじのぼったり、かろうじて残ったけわしい小道をたどったりしなければならない。

壁《かべ》から落ちてぶつけた右脚《みぎあし》はまだ痛《いた》むが、モットにはなにもいわなかった。脚をかばって歩いているので、たぶんばれているだろう。モットはすぐ後ろにいて、おれが苦しそうだと見るとすぐに背中《せなか》をおしてくれる。

あと少しで頂上《ちょうじょう》という地点で、戦場を見おろすことができた。恐《おそ》れていた以上の惨状《さんじょう》に、心臓《しんぞう》がとまりそうになった。あたりは血だらけで、激痛《げきつう》にもだえながら大声で助けをもとめる負傷者《ふしょうしゃ》や死者がそこらじゅうにいた。数百名のアベニア兵がたおれていたが、カーシア兵も同じくらいたおれている。生き残ったカーシア兵は、ますます不利な状況《じょうきょう》に追いこまれていた。敗戦が濃厚《のうこう》だ。

モットとフィンクも、おぞましい光景を食いいるように見つめている。ようやくモットが、おれの肩《かた》をたたいた。「ジャロンさま、敵《てき》はこっちへ向かっています。先に進みませんと」

炎《ほのお》に追われているかのように、坂道を一気にのぼりきり、カーシア軍のキャンプにたどりついた。そこでは、予想外の光景が待っていた。キャンプに残っていた者たちが、負傷兵を受けいれるために、テーブルやシーツやベッドを手早く整えている最中だったのだ。

すでに多数の負傷兵が運びこまれ、トビアスが手当てのために飛びまわっていた。医者をめざして勉強中だとトビアスからきいたときは、どこまで学んだのか知らなかったが、見ているかぎり、傷口《きずぐち》に包帯を巻いたり薬を塗《ぬ》ったりというレベルではなかった。止血し、傷口を縫《ぬ》い、複雑《ふくざつ》な手術《しゅじゅつ》までこなしているらしい。悲鳴がとびかう修羅場《しゅらば》で手際《てぎわ》よく全力で治療《ちりょう》にあたっていた。アマリンダ姫《ひめ》も助手としてつきそい、負傷兵のひとりひとりをけんめいになぐさめている。

少しのあいだ、ふたりを見つめた。トビアスと姫は、まさに一心同体。呼吸《こきゅう》をあわせて働いている。これ以上の組みあわせはない。

先にアマリンダ姫がおれたちに気づき、水の入った桶《おけ》をつかんでかけよってきた。ひしゃくをさしだし、おれが水を飲んでいるあいだ、キッペンジャーに切られた腕《うで》の傷の具合を診《み》てくれる。おれはモットとフィンクにひしゃくをまわし、アマリンダ姫とともにトビアスに近づいた。

トビアスはおれを見て目を見ひらいたが、落ちつきは失わず、目の前の負傷兵を指さしていった。「治療《ちりょう》法《ほう》は本で読んだだけなんですが、できるかぎりの手当てをしています」

「別の場所に移動《いどう》してくれ。戦線がこっちに向かってる。ここを離《はな》れるんだ」

「むりです！」トビアスは、自分とおれのあいだに横たわっている負傷兵《ふしょうへい》の傷口《きずぐち》を縫《ぬ》いながら、いった。「ぼくは戦えません。兵法も知りませんし、評議員《ひょうぎいん》としても役に立ちません。でも、負傷兵の手当てならできるんです」

アマリンダ姫《ひめ》がおれの腕《うで》に手をおく。「ジャロン、わたくしたちにやらせて」

トビアスと姫がここで救う命はすべて、カーシア国のかけがえのない宝物《たからもの》だ。それはわかっている。それでも、おれはなおもキャンプ全体に腕をふっていった。「あと数分で、ここも戦場となる。フィンクを連れて、いますぐ離《はな》れろ。でないと、アマリンダ姫が拉致《らち》される。姫が危険《きけん》なんだ」

トビアスは即座《そくざ》に縫合《ほうごう》を終えて器具をおくと、アマリンダ姫の手をとった。姫はいますぐ出発することをキャンプ全体につげ、負傷者を数台の馬車に分乗させるから手伝ってくれとさけんでいる。

そのあいだにモットはキャンプに残っていたわずかな兵士をかき集めた。自分用とおれ用に二頭の馬を見つけてくると、おれが乗るのに手を貸してから、自分も乗る。「わが王よ、ご命令を」

ふたりきりのとき、モットはおれを王とは呼《よ》ばない。おどろいたが、いまはあえてそう呼んだのだろう。ちらっとふりかえったら、フィンクはトビアスと姫を手伝っていた。三人ともすぐにここを離れることになる。おれたちにできるのは、敵《てき》の襲撃《しゅうげき》を少しでも遅《おく》らせることだけだ。

モットのほうをふりかえり、剣《けん》を引きぬいた。「行くぞ」

モットがにやりとして、剣を引きぬく。背後《はいご》にいる兵士たちも引きぬいた。おれたちは一丸となって馬を走らせ、戦場へと突撃《とつげき》した。

すぐに騎馬兵《きばへい》の一団《いちだん》とぶつかった。思っていたよりうちのキャンプに近くてぎょっとしたが、敵はさんざん戦ったあとで疲《つか》れている。こっちは闘志《とうし》まんまんだ。おれたちはこの一団をやすやすと打ち負かして、つき進んだ。

その先には騎馬兵がひとりしかいなかったが、そいつは大がらで、海賊《かいぞく》と同じくらい凶暴《きょうぼう》な顔をしていた。おれはまじえた剣のいきおいにおされて落馬し、自分の馬と敵の馬に踏《ふ》まれないよう、転がってよけた。凶暴な敵兵は先に進もうとしたが、おれがだれか悟《さと》って、もどってくる。そのときモットが、城門《じょうもん》をやぶる槌《つち》のように、猛《もう》スピードで敵に体当たりした。敵兵は落馬し、地面に激突《げきとつ》した。

馬上にもどり、感謝《かんしゃ》をこめてモットにすばやくうなずいた。次の瞬間《しゅんかん》、新たな軍団《ぐんだん》が襲《おそ》ってきた。先頭の数名は図体《ずうたい》も態度《たいど》もでかい。だが、激怒《げきど》したおれの戦闘能力《せんとうのうりょく》を明らかに見くびっていた。ここはおれの祖国《そこく》。祖先《そせん》が何代にもわたって守ってきた土地だ。この土地、この国は、最後の最後までぜったいにあきらめない。

「ジャロンさま、右！」

モットの声が飛んできた。本人は、馬上でこん棒《ぼう》を器用にふりまわす敵兵と戦っている。おれは右にいた馬上の男に突撃した。その男は背中《せなか》に矢筒《やづつ》を背負《せお》い、手綱《たづな》をにぎる手に弓も持ち、腰《こし》から恐《おそ》ろしげな斧《おの》をぶらさげている。

男は、向かってきたおれを見て矢に手をのばした。が、先におれが切りつけて深傷《ふかで》を負わせ、斧をぶらさげていたひもも切断《せつだん》した。さらに弓と矢をひったくり、矢をつがえて体をひねって、こん棒《ぼう》をふりまわす兵士に向けて射《い》る。矢は命中しそうになかったが、土壇場《どたんば》で敵兵《てきへい》の馬が左に動き、敵兵の腹《はら》に命中した。そいつは矢が刺《さ》さって前によろめいた瞬間《しゅんかん》、自分のこん棒に頭をぶんなぐられた。

次つぎとカーシア兵が参戦してくれたが、アベニア兵もなだれこんできた。人数は、アベニア兵のほうがはるかに多い。十五分くらいは時間をかせげそうだが、トビアスと姫《ひめ》が逃《に》げるには足りないだろう。この先の道は、馬車よりも乗馬向きだ。もしふたりが負傷者《ふしょうしゃ》たちにつきそって馬車に乗りこんだら、逃げ場を失ってしまう。とにかく一分一秒でも時間をかせぐしかない。

丘《おか》をつきすすんだ。少し先を行くモットが、向かってくる小人数の騎兵《きへい》たちを蹴《け》ちらしている。おれも戦いにくわわり、アベニア軍のキャンプで見かけた男と剣《けん》をまじえた。男はおれより剣の腕《うで》が上らしく、一対一の戦いならば勝てると信じきっている。それでもおれは高笑いし、ずいぶん情《なさ》けない戦いぶりだな、下痢《げり》でもしてるのかとなぶってやった。

「覇気《はき》をとりもどしたようだな」などとぬかすので、にやりとしてやったら、男はさらにいった。「おれが矢で射ったあの娘《むすめ》より、回復《かいふく》が早くてよかったな。あのときは、おまえを射るはずだったのに」

その瞬間、全身のあらゆる筋肉《きんにく》がこわばった。ときの流れが遅《おそ》くなった気がする。まるで人生のすべての時間が、この一瞬《いっしゅん》に凝縮《ぎょうしゅく》されたかのように――。おれは男に向けていきおいよく剣をくりだし、イモジェンが射られたのと同じ場所をずぶりと刺した。男はあっと口をあけたまま、いきおいよく走りだした馬にふりおとされた。

次の敵兵と戦っているあいだに、モットが別の集団《しゅうだん》につっこんでいくのが目の隅《すみ》にうつった。

モットは研鑽《けんさん》を積んだすぐれた剣士《けんし》だ。自信に満ちて剣をくりだしている。しかし、今回は重大なミスを犯《おか》してしまった。疲《つか》れのめだつカーシア兵たちのために、敵の集団の中へつっこんでいって、自分に注意をひきつけたのだ。だが人数が多すぎて、さすがにひとりではさばききれない。

おれはそばにいた敵兵をすばやく突《つ》いて落馬させ、モットを助けにかけつけた。いまのところモットの作戦は成功し、カーシア軍はアベニア軍をおしかえしていた。しかし、そう長くつづくとは思えない。

集団の中心へ飛びこもうとしたが、おれの乗っている馬はミスティックほど力がなく、敵の円陣《えんじん》を割《わ》って入れない。しかたなく剣をふりまわし、赤い線の入ったアベニアの羽織《はおり》にかたっぱしから切りつけて、強引につきすすんだ。

モットに近づいたそのとき、ひとりの男がモットをめがけて背後《はいご》から突進《とっしん》してきた。そいつがだれかは、すぐにわかった。海賊《かいぞく》の元へ出発した晩《ばん》、カーシアの国境《こっきょう》近くでニーラを助けたときにおれが刺《さ》した、ほおにぎざぎざの傷がある盗賊《とうぞく》。おれが盗賊団《だん》の元にもどってきたときには、たっぷり礼をさせてもらうなどとすごんでいたフェンドンだ。そのときは、もどる気はないといいかえしてやった。

もう二度と会うことはないと思っていたのに。

フェンドンは剣をかまえ、どけ、と周囲にさけんでいた。おれも剣をかまえて向かおうとしたが、もみあう兵士たちがじゃまで進めない。アベニア兵たちを切りつけながら、気をつけろとモットにさけぶのがやっとだ。モットがふりかえり、ようやくフェンドンに気づいた。が、剣《けん》をきちんとかまえるひまはなかった。フェンドンの剣がモットの脇《わき》に深くつき刺《さ》さる。傷口《きずぐち》から血がふきだし、モットは落馬した。

おれはかっとして、うるさいアベニア兵たちをふりきって、フェンドンへと近づいた。フェンドンがおれに気づき、斬《き》り合いにそなえて馬を下げる。だがおれが予想外のいきおいで突進《とっしん》したため、命の危険《きけん》を感じるひまはなかっただろう。

おれは渾身《こんしん》の力をこめて剣をつきだした。フェンドンは胸《むね》をつらぬかれ、即死《そくし》して落馬した。

馬から飛びおり、モットへとかけよった。胸がしめつけられでもしたように苦しい。モットはやっとのことで戦闘集団《せんとうしゅうだん》からはいだしていた。息が浅く、顔から生気がみるみる失われていく。死にかけているのだ。血まみれで、どこが傷口かわからない。本人は痛《いた》みで顔をしかめている。モットのシャツを細長く裂《さ》いて包帯がわりにし、傷口を見つけておさえた。しかし体を動かせる状態《じょうたい》ではないので、包帯を巻《ま》けない。

「おい、モット、戦いにうんざりしてたんだろ。さっさとやめればよかったのに」

モットの顔は汗《あせ》と涙《なみだ》でぐちゃぐちゃだった。「いえ、あなたさまが……決着をつけるとき……おそばに……いたかったので」

「ああ、そばにいてくれよ」目が涙でちくちくしてきたが、絶望《ぜつぼう》していると悟《さと》られたくない。「ぜったい助かるからな。いっしょに戦おう。ならんで戦うんだ」

モットはほほえんだ。「あなたさまは……ご自分で思っているほど……うそが上手では……ありませんな」

思わず拳《こぶし》をにぎりしめた。爪《つめ》が手のひらに食いこむ。「うそなんて、つき慣《な》れてないんだ。おい、死ぬな。生きろ！」

「ジャロンさま、幸せを見つけると……約束してください。苦しみに……屈《くっ》しては……なりません」

とうとう目から涙がこぼれた。「おれは、王になってすべてを失った。おまえまで失いたくない！」

モットがおれの腕《うで》をつかんだ。が、手に力が入らず、どんどん弱くなっていく。「昔からずっと……試練つづきだったでは……ありませんか。どんな試練にあおうとも……へこたれてはなりません。ここから……立ちあがるのです」

「あんたがいてくれなきゃ、むりだ！　そばにいてくれ！」

モットは無言でほほえみ、目をとじた。

おれは立ちあがり、カーシア兵を探《さが》して見まわした。「おい、だれか！　助けてくれ！」

34

反応《はんのう》はなかったが、必死にさけびつづけた。もう一度モットを運ぼうとし、なんとか少し引きずった。が、傷口《きずぐち》をひろげてしまう。ひとりではどうしようもない。

モットの脇《わき》に手を入れ、また引きずろうとしたとき、手にかかる重みがふっと軽くなった。モットの脚《あし》を持ちあげてくれた人物がだれか、最初はわからなかった。だがアベニア兵の兜《かぶと》の下から真っ赤な髪《かみ》がちらっと見えて、思いだした。猟師《りょうし》の罠《わな》に引っかかったところを助けてやった、アベニア兵のメイビスだ。

おたがい無言だった。いまのおれは、目の前で死にかけているモットと崩壊寸前《ほうかいすんぜん》のカーシア軍のことしか考えられない。こうなったのはアベニア軍のせいだし、メイビスは——自分から志願《しがん》したのかどうかは知らないが——あくまでもアベニア兵で、味方ではない。けれど、ふたりで必死にモットを馬まで運びながらちらっと見ると、メイビスはこわばった笑みをうかべた。目に思いやりがこもっている。やはり個人的《こじん》には、敵《てき》とみなせない。

ふたりがかりでモットをなんとか馬に乗せ、感謝《かんしゃ》の気持ちをこめてメイビスにすばやくうなずくと、おれも自分の馬に乗り、戦闘《せんとう》をよけてモットをカーシア軍のキャンプまで連れてもどった。おそらくトビアスはもういないだろうが、ほかの馬車が残っていれば、モットを乗せて追いかけられる。

ところがおどろいたことに、トビアスとアマリンダ姫《ひめ》が乗るはずの馬車はまだキャンプに残っていた。ふたりとも馬で遠くに逃《に》げのびたのだと思いたい。だがそうなると、モットは救ってもらえなくなる。

ファルスタン湖に水がもどったときのように、キャンプに両軍の兵士がどっとなだれこんできた。その戦闘をぎりぎりでさけながら、モットを無事に馬車まで運んだ。今度は二名のカーシア兵に手伝ってもらった。死人みたいに重いですね、などと片方《かたほう》の兵士がぬかすので、だまれとにらみつけてやった。モットはまだ生きている。こんな会話をきかせたくない。すでに手遅《ておく》れかもしれないが。

ひとりの兵士にモットのつきそいを命じ、手当てのできる人間を連れてくるから、それまでなんとしても生かしておけとつげた。もうひとりの兵士には、モットを乗せた馬車を走らせ、キャンプの外の広い原野をつっきり、森にかくれろと命令した。アベニア軍は、きっと森までは追いかけてこない。すでに暗くなりつつある。たぶん態勢《たいせい》を立てなおそうとするだろう。

馬車が無事に離《はな》れるのを見とどけると、戦いの場にもどり、アベニア軍のすさまじい破壊力《はかいりょく》をいやというほど見せつけられた。生き残ったカーシア兵ひとりにつき、アベニア兵が十人はいる。苦痛《くつう》の悲鳴と怒《いか》りのさけびがあたりに響《ひび》く。見わたすかぎり、あるのは死と苦しみのみ。おれにはどうしようもない。戦争など望んでいなかったのに、結局戦争に巻《ま》きこまれ、想像《そうぞう》をこえる惨状《さんじょう》に直面している。カーシア国の自由はここまでして守る価値《かち》があるのか。自分にそう問いかけずにはいられない。

ひとりの副官がおれを見つけ、たったいま、北方の戦いから数名の兵士が逃げてきたと報告《ほうこく》した。

「逃《に》げてきた？　どういう意味だ？」

とたずねると、副官は目を泳がせた。仲間を捨《す》ててきたということか？　だとしたら処罰《しょばつ》は重い。いまは、罰する気力もないが。しかし副官がつげたのは、もっと悪い知らせだった。

「陛下《へいか》、北方の戦いは失敗に終わりました。わずかに生き残った数名が逃げてきたのです」

おれは、勇気をふりしぼってたずねた。「ローデンは？」

「捕虜《ほりょ》となりました。陛下、ご命令とあらばまだ戦いますが、戦況《せんきょう》は思わしくありません」

いったん視線《しせん》を足元に落とし、足で地面をこすって考えてから、副官に視線をもどした。「キャンプの外の森に退却《たいきゃく》するよう、全軍に命じてくれ。念のため、森のできるだけ奥《おく》にかくれてくれ」

副官は頭をさげた。「承知《しょうち》しました、陛下」

副官が退却準備《じゅんび》にとりかかる。おれは、ひきつづき、トビアスとアマリンダ姫《ひめ》を探《さが》した。

そのとき、ふたりの居場所《いばしょ》に気づき、おれはぎょっとした。ふたりとも、キャンプの端《はし》に積まれた薪《まき》の山の裏《うら》だ。姿《すがた》は見えないが、薪の前でフィンクが重い剣《けん》を両手でかかえて立っている。トビアスと姫を守ろうとしているのだ。

馬の腹《はら》を蹴《け》ってそっちへ向かおうとした。数名のアベニア兵が追ってきて、凶暴《きょうぼう》な野犬のように群《むら》がったが、相手にしているひまはない。容赦《ようしゃ》なく、すみやかに始末した。

そのとき、薪の山のそばにいたアベニアの騎馬兵《きばへい》がフィンクに気づいた。フィンクが恐怖《きょうふ》のさけびをあげる。ききつけたトビアスが薪の裏から飛びだし、剣をもぎとってフィンクを脇《わき》にどけた。

トビアスは騎馬兵に向かってがむしゃらに剣をふりまわしたが、なんなく地面につきたおされた。アベニア兵は、つづいてあらわれたアマリンダ姫に目をとめ、逃げだした姫を馬で追おうとした。だがフィンクが剣をひろって姫と馬のあいだに立ち、剣をつきだした。背《せ》が低いせいで、切っ先がするどい角度で飛びだし、アベニア兵の鎧《よろい》の膝《ひざ》下の隙間《すきま》につき刺《さ》さる。騎馬兵はフィンクに負けないくらい大きな悲鳴をあげ、傷口《きずぐち》から血をふきだしながら、つんのめって落馬した。

近づくおれを見て、フィンクがいった。「やった！　おれ、やりましたよ！」

「ああ、騎士《きし》らしかったぞ」そして、近づいてきたトビアスとアマリンダ姫にいった。「まだ出ていなかったのか」

「出ようとしたんですが、敵《てき》が来るのが早すぎて」と、トビアス。

馬をおり、おれの馬の手綱《たづな》と落馬したアベニア兵の馬の手綱をトビアスにわたした。「キャンプの外の森にかくれろ。全軍そこに退却する」

「でも、負傷者《ふしょうしゃ》の馬車をもっと先に行かせています」

「この先にはなにもないんだぞ！　まわりを見ろ！」声をおさえてつづけた。「これから森に負傷者が集まってくる。モットも負傷してるんだ」

トビアスには、その一言でじゅうぶんだった。トビアスと姫はそれぞれ馬に乗り、フィンクが先頭に立って走りだした。トビアスと姫《ひめ》が、フィンクを森へとせきたてる。

戦場と化したキャンプに、もうカーシア兵はほとんどいない。残って戦いたいが、戦ってもどうせ死ぬだけだ。

おれはぜったい逃《に》げない。

警護隊《けいごたい》の前の総《そう》隊長だったグレガーには、そう宣言《せんげん》した。なのにいまは全軍を撤退《てったい》させただけでなく、おれ自身も撤退をよぎなくされている。

カーシア軍のキャンプは、アベニア軍に乗っとられた。カーシア兵の死者や負傷者《ふしょうしゃ》が、そこらじゅうにたおれている。もし活路を見いだせなければ、おれもカーシア兵も明日までの命だ。

おれは後ろをふりかえることなく、森へ逃げこんだ。

35

ファルスタン湖に駐留《ちゅうりゅう》していた千名のカーシア兵のうち、森にたどりついたのは二百名にも満たなかった。おれたちは、月明かりがほとんどささない生《お》いしげった森の奥《おく》へと逃げこんだ。すでに火がたいてあって、疲《つか》れきって希望を失い、意気消沈《いきしょうちん》したカーシア兵たちが暖《だん》をとっていた。トビアスとアマリンダ姫は軽《けい》傷者《しょうしゃ》の手当てをしているが、重傷者《じゅうしょうしゃ》たちはまだ馬車の中にいる。助けようがないのだ。

そのひとり、モットは生と死の境《さかい》をさまよっていた。おれは強い無力感にさいなまれつつ、モットのいる馬車のそばに立っていた。すでにトビアスが刺《さ》し傷の手当てを終えていたが、モットはあいかわらず息苦しそうだ。意識《いしき》がもうろうとしている。

「どうすれば助かるんだ?」おれはトビアスに静かにたずねた。

トビアスは肩《かた》をすくめた。「包帯も、薬も、器具も、すべてキャンプにおいてきました。痛《いた》み止めになるアラバクを見つけたんで、いちおう痛みはおさえられますが、救うことはできません……ここでは」

息を引きとるまでは、ぜったいにあきらめない。おれとなら悪魔《あくま》のねぐらへでもいっしょに行くと、モットは何度もいってくれた。戦争になってからは、暗黒の運命をともに歩んでくれた。そのモットが、いま、生死を分ける闇《やみ》をただよっている。このおれが、生者の世界へ連れもどさなければ。そのために大きな犠牲《ぎせい》をはらうことになるとしても。

おれに残された選択肢《せんたくし》を考えながら、くちびるをかんだ。正直にいうと、とるべき道はたったひとつ。悲惨《ひさん》な道しかない。その選択肢のことは、ずっと頭の片隅《かたすみ》にあった。まるで最初から、この事態《じたい》はさけられないとわかっていたかのように。いったん腹《はら》を決めると、ばらばらだったほかの選択肢が、複雑《ふくざつ》なパズルのように、頭の中できれいにはまっていく。

おれはトビアスにつげた。「包帯や薬や器具があれば、モットを助けられるのか？」

「ええ、おおぜい助けられますよ。でも……」トビアスが疑《うたが》うように目を細める。「待ってください、ジャロンさま。いったいなにを考えて――」

「モットが死んでしまう」おれは小声でいった。「すでにイモジェンを失って、こわれかけた身だ。どうせ勝ち目はない。これ以上、死者を出したくない」

「あなたさまの命はどうなるんです？　キャンプはアベニア兵だらけなんですよ。こっそり忍《しの》びこむなんて、むりです！」

「わかってるさ」おれはつぶやいた。「忍びこむのはむりだ。でも、包帯や薬や器具を手に入れてみせる」

トビアスがなおも話しかけてきたが、おれは無視《むし》して、大またに立ちさった。お説教はごめんだ。

数分後、隅で馬に鞍《くら》を乗せていたら、アマリンダ姫《ひめ》に見つかった。拳《こぶし》をにぎり、肩《かた》を怒《いか》らしている。おれに腹を立てているときのイモジェンにそっくりだ。アマリンダ姫が口をひらいた。「ジャロン、行き先はわかってるわよ。お願いだから、やめて！　あなたはこの国の王なのよ！」

いいあらそうつもりはない。なにがあろうと、おれの決意は変わらない。「きみを寄《よ》こしておれをとめようとするなんて、トビアスも必死だな」

「おれも頼《たの》まれました」と、姫の背後《はいご》からフィンクがあらわれた。「お願いです、行かないでください」

フィンクのことは見なかった。見られない。鞍を見つめて、いった。「フィンク、こうするしかないんだ……まだ、おまえにはわからないかもしれないが」

「すごく、よーく、わかってます。殺されちゃいます！」

森の内にとどまっていたほうが、ましな運命をたどれるというのか？　あえてだれもいわないが、このままでは明日も戦いがくりかえされ、今日以上の悲劇《ひげき》が待っている。いくら必死に戦っても、どれだけ賢《かしこ》い案を立てても、明日の夕暮《ゆうぐ》れまでに死者の数はふくれあがるだろう。おれもそのひとりとなる。

「イモジェンなら、なんていうかしら？」アマリンダ姫がいった。「もしイモジェンがカーシア国の王としてここに残ってくれといったら、あなた、こんなにどうどうと死にに行く？」

おれは、姫に向かって静かに答えた。「王になる気などなかったって最初からいっているのに。なぜ、みんな、わかってくれないんだ？　こうなることは、ずっとわかっていたんだ」鞍のほうへ向きなおり、ひもをしばった。「でも、いいんだ。イモジェンがおれにしてくれたことの意味が、いまはわかる。おれも同じことを、カーシア国のためにしなければならないんだ」

「イモジェンなら――」

「腹《はら》を立てるだろうな」鞍《くら》のひもを離《はな》し、アマリンダ姫《ひめ》の手をとった。「だからといって、おれがまちがってるわけじゃない。できるかぎりのことはするし、万事休《ばんじ》すというわけじゃない。まあ、うまくいきそうにはないが、万が一のことが起きても、どうか悲しまないでほしい」姫は目をそらした。おれがこの戦争を終わらせるつもりなのは、わかってほしい。どっちみち、すぐに安らかになれるだろう。ずっと待ちのぞんでいた、安らかな気持ちに。「あの世でイモジェンに会える。おれの家族もいるし、モットにも会えるよ……もし薬が間にあわなければ」

フィンクがひきつった顔でいった。「お、おれは……どうなるんですか？　家族と呼《よ》べる人は、あなたしかいないのに……」その声にはっとした。すでに一度、おれが死んだときかされて、つらい思いをしたのだ。また同じ目にあわせるなんて。身を切られるようにつらい。

アマリンダ姫の手を離し、木に立てかけておいた剣《けん》をとった。フィンクに両手をさしだすようにいい、その剣をわたす。

「これを頼《たの》む。おまえはカーシア国の騎士《きし》だろ？　今日からこれはおまえの物だ」

「あなたがおもどりになるまで、おあずかりします」フィンクは、剣を脇《わき》におろしていった。「お願いですから、もどってきてください。おれ、もう……ひとりぼっちはいやです」

「努力はするよ。たとえもどらなくても、アマリンダ姫とトビアスがずっとそばにいてくれるだろ」

「トビアスは説教魔《ま》なんです」フィンクはきつく目をとじ、首をふった。「それに……おれには、あなたが必要なんです」

「カーシアの全国民が、あなたを必要としているわ」アマリンダ姫もつけくわえる。

「ならば、カーシアの民《たみ》を救うために、やるべきことをやらせてくれ」馬の支度《したく》を終えて乗ろうとしたら、姫がおれの腕《うで》に手をおいてささやいた。

「あなたのご家族は、いまのあなたを誇《ほこ》りに思うはずよ。りっぱな国王となったあなたを、見せてあげたかったわ」

「結局、見ずに終わったけどね」父上と母上と兄上の顔を心に思いうかべながら、ため息をついた。「このあとどうなろうと、父上の期待にそえなかったとはいわれたくない。民には、全力をつくしたとつたえてくれ」

「それくらい、みんなちゃんとわかっているわ。ジャロン、お願い、もどってきて」

「もし死んじゃったら、あの世に入らせるなって、聖人《せいじん》たちにいいますからね」と、フィンクがいらついた口調でいう。絶壁《ぜっぺき》で動けなくなったフィンクにかけたのと同じ言葉で、切りかえされてしまった。

そこで、おれをあの世に入らせたほうがおまえのためだぞといってやった――いずれあの世で、おれ以外にだれがおまえの世話をするんだよ？　にやりとしながらいったのだが、フィンクは反抗《はんこう》するときのおれのように、あごをつきだしただけだった。

アマリンダ姫のほおにキスして、馬に乗ると、ふりかえって声をかけた。「もしトビアスがカーシア国の王になったら、おれの剣《けん》にさわらせないでくれ。うっかり、だれかを傷《きず》つけかねないからな」

ふりかえることなく馬を走らせ、森の端《はし》で一度だけとまった。わずか数時間前まではカーシア軍のものだったキャンプが、いまはアベニア軍の色に染《そ》められていた。かがり火のはぜる音がして、シチューの香《かお》りがただよい、活気に満ちている。見張《みは》りの兵士たちの影《かげ》が火の前を何度も行き来し、今夜の警備《けいび》について全員に指示《しじ》する声がした。

明かりの灯《とも》った、かつてのおれたちのキャンプ。たぶんバーゲン王はあそこにいる。それとコナーも。

さっきの姫《ひめ》の問いかけが、頭の中に響《ひび》いた――イモジェンなら、なんていうかしら？　激怒《げきど》するのはまちがいない。そのときは、きみがおれにしたことと同じじゃないかといえばいい。他人のために自分を犠牲《ぎせい》にするのは究極の愛だ。

モットがおれにわからせたかったのはこの究極の愛だったのだと、いまはわかる。あらゆる感情《かんじょう》の中で、愛情《あいじょう》ほど強いものはない。そのモットも、もしおれがこれからやろうとしていることを知ったら、悪魔《あくま》や死神《しにがみ》をふりきり、ベッドからここまで、はってでもとめにくるだろう。

モットのことを思いだし、時間がないことを痛感《つうかん》して馬を走らせた。しかしバーゲン王の部下たちから受けたむごい仕打ちの記憶《きおく》は、いまにも口があきそうな傷のように生々しい。きっと今回は、さらにむごい目にあう。手がはげしくふるえ、手綱《たづな》をにぎっているのもむずかしい。あまりのふがいなさに毒づき、これしかないのだと自分にいいきかせた。だが、そうとわかっていても、馬を走らせるには気力が必要だった。

まだ距離《きょり》があるのに、見張り番がおれに気づき、数十名のアベニア兵が飛びだしてきた。まっさきにおれをつかまえたのは、捕虜《ほりょ》だったとき、とくに意地が悪かったテロウィックだった。おれは武器《ぶき》など持っていなかったし、到着《とうちゃく》する前にそういったのに、火薬を大量に持ってきたかのように囲まれた。到着したキッペンジャー司令官に馬から強引に引きずりおろされたあげく、部下たちに念入りに身体検査《けんさ》をされる。そのあとキッペンジャーに乱暴《らんぼう》に引っぱって立たせられ、なにをしにきたと詰問《きつもん》された。

「バーゲン王に会わせてくれ。大いびきをかいていても、あんたの呼《よ》び声がきこえるのならば、だが」

「バーゲン王とコナー卿《きょう》はここにはいない。戦場はここだけじゃない」

「でも、重要なのはここだけだろ」おれは、キッペンジャーの目を見つめた。おれと同じくらい疲《つか》れていて、戦いにうんざりしているようだ。「おたがい、今日はおおぜいの部下を亡《な》くした。おれの大切な友も危《あぶ》ないんだ。あんたの助けがなかったら死んでしまう」

キッペンジャーは腕《うで》を組んだが、意外にも見下したような態度《たいど》ではなかった。「なぜ、おまえを助けなきゃならないんだ？」

「あんたの得にもなるからだ。バーゲン王に気に入られたかったら、おれの条件《じょうけん》をのんでくれ。そうしたら、バーゲン王がいちばんほしがっているものをやる」

「それはなんだ？」

おれは、あきれて天をあおいだ。「おれだろ」決まってるだろうに。

「この期《ご》におよんで条件《じょうけん》だと？　すでに捕虜《ほりょ》になってるくせに」

「いまなら、おとなしく捕虜になってやる。だが力ずくで連行することになったら、バーゲン王の元へ生きてたどりつくのは、あんたかおれか、どちらかだけだ。それでいいのか？　おれの条件は単純《たんじゅん》だぞ」

キッペンジャーは我慢《がまん》の限界《げんかい》にたっしていた。「なんだ、いってみろ」

「戦争を終わらせ、兵士を連れてここを出ること。それと、森にいるカーシア軍に、このキャンプにあるすべての医療品《いりょうひん》を即座《そくざ》に運ぶこと」

「ほう。で、見返りにおまえは王の元へ行くというわけか？」

おれはその晩《ばん》初めて、ほっと力を抜《ぬ》いて呼吸《こきゅう》した。「いや、もっといいものだ。カーシア国をやるよ」

36

キッペンジャー司令官はおれがなにかたくらんでいるんじゃないかと疑《うたが》いつつ、あっさりとおれの条件をのみ、今日の戦いで汚《よご》れた革鎧《かわよろい》を脱げと命令した。アベニアの色がついていないもので、代わりに羽織《はお》るものがあるのならという条件で、おれは同意した。キッペンジャーは医療品を森へ運べと号令をかけ、さらにおれを連行し、すぐにキャンプを出ると宣言《せんげん》した。

「おまえをつかまえたあとのことは、バーゲン王から具体的に指示《しじ》されている」

「つかまえたんじゃない。おれが投降《とうこう》したんだ。だから、おれにガチョウのローストを食わせろという指示なら別だが、そうでないなら、あんたがしたがう義務《ぎむ》はない」

「おまえを処刑《しょけい》のために連れてこいという指示だ」キッペンジャーは一息入れて、つけくわえた。「ファーゼンウッド屋敷《やしき》に連れてこい、と」

おれは、母上が墓《はか》の中でひるみそうな悪態《あくたい》をつぶやいた。「ことわる。おれはドリリエドで王座《おうざ》についたんだ。ドリリエドで戦争を終わらせるべきだ」

後ずさりしたが、すぐ後ろにいたテロウィックがおれをはばんで、いった。「コナー卿《きょう》は、おまえがいやがるだろうといってたぜ。なぜだ?」無視《むし》しようとしたが、背中《せなか》をたたかれた。「ここに、ファーゼンウッド屋敷《やしき》でつけられた傷《きず》があるんだろ？　家族が全員殺されたって知ったのも、あの屋敷でなんだろ？　屋敷で仲良くなった女中はどうなった？　さぞ、かわいかったんだろうよ」

口をひき結び、一度でいいからなぐりつけたらどうなるかと本気で考えた。だが、おれにもテロウィックにも幸いなことにキッペンジャー司令官が割《わ》ってはいり、おれに向かっていった。「ファーゼンウッド屋敷に向かう。自業自得《じごう》だぞ。アベニアの盗賊《とうぞく》に伝言をたくしただろうが。ドリリエドにいる司令官あてのものだったが、盗賊はおまえを裏切《うらぎ》って、バーゲン王に直接《ちょくせつ》持ちこんだんだ」

やはり――。だが、よけいなことはいわないでおいた。「もっと気前よく払《はら》ってやればよかった」

「その点は心配ない。バーゲン王がたっぷりはずんだ。伝言の中で、手のあいている兵士は全員ドリリエドに移動《いどう》するように命令したよな。ドリリエドの戦いにアベニア軍はあえて参戦せず、メンデンワル軍に任《まか》せたのは、なぜだと思う？　ドリリエドにカーシア兵が集まっているとわかっていたからだ。財宝《ざいほう》をファーゼンウッド屋敷に移《うつ》せとも命令したよな。つまり城《しろ》におれたちをおびきよせても、かんじんの戦利品の財宝はすべてファーゼンウッド屋敷というわけだ」

「あの伝言はうそだ」おれはわざと不安そうに声をふるわせた。「アベニアの盗賊がおれの城にとどけてくれると、本気で考えていたと思うか？　ドリリエドのカーシア兵は少人数で弱いし、ファーゼンウッド屋敷に財宝はない」

キッペンジャーは笑いとばした。「あの伝言は、ちゃんとおまえの城にとどいたぞ。バーゲン王は自分にとどいたおまえの伝言を、寛大《かんだい》にもカーシア国の評議員《ひょうぎいん》たちにわざわざとどけてやったんだ。命令が本気であろうとなかろうと、カーシア兵はしたがっているぞ。伝言どおりカーシア兵はドリエドに集まり、財宝はファーゼンウッド屋敷に移《うつ》されたことは、コナー卿《きょう》が確認《かくにん》している。策《さく》におぼれたな」

「そんなのは、いまに始まったことじゃない」

「おまえはなかなか頭が切れるし、おれが知っているたいていのやつより勇気がある。だが、しょせんガキだ。おれたちと戦っても勝ち目はない」

反論《はんろん》はあえてこらえたが、むずむずする。そこで自分の果たすべき役割《やくわり》だけに集中し、キッペンジャーを見あげて、にらみつけた。「投降の条件を追加する。この戦争は、おれの城で終わらせろ」

「すでにだいぶ譲歩《じょうほ》しただろうが！」キッペンジャーの声が、ふいにやわらいだ。「ジャロンよ、自暴自棄《じぼうじき》になるな。良い知らせもある。バーゲン王は、おまえを傷つけるなと命令している……いまはまだ、だがな。処刑《しょけい》の場におおぜい立ちあわせるつもりで、その前におまえを傷つけたくないのだ。おまえを大義《たいぎ》に殉《じゅん》ずる英雄《えいゆう》に祭りあげたくないとのお考えだ」

暴力《ぼうりょく》をふるわれないとわかって、正直ほっとした。行き着く先が処刑場でなければ、もっとよかったのだが。それでもキッペンジャーには、今晩《こんばん》ベッドを用意してくれたら逃《に》げずに朝までそこにいると約束した。キッペンジャーは了解《りょうかい》してくれたが、足首に足かせをはめ、テントの中に見張《みは》りをおくといって、ゆずらなかった。信用されていない証拠《しょうこ》だが、まあ、信用できる捕虜《ほりょ》じゃないからしかたない。ベッドをあたえられ、すぐに眠《ねむ》りに落ちた。

翌朝《よくあさ》、アベニア軍はもう一日、このキャンプで休息するといわれた。おかげでおれの処刑《しょけい》も一日のびるので、反対しなかった。アベニア軍の赤と黒の羽織《はおり》をさしだされ、これしかないといわれたので、ぼろぼろで変なにおいがすると文句《もんく》をいったら、おまえだってそうだろうがとテロウィックにいいかえされた。たぶんそうなのだろう。なおもこばんだら、おれに強引に着せるために人を呼《よ》んだので、はげしく抵抗《ていこう》するのはやめた。あとで体力が必要なので、力をたくわえておくほうが得策《とくさく》だと思ったのだ。

厳重《げんじゅう》な監視《かんし》つきで何度かトイレに行ったのをのぞけば、鎖《くさり》につながれたままベッドですごした。文句はいわなかった。いちおうベッドだし、おれに危害《きがい》をくわえるなとキッペンジャーがきびしく命じていたからだ。それをいいことに、おれはアベニア兵をどうどうと侮辱《ぶじょく》してやった。すねを思いきり蹴《け》られたのが、一番ひどい仕返しだった。その兵士は、たまたまぶつかっただけだと主張《しゅちょう》した。おれはキッペンジャーの母親を侮辱する言葉を吐《は》いたあとだったので、さすがにこいつのことをキッペンジャーにつげ口するのはやめておいた。それ以外では、出された少しの食事を残さずに食べ、できるかぎり眠った。眠ってさえいれば、モットやフィンクや森に残った兵士たちの心配をしないですむ。

翌朝、アベニア兵たちはキャンプから撤退《てったい》し、整然と行進した。ほぼ全員が馬に乗っている。そういえば負傷兵《ふしょうへい》がひとりも見当たらないが、どうなったのだろう？　出発前、火のそばから料理のにおいがし、最下級の兵士にまで食事が行きわたっているのがわかった。だがおれはなにも食べさせてもらえず、手錠《てじょう》をはめられ、テロウィックの馬に鎖でつながれた。大多数の兵士は馬で出発するのに、おれには歩けというのだ。ついていけなくなったら、引きずられるにちがいない。

「テロウィックの馬についていくのはむりだ」おれは抗議《こうぎ》した。「くさくて、たえられない」

「馬のにおいに差はない」とキッペンジャーがいったが、おれはテロウィックを見ていった。

「くさいのは馬じゃない」

キッペンジャーは軽く笑っただけで、大またで立ちさった。テロウィックは、とがった岩がごろごろしている場所をわざと選んで通ってやると小声で毒づいた。たぶん本気だろうが、おれの抗議も本気だ。

途中《とちゅう》で何度か、行き先はまだファーゼンウッド屋敷《やしき》のままかとたずねたが、兵士たちはこれみよがしに冷笑しただけだった。隊列は北東へ、ファーゼンウッド屋敷へと着実に進んでいる。バーゲン王とコナーは先に到着《とうちゃく》し、戦争の次の局面をどうするか、策《さく》を練っているのだろう。すでに使者がつかわされたので、おれが降伏《こうふく》しに行くことはすぐにつたわる。コナーは自分の屋敷でおれが敗北をみとめる瞬間《しゅんかん》を想像《そうぞう》し、うっとりしているにちがいない。性格《せいかく》がゆがんでいるあの男は、こういう復讐《ふくしゅう》にたまらない魅力《みりょく》をおぼえるのだ。

歩きはじめてすぐに、右脚《みぎあし》がつらくなった。ギプスをはずしたとき、城《しろ》の医者からしっかりリハビリしろと強くいわれたのにさぼっていた。さらに絶壁《ぜっぺき》から落ちて、痛《いた》めたばかりだ。だが痛みはあるが、歩くことで筋肉《きんにく》をきたえられればありがたい。筋力《きんりょく》が足りなくて壁《かべ》から落ちるのは、もうたくさんだ。

えんえんと数キロ歩かされ、そろそろ飽《あ》きてきたとき、木が一本たおれ、小石がちらばっている場所にさしかかった。さりげなく石をいくつかひろっておき、背後《はいご》のふたりの兵士がおしゃべりに夢中《むちゅう》になるのを待って、石のひとつをテロウィックの後頭部へと投げたところ、みごとに命中した。

テロウィックが馬をとめてふりかえったが、おれはあらぬ方向をながめていた。目があったので、なに食わぬ顔で肩《かた》をすくめ、背後にいる男のほうへ首をかたむけ、罪《つみ》をなすりつけた。

テロウィックはおれをにらむと前を向き、また前進した。おれは数分待ってから、また石を投げ、命中させた。だが今度はテロウィックも予想していて、馬から飛びおりると、おれをつきたおし、ムチをふりあげた。

「やめろ！」おれは、テロウィックをどなりつけた。「やめないと、この戦争におれが勝ったあと、十倍にして返すぞ。キッペンジャーを呼《よ》べ。早く！」

テロウィックはおれの背後にいる兵士たちをひとにらみすると、憤然《ふんぜん》として立ちさり、数分後にキッペンジャー司令官を連れてもどってきた。キッペンジャーはとちゅうで隊列をとめられたのが不満らしく、つきたおされたまま地面にすわっていたおれに無愛想に命令した。

「おい、立て！　夕方までに到着《とうちゃく》しなければならないんだ」

「どうせ着いたら殺されるんだ。急ぐ気はないね」

「この場で殺すぞ」

「ああ、頼《たの》むよ。そうしたら、ほくそえみながら死ねる」

「なんだと？」

「おれを生きたまま連行できなかったら、あんた、どんな目にあうかな？　あんたたちがおれをなぐる以上に、はげしくなぐられるだろうね」

「噂《うわさ》以上のひねくれ者だな。いいから、ほら、立て」

「なんなら、なぐって気絶《きぜつ》させてもいいよ。処刑場《しょけいじょう》まで引きずっていってもいい。一歩たりとも歩かないぞ。馬をくれ」

「ばかな。捕虜《ほりょ》のくせに」

「おれは国王だ。国王にふさわしい待遇《たいぐう》をしろ。さあ、馬を」

キッペンジャーはくちびるをなめると、テロウィックのほうを向いた。「おまえの馬を貸《か》せ。こいつを馬に乗せて、おれの馬とロープでつなぐんだ」

テロウィックの目が怒《いか》りでけわしくなる。だが上官の命令だし、キッペンジャーはすでに歩きだしていたので、どうしようもない。おれを乱暴《らんぼう》に立たせ、放りなげるようにして馬に乗せた。

テロウィックは頭に血がのぼり、馬の鞍《くら》から袋《ふくろ》をはずすのを忘《わす》れていたので、すぐに利用させてもらった。袋の中には水を入れた容器《ようき》が一本と、干《ほ》し肉とパンとリンゴがいくつか入っていた。リンゴをひとつ食べおえて、わざと肩越《ご》しに芯《しん》を投げ捨《す》てた。テロウィックの頭に当たれば万々歳《ばんばんざい》だ。

馬を休ませる以外はほとんど休憩《きゅうけい》をとらなかったのに、ファーゼンウッド屋敷《やしき》の明かりが遠くに見えたときには、すでに暗くなっていた。近づいたところ、屋敷の正面に作りかけの絞首台《こうしゅだい》があった。首をしめる輪《わ》縄《なわ》が二本ぶらさげてある。ひとつはおれ用だが、もうひとつはだれのものだろう。

敷地《しきち》の端《はし》にカーシア国の荷馬車が数台とめられ、厳重《げんじゅう》に警護《けいご》されていた。荷馬車には布《ぬの》がかかっていて、その隅《すみ》がはずれて風にはためき、月明かりに金がうかびあがる。キッペンジャー司令官の言葉どおり、カーシア国の財宝《ざいほう》はここに到着《とうちゃく》していた。

キッペンジャーはみずから、おれの手錠《てじょう》の具合を確認《かくにん》した。手首が腫《は》れているのを見れば、たしかめるまでもないだろうに。キッペンジャーが満足して、おれを馬からおろすように命令し、そのあいだにおれの到着をだれかが知らせに行った。

屋敷《やしき》の外見は、おどろくほど、最後に見たときとほとんど変わらない。まさに昔のままだ——絞首台《こうしゅだい》と、財宝のつまった荷馬車をのぞけば。

ようやく屋敷の中に通された。そういえば、初めてここに来たときも捕《と》らわれの身だった。あのときは鎖《くさり》につながれていなかったし、もっとていねいに迎《むか》えられたが、やはり自由はなかった。ここでバーゲン王と対面すると思うとぞっとする。バーゲン王は勝ちほこり、書類に署名《しょめい》するおれを愚弄《ぐろう》するだろう。その書類があれば、カーシアの民《たみ》の命を守り、国に平和をもたらすことができるのだ——最大の犠牲《ぎせい》とひきかえに。明日の処刑《しょけい》の段取《だんど》りも、おれにこまかく語ってきかせるだろう。それだけでも耐《た》えがたいのに、コナーまでここにいるとは。

コナーは評議員《ひょうぎいん》になった瞬間《しゅんかん》から王の権力《けんりょく》をねらい、おれの家族を殺害したうえ、おれを殺しそこねたことを悔《く》やんでいた。しかもいまは、カーシア国をアベニア国という名のハゲタカの餌食《えじき》にしようとしている。自分が王冠《おうかん》をかぶり、王室の仲間入りを果たしたふりをするためだけに。

コナーの事務室《じむしつ》に連れていかれた。いや、いまはバーゲン王の事務室か。以前の大きな机《つくえ》はなく、書物も飾《かざ》り物もない。この数カ月で、価値《かち》のありそうな物はすべてなくなっていた。

飾り気のない木の椅子《いす》から、バーゲン王が立ちあがった。この椅子が仮《かり》の王座《おうざ》らしい。コナーは腕《うで》を組み、かつての派手《はで》な服装《ふくそう》で、バーゲン王の背後《はいご》に立っていた。監禁《かんきん》中にだいぶ老《ふ》けたが、いまは髪《かみ》を洗《あら》ってきれいになでつけていた。くさった魂《たましい》をかろうじてつくろっていて、それなりに威厳《いげん》がある。

そくざにバーゲン王が口をひらいた。「ジャロンよ、投降《とうこう》したそうだな。なぜだ？」

「カーシア兵のために医療品《いりょうひん》が必要だったもので」

「降伏《こうふく》するのか？」

おれは口を引きむすんだ。「まあ、そうともいえますね」

「ならば、ひざまずけ」

こうなるのはわかっていたが、筋肉《きんにく》が本能《ほんのう》的に逆《さか》らった。他国の王にはひざまずけない性格《せいかく》なのだ。

背後にいたキッペンジャーが腹《はら》を立て、おれの右脚《みぎあし》のひざの裏《うら》を蹴《け》った。おれは右脚の力がぬけて、床《ゆか》にくずれた。立ちあがろうとしたが、キッペンジャーにふくらはぎを踏《ふ》みつけられて、阻止《そし》された。

「よかろう。降伏の条件《じょうけん》をいう。わしが両国の皇帝《こうてい》となり、カーシア国はアベニア国の属国《ぞっこく》となる。カーシア国の産物の半分はわしに上納《じょうのう》すること。カーシア国はわが命令、わが法律《ほうりつ》にしたがうが、国民はベビン・コナー国王の指揮《しき》のもと、これまでのしきたりを守ってかまわない」

「となると、矛盾《むじゅん》が生じますね」と、おれは小声でいった。「カーシア国には奴隷《どれい》というしきたりがないんですよ。とくに、野蛮《やばん》な国に仕えるしきたりは。あんたのそばにいるあやつり人形は年末までに引きずりおろされ、カーシア国はアベニア国に反乱《はんらん》を起こし、ふたたび自由を手に入れますよ」

「まあ、その動きはあるだろうが、おまえが生きて見ることはない。降伏《こうふく》の最後の条件《じょうけん》は、おまえが絞首台《こうしゅだい》へと行くことだ」

「ここでの処刑《しょけい》はだめです」と、おれは首をふった。「仮《かり》にもおれは国王ですよ。処刑するなら、首都ドリリエドのおれの城《しろ》でやるべきです」

「おまえがここでの処刑をいやがっていることは、キッペンジャーからきいておる。だがすでに絞首台を作らせているし、どうせドリリエドには罠《わな》をしかけておるのだろうが」

「あんたをねらってどうこうしようって気はないですよ。ただ、コナーが王になって城に住むのを見たいだけです。コナーが到着《とうちゃく》したとたん、カーシア兵たちがコナーになにをするか、ぜひ見とどけたいですね」

「カーシア兵にはすでにおまえが降伏したことをつたえ、処刑を見物させるために、丸腰《まるごし》でここへ来いと招集《しょうしゅう》してある」と、コナー。「ハーロウ卿《きょう》をはじめ評議員《ひょうぎいん》たちにも、処刑に立ちあうよう、特別に命令した。おまえは絞首台から彼《かれ》らに、わたしへの忠誠《ちゅうせい》を誓《ちか》わせるのだ。忠誠を誓わなければ、連中もおまえとともに墓場《はかば》行きだ」

おれは目をとじて想像《そうぞう》した。もしおれが絞首台からコナーへの忠誠を誓えといったら、ハーロウはどう反《はん》応《のう》するだろう？　ぜったい誓わないから、きっといっしょに処刑される。

「こうしているあいだにも、降伏文書を作成しておる」と、バーゲン王がいった。「夜明けとともに署名《しょめい》し、さっさと死ね」

「じゃあ、あまり時間がないですね」

「なんの時間だ？」

おれはコナーをにらみつけると、バーゲン王へと視線《しせん》をもどした。「この戦争におれが勝つための時間ですよ。あんたたちの魂《たましい》は悪魔《あくま》にさしだすので、今夜のうちにお覚悟《かくご》を。明日からは、悪魔のねぐらが住まいとなりますよ」

キッペンジャーが鎖《くさり》を引っぱって、おれを強引に立たせた。バーゲン王がおれのほおをたたこうと手をあげたが、ゆっくりとおろす。

コナーがバーゲン王にいった。「地下牢《ちかろう》にとじこめておきます。ジャロンには、なじみのある場所ですので」

おれは、数カ月前と同じように、事務室《じむしつ》から引きずりだされた。だが今回はあばれたりさけんだりはせず、連行されるあいだずっとバーゲン王の顔をにらみつけていた。

鎖につながれているのはおれなのに、バーゲン王のほうがおびえた顔をしていた。

37

手錠《てじょう》の鍵《かぎ》は、馬から引きずりおろされたときにテロウィックから盗《ぬす》み、ずっとにぎっていた。テロウィックは前にもおれに鍵を盗まれているから、どこかにしまいこむと思っていたのに、頭に血がのぼってポケットを確認《かくにん》するよゆうがなかったらしい。

鍵が手元にあるので、屋敷《やしき》の二階の部屋にひとりきりでとじこめられれば逃《に》げだせると計算していたのに、地下牢《ちかろう》行きになってしまった。まあ、ファーゼンウッド屋敷に味方はいないので、逃げてもすぐにつかまり、痛《いた》い目にあうだけだろうが。

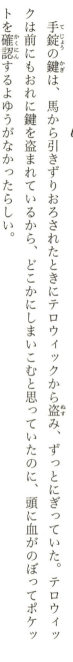

地下へと階段《かいだん》をおりているとき、地下牢から物音がきこえてきた。だれか監禁《かんきん》されているのかと首をのばすと、地下牢の中央にローデンがいた。以前モットがおれをムチ打ったあの場所で、天井《てんじょう》から鎖《くさり》で手をつながれている。警護隊《けいごたい》の総《そう》隊長の制服《せいふく》は、ぼろぼろで汚《よご》れきっていた。以前よりやせているが、たくましくもなっている。片方《かたほう》のほおのあざが、最後の戦いに惨敗《ざんぱい》したことを物語っていた。見た目はひどいが、おれはほっとした。ローデンは生きている。まだ、いまのところは。さっき見た二本目の輪縄《わなわ》はローデン用だろう。

ローデンがおれに気づき、ちらっと右を見て、なにかつぶやいた。ほかにもだれかいるらしい。だれがつかまったのだろう？　バイマール軍の司令官のオリソン卿《きょう》か？　それとも、ローデンとともに送りこんだカーシア兵のだれかか？

その人物が見えたのは、階段をおりきって角を曲がってからだった。その瞬間《しゅんかん》、ときがとまり、すべてが消えた。これは悪魔《あくま》の意地の悪いいたずらか？　こげ茶色の長い髪《かみ》と茶色い目をしたひとりの少女が、壁《かべ》ぎわからゆっくりと立ちあがる。

イモジェンだ！

飾《かざ》り気のない色あせた綿《めん》のドレス。襟《えり》もとが大きくあき、左肩《ひだりかた》に包帯が巻《ま》いてあるのが見える。髪はもつれ、やせた顔はぞっとするほど青白い。

でも、生きている！

なぜ、そんなことが？　矢が肩《かた》の下に刺《さ》さり、丘《おか》の向こう側へ転落するのをたしかに見たのに。そのあとの会話はすべて、最悪の事態《じたい》が起こったことをつげていたのに。

それでもいま、本人が目の前に立っている。

テロウィックが地下牢のドアの錠《じょう》をあけるあいだ、おれの腕《うで》をつかむ兵士たちの力がゆるんだ。そこでドアがあいた瞬間、体をひねってテロウィックから鍵束をうばいとった。兵士たちがあぜんとしているすきに地下牢にかけこみ、いきおいよくドアをしめ、鍵を地下牢の床《ゆか》に放りなげる。

兵士たちの悪態《あくたい》や脅《おど》しはきこえたが、意識《いしき》にとどかない。この瞬間、おれの意識にあるのは、目の前に立っている少女だけだった。

目をとじるたびにその姿《すがた》を思いうかべ、夢《ゆめ》のなかで声をきき、おそろしい寄生虫《きせいちゅう》のように頭をむしばむ悪《あく》夢《む》のなかで、矢がつきささる瞬間《しゅんかん》を何度も見てきた。いま、目の前にいるのは本物か？　悪魔《あくま》の究極のいたずらではないのか？　おれのこれまでの悪さに対する、きわめつけのペテンとか？　最後におれをあざ笑う悪魔のしわざだとしたら、残酷《ざんこく》きわまる悪ふざけだ。

地下牢《ちかろう》をつっきり、イモジェンの顔をしげしげとながめた。なだらかなあごの線も、しわも、すべて記憶《きおく》のとおりだ。本人にまちがいない。でも、なぜ、ここにいる？

声をしぼりだした。「悪ふざけなら、いますぐそういってくれ。本当に……まちがいなく……イモジェンなのか？」まぬけな質問《しつもん》だが、たしかめないではいられない。うなずくのを見て、手錠《てじょう》をはめられた両手でイモジェンの顔にふれ、割《わ》れやすいティーカップのようにそっと包みこんだ。さわっただけで感情《かんじょう》のうずが全身をかけぬけ、目に涙《なみだ》があふれてくる。もう、だれに見られてもかまわない。

イモジェンは左右の手それぞれに錠をはめられ、鎖《くさり》で壁《かべ》につながれていたが、左手をおれの胸《むね》にあてていた。その指に少しでも近づきたくて、おれの心臓《しんぞう》がはげしく波打つ。おれを見つめるその目には、喜びと悲しみが入りまじっていた。だが、おれの中にはひとつの感情しかない。軽くキスしたあとは、まるでこの世にふたりしかいないみたいに何度も何度もキスをした。イモジェンの手がおれの肩《かた》にかかり、その手が鎖に引っぱられ、おれのことも引っぱる。できるかぎり近づきたいという気持ちは、おたがいいっしょだ。いま、この瞬間に、我《われ》を忘《わす》れてひたった。もう二度と離《はな》れるものか。

ドアの向こうでは、兵士たちがわめいていた。テロウィックが、上にもどって鍵《かぎ》を探《さが》してこいと、だれかに命じている。あとで怒《いか》りくるって踏《ふ》みこんでくるだろうが、かまわない。まだ地下牢には、おれたちしかいないのだから。

イモジェンのあごをなぞると、手をにぎってくれた。イモジェンがつないだ手にちょっと視線《しせん》を落として、また顔をあげる。

「イモジェン、おれを愛しているといってくれ」声がかすれた。

「でも――」

「ほかのことはいい。大事なのはおれたちだけだ。いいから、頼《たの》む。本心をいってくれ」

イモジェンの目に涙があふれてくる。またしても答えられない質問をしてしまったのか？　イモジェンはくちびるをかんで、ようやくいった。「ジャロンさま、あたしには……どうしても……」

イモジェンが口をつぐむ。おれは心がしずんだ。生きているとわかって、このうえない幸せをかみしめたが、もうそれだけでは満足できない。おれはイモジェンを愛している。心臓が動かないと生きられないように、イモジェンがいないと生きられない。あとは、イモジェンも少しでいいから同じ思いだとわかれば、それでいい。

なにかいおうとしたら、イモジェンが先にいった。「出会ってからずっと、たった一秒でも、あなたを愛さずにいるなんて……。あたしには、どうしてもむりだったんです」

おれは満面に笑みをうかべ、またキスしようとした。が、とうとう兵士たちが踏《ふ》みこんできた。そのひとりに肩《かた》をつかまれ、つきとばされて、床《ゆか》に激突《げきとつ》した。すぐそばに、モットがおれをムチ打ったあと、傷《きず》の手当てに使った包帯がある。別の兵士がおれを強引に立たせた。テロウィックが腕《うで》をふりあげ、なぐろうとする。おれはどなった。「泥《どろ》くさいにおいをつけただけで、バーゲン王にばれるぞ！　傷つけるなって命令だろ！」

テロウィックは殺気だっていたが、おれも負けないくらい激怒《げきど》していた。よりによって最悪のタイミングで、踏みこんできやがって！　この野郎《やろう》、おぼえてろ！

アベニア軍のキャンプに監禁《かんきん》されていたときのように、鎖《くさり》で壁《かべ》につながれた。テロウィックはバーゲン王にばれずになぐる方法はないかと、おれをしきりにながめている。なぐられる前に、床にすわりこんだ。なぐりあいはしたくないし、これ以上怪我《けが》もしたくない。ローデンとイモジェンと話がしたいので、さっさと出ていってほしい。

ローデンは、いつ死んでもおかしくなかったのに、メンデンワル軍との最後の戦いを生きのびた。さらに——ローデン以上に可能性《かのうせい》が低かったのに——イモジェンも生きていてくれた。聖人《せいじん》たちが人間に奇跡《きせき》をもたらすなんて、いままで信じていなかったが、いまは信じてもいい。ローデンやイモジェンが生きてここにいるなんて、そうでもなければ説明がつかない。

「いまのうちに、せいぜい楽しんでおくんだな」と、テロウィック。「明日の朝は、こそ泥のように首つりであの世行きだ」

「ああ、楽しませてもらう」といいかえし、出ていこうとしたテロウィックを呼《よ》びとめて、つけくわえた。「キスの間際《まぎわ》で引きはなしやがって。それだけでもじゅうぶん、おまえたちに復讐《ふくしゅう》する理由になる」

テロウィックは笑いとばし、ほかの兵士たちを追って階段《かいだん》をのぼっていった。おれの脅《おど》しを無視《むし》したのは大まちがいだ。本気なのだから。

兵士たちがいなくなってすぐ、イモジェンは手をひらいた。そこには手錠《てじょう》の鍵《かぎ》があった。抱《だ》きあっているときに、にぎっていた手錠の鍵を、こっそりわたしておいたのだ。

ローデンが気づき、顔をしかめた。「なんでおれにわたしてくれなかったんです？　とうに鎖をはずせてたのに」

おれは、にやりとしていった。「まあな。でも、おまえにはキスしないぞ」

「そりゃそうですよ」ローデンは声をあげて笑った。

おれはイモジェンを見つめた。「いったいどうやって生きのびたのか、教えてくれ。転げおちるのを、この目で見たんだ」

「最初は死んだと思われて、死者を埋《う》めるための馬車に乗せられたんです」おれは目をつぶり、想像《そうぞう》してみた。モットが目撃《もくげき》したのは、たぶんこれだろう。「馬車が走りだしてすぐに、だれかがあたしのうめき声に気づきました。その人は司令官の――」

「キッペンジャーか」

「そうです。回復《かいふく》したら、あたしをだしにしてあなたを利用するといったんです。それがどういうことか、わかってました。この先ずっと、あたしがカーシア国の破滅《はめつ》の原因《げんいん》になるってことですよね。そんなことはできません。あなたをあやつるための道具にされるなんて……。だから、回復するのはよそうって思ったんです」

「つまり、死のうとしたんだな。ああ、イモジェン、なんてことを……」声がかすれる。

「あなたがあたしと同じアベニア軍のキャンプにいるのは、知っていました。通りかかった兵士たちが、今日はあなたにこんなことをしたとか、ようやくずたずたにしてやったとか、話しているのがきこえたんです。もしあたしが生きのびたら、あたしだけでなくあなたも、もっとひどい目にあうと思いました。だから、毎日どれだけ手当てを受けても、生きる気力を失っていったんです」

もし反対の立場だったら、どう思っただろう？　イモジェンが兵士たちに虐待《ぎゃくたい》される話を自慢《じまん》げにきかされ、自分が生きのびたら事態《じたい》を悪化させるだけだとわかっていたら？　本当によく耐《た》えてくれたと思う。

イモジェンの目にまた涙《なみだ》があふれてきた。「そうしたら、ある晩《ばん》、外がさわがしくなりました。あなたがあのキャンプから逃《に》げた晩のことです。あたしのテントのすぐそばを、そうとも知らずに馬でかけぬけて……。それからは、あなたが生きのびるとわかったし、あたしも生きのびればまた会えるかもしれないと思って、回復しようと努めました」

「まことにお美しい話で」と、ローデンが声をとがらせた。「でも、ここがどこか、おわかりですよね。いまま以上に生きのびるのがむずかしい状況《じょうきょう》なんですよ。ジャロンさま、脱出《だっしゅつ》計画はおありですよね」

「イモジェンに手錠《てじょう》の鍵《かぎ》をわたした。まずは、これが第一歩だ」

イモジェンがまた話しはじめた。「コナーからあなたがここにくるときいて、ずっとベッドに寝《ね》ていたいと思ってました。ベッドのある部屋からなら、逃げて助けに行けるので。コナーもそれがわかっていたから、あたしをここに移《うつ》したのかもしれません。あたしは体力不足で、足手まといになります」

「きみの仕事は、体を回復させることだけだ」おれはそういって、ちゃめっ気たっぷりににやりとした。「おれたちにはやり残したこともあるし、な」

「ふう、まったく、おふたりといっしょにいたら、こっちが病気になっちまいますよ」と、ローデンがうめく。

「ジャロンさま、いくら手錠の鍵があっても、ドアの鉄格子《てつごうし》はすりぬけられませんよ。たとえすりぬけられても、アベニア兵がうようよしてるし、夜明けとともに処刑《しょけい》です。お願いですから、この窮地《きゅうち》を切りぬけられるといってください」

「もちろんだとも。やられてたまるか」

38

夜がふけていくなか、モットが生死の境《さかい》をさまよっていることや、トビアスとアマリンダ姫《ひめ》のこと、カーシア軍の戦況《せんきょう》について、イモジェンとローデンに説明した。ローデンからは、おれがドリリエドを離《はな》れてからのことをきいた。

「行進中にメンデンワル軍に襲《おそ》われたんです。あっという間だったんで、とっさに反応《はんのう》するのがやっとで……」ローデンは顔をかたむけ、ほおのあざをおれに見せた。「戦いが始まった直後、後ろ足で立った馬に踏《ふ》まれて気絶《きぜつ》しちまって、このざまです」

「そのていどですんで、よかったじゃないか」

「大多数の部下は、こんなものじゃすまなかったんです。戦場で意識《いしき》をとりもどしたら、そこらじゅうに死体が転がってました。あんなおそろしい光景は見たことがないですよ。メンデンワル軍の兵士たちは息のある者を探《さが》しまわり、おれを見つけて総《そう》隊長だと気づいたんです。ここに連行するよう、アベニア軍に指示《しじ》されてるんだっていってました」

「メンデンワル軍が参戦した経緯《けいい》について、司令官たちからなにかききだせたか？」この点は、いまだに気にかかっている。

ローデンは、少し考えてから答えた。「そういえば、おれを連行したふたりの兵士は憤慨《ふんがい》してました。アベニア国のバーゲン王は自国の軍を出し惜《お》しみして、自分たちを死に追いやったんだって。そいつらは司令官じゃなかったけれど、同じように感じているメンデンワル兵は、ほかにもいるはずです」

「ふーん、そいつはいい」

「いいはずがないじゃないですか。それよりジャロンさま、もうしわけありませんでした。総隊長にしていただいたのに、ご期待にそえなくて」

「いや、最高の働きをしてくれたよ」おれはのんきにいった。「明日は、おまえに力を貸《か》してもらう。正直、助かる見こみは高くないが、そう低くもないぞ」

「敵《てき》の地下牢《ちかろう》に鎖《くさり》でつながれて、敗北の危機《きき》がせまっていて、処刑寸前《しょけいすんぜん》なのに？」

おれは肩《かた》をすくめた。「だから、助かる見こみは高くないっていっただろ。でも、まだましなほうだ。元気を出せよ、ローデン！」

「ファーゼンウッド屋敷《やしき》で迎《むか》えた最初の朝のことをおぼえてますか？　トビアスが眠《ねむ》っているあいだにいいましたよね。おれはだれにも愛されてないから、苦しむ人もいないので、死んでもかまわないって」

あの朝のことはよくおぼえている。大昔のことのように思えるが。

ローデンの視線《しせん》がイモジェンへと移《うつ》った。「いまは、もう、そうじゃないですよね。でも、おれはあのときのままです。この戦争に勝って、あなたが助かるために、おれを犠牲《ぎせい》にしなければならないのなら、喜んで犠牲《ぎせい》になりますよ」

「ばかいえ！　おまえといっしょに首つりになるか、ふたりとも助かる方法を見つけるか、どちらかだ。おれとしては、いっしょに助かりたい」

ローデンはおれもとかなんとかつぶやいてから、またイモジェンのほうを見た。「もしおれたちが連行されたら、ジャロンさまがいない以上、きみをここに入れておく理由はなくなる。もしきみが解放《かいほう》されたら、頼《たの》みたいことがあるんだけど、いいかな？」

「もちろんよ」

「おれは墓石《ぼせき》に刻《きざ》む名前がひとつしかない。召使《めしつか》いや孤児《こじ》はたいていそうなんだけど、いまのおれは、ただの召使いや孤児じゃない。ローデンという名前だけが残るのはいやなんだ」

「好きな名前をつけろよ。おれの名字を名乗ってもいい」と、おれはもうしでた。

ローデンは礼をいったが、すでに考えがあるようだった。

「じつはおれ、赤んぼうのころ、アベニア人の乳母《うば》に育てられたんです。ものすごく寒い冬で、乳母が病気になっちまって。死ぬ前におれを産婆《さんば》にたくし、母親の名はハバニーラだといったそうなんです。結局、出たのは母親の話だけで、そのまま孤児院《こじいん》にあずけられたんですけどね。だから自分の墓石には、母親の名前を使いたいなと思って。ハバニーラ家のローデン、と」

ハバニーラ！　まさか！　ハバニーラという名が、おれの耳のなかに響《ひび》きわたる。

「ローデン、なぜいままでだまってた？」声がかすれた。ふだんの声は出せなかった。

ローデンは気にとめる様子もなく、肩《かた》をすくめた。「とりたてて、いうほどのことじゃなかったんで。両親はとっくに死んでますし、アベニア人の女に育てられたわけですし。あのう、それがなにか？」

おれは目をとじ、首をふった。ハバニーラという名は、ある人物からきいていた。そう、ローデンは、ハーロウの次男。身代金《みのしろきん》めあてに誘拐《ゆうかい》された赤んぼうだったのだ！　けれど誘拐犯《ゆうかいはん》の乳母は、身代金を手に入れる前に死んだ。産婆はローデンがカーシア国の貴族《きぞく》の子どもとは知らず、孤児院にあずけた。そしてローデンはその孤児院からコナーに連れられて、ファーゼンウッド屋敷《やしき》へとやってきたのだった。

ローデンがコナーに目をつけられたのは、おれに少し似《に》ていたからだった。そのおれは、ハーロウの長男で、ローデンの兄にあたるマシスにどことなく似ているといわれた。

ハーロウはおれとは血がつながっていないが、ローデンとつながっていたのだ！

ローデンには父親がいた。その父親は明日、おれとローデンが絞首刑《こうしゅけい》に処《しょ》される場に立ちあうことになっている。ローデンはハーロウが実の父親だと知り、ハーロウの目をまっすぐ見つめて、最後の別れをつげるべきだ。

だが、事実を明かせなかった。初めて会ったときから、おれにとってハーロウは父親のような存在《そんざい》だった。実の息子《むすこ》が生きていただけでなく、何週間もすぐそばにいたと知ったら、ハーロウの心は自然とおれから離《はな》れ、ローデンへと向かうだろう。自分勝手なのは、よくわかっている。それでも、おれは家族がほしくてたまらない。やっとめぐりあえた第二の父親を、ローデンにゆずりたくない。ハーロウには、まだ父親でいてほしい。

身勝手すぎてゆるされないと、心の中で自分を責《せ》めた。おれには実の父親がいる。すでに世を去ったが、おれは父上の家の名前と歴史を引きついだし、思い出もある。いろいろと行きちがいはあったが、父上だけが悪かったわけじゃない。城《しろ》の大広間で父上の前に立たされ、けちなこそ泥《どろ》めと責められたときのことが脳《のう》裏《り》をよぎった。あのときは献金《けんきん》皿から硬貨《こうか》を盗《ぬす》んだ理由をきちんと説明し、わかってもらうべきだった。いや、それよりも、父上を理解《りかい》するようにつとめるべきだった。その努力をしていたら、父上はあの未亡人《みぼうじん》を助けたにちがいないと、いまはわかる。

理解しあえているか、気があうかという点はさておき、戦火をくぐりぬけてきたいまは、たとえ選ぶ道がちがっていても、父上には父上なりの理由があったのだとみとめられるようになった。死後、どんな世界にいるにせよ、父上はおれを見守り、おれにはおれの理由があることをわかってくれると信じている。

やはりローデンにつたえるべきだ。

そう思って、口をひらきかけた。でも、生き残れるかどうかわからないのに、父親の存在《そんざい》を知らせるのは残酷《ざんこく》か？　いちばんもとめていた相手がすぐそばにいるとわかったあとで、輪縄《わなわ》が首に食いこむのは、地獄《じごく》の苦しみの上塗《うわぬ》りか？

おれがひとりで考えこんでいるあいだに、ローデンはイモジェンと話をつづけていた。

「ジャロンさま、なにか計画があるんですよね？」

おれは、ローデンのほうを向いた。「えっ？」

ローデンはあきれて天をあおいだ。「だから、脱出《だっしゅつ》計画ですよ」

「ああ、それか」おれは肩《かた》をすくめた。「いや、とくには」

ローデンがあんぐりと口をあける。まったく、かんたんにいってくれるものだ。ローデンは鎖《くさり》につながれて牢獄《ろうごく》ですごした時間が長くないのかもしれないが、おれはつい最近、いやというほどつながれた。しかもいま、ファーゼンウッド屋敷《やしき》は、おれたちを殺せたら勲章《くんしょう》ものだと思っている兵士ばかりだ。夕飯のメニューを考えるようにかんたんには、計画を立てられない。いまのおれの計画は、一言でいうと〝死なければよし〟だ。

「ええっ、ないんですか？　ジャロンさま、どんどん時間がすぎていくんですよ。あとほんの数時間で、連中が呼《よ》びにきます。なにか計画を立てないと」

おれはいったん目をとじてから、イモジェンを見つめた。「おれとローデンは、連行されるときに兵士たちと一悶着《ひともんちゃく》を起こす。近くにいる兵士がかけつけてくるくらいのさわぎをだ。そのすきに逃《に》げてくれ。落ちつくまでかくれる場所は、わかってるな？」

「秘密《ひみつ》の通路ですよね」イモジェンはかつてここで働いていたので、秘密の通路への出入り口を知っているはずだ。

「あの通路のことはコナーも知っているが、敵《てき》はきみが消えたことに気づいても、わざわざ探《さが》さないと思う。外に出てもだいじょうぶだとわかるまでは、かくれているんだ」

ローデンは、納得《なっとく》していなかった。「どんな悶着《もんちゃく》を起こせばいいんです？」

おれはにやりとした。「極悪レベルの悶着だな。うん、ぜったいおもしろいぞ」

「また、ずいぶんと悪趣味《あくしゅみ》なことで」ローデンは冷静で、あまり乗り気ではなさそうだ。「なぐられますかね？」

おれは、思わずため息をついた。「警護隊《けいごたい》の総《そう》隊長のくせに。二、三発なぐられるくらい、どうってことないだろ。どうせロープを首に巻《ま》かれたら、痛《いた》みどころじゃないんだし」

「首にロープなんて、かんべんしてくださいよ！　とにかく、そうならないようにしないと」

「わかってるって！　でも現実《げんじつ》を受けいれないと、解決策《かいけつさく》は見つからないだろ」

ローデンが落ちついたので、またイモジェンを見た。肩《かた》の下に傷《きず》を負っているので、こんな場所で夜をすごすのは、さぞ体にこたえるだろう。それなのに、気丈《きじょう》にも目があうとほほえんでくれる。イモジェンへの愛情《あいじょう》があふれてきた。全身の血管にあたたかい愛情が流れこんで、恐怖《きょうふ》と怒《いか》りをのみこみ、幸せになりたいという強い思いだけが残る。幸せを見つけ、愛情がどんな武器《ぶき》よりも強い力となることを実感する。それこそ、モットがおれに望んだことだ。ああ、モット。生きのびていてくれるだろうか。

「ぜったい計画は立てる。でもその前に、兵士たちが呼《よ》びにきたときに、いたずらをしかけてやろうぜ」

といったら、ローデンが興味《きょうみ》をそそられたのか、片方《かたほう》の眉《まゆ》をつりあげた。イモジェンは、まったく男の人ってとかなんとかつぶやいている。そのとおりなので、文句《もんく》はいえない。愛しているから、文句をいうつもりもない。

手錠《てじょう》の鎖《くさり》を引っぱり、足を器用に使って、地下牢《ちかろう》の隅《すみ》にあった古い包帯をたぐりよせた。

「なにをするんです？　怪我《けが》などしていないのに」と、ローデン。

「今夜、兵士たちは、おれをいっさい傷つけるなと命じられてるんだ。明日の処刑《しょけい》で、大義《たいぎ》のために命を捨《す》てる英雄《えいゆう》のような姿《すがた》はさせないと、バーゲン王が決めているらしい」おれは、にやりとした。「心配するなって。前にも同じ手でアベニア兵をだましたことがあるんだ。せいぜい楽しませてやるさ」前というのは、盗賊団《とうぞくだん》の元にいたころ、バーゲン王とアベニア兵の一団《いちだん》と出くわしたときのことだ。あのときは顔に布《ぬの》を巻き、バーゲン王に伝染病《でんせんびょう》の患者《かんじゃ》だと思わせた。イモジェンもローデンもあの場にいなかったので、おれのいう意味がわからないが、すぐにわかるだろう。片方の足首とふくらはぎに包帯を巻きつけ、端《はし》を中にはさんだ。雑《ざつ》な巻き方だが、手錠で両手が不自由なことを思えば、けっこうな仕上がりだ。

「それがいたずらですか？　まったく、ふざけてる場合じゃないですよ」と、ローデン。

「おれが連中に受けた仕打ちを知れば、ふざけてないっておまえにもわかるよ」

「ジャロンさま、明日、おれたちは――」

「しーっ！　イモジェンを寝《ね》かさないと。おれも考えなきゃならないし、おまえは……おれにゆっくり考えさせてくれよ」

ローデンは顔をしかめたが、口をつぐんだ。イモジェンは、しばらくおれを見つめてから目をとじる。おれはふたりに背《せ》を向け、明日を生きぬく方法について考えはじめた。

39

バーゲン王の言葉どおり、夜明けとともに兵士たちが連行しにきた。テロウィックとキッペンジャー司令官もいる。食べ物はないかとたずねたら、げらげらと笑われた。本気でたずねたのに、笑われるとは心外だ。先にローデンが鎖《くさり》をはずされた。はずされたとたん、早くも拳《こぶし》をにぎりしめている。丸腰《まるごし》で、これだけの人数にどうやって立ちむかう気だ？　本人が思っているほどは、もたないだろう。

つづいて兵士たちは、おれを立たせた。おれが手を自由に動かさないようにと、神経《しんけい》をとがらせている。そのあいだに、おれはイモジェンを見ていった。「結婚《けっこん》してくれ」

イモジェンの目から涙《なみだ》があふれだす。「こんなところで……」

おれは、ほほえみかけた。「もちろん、ここでじゃない。おれの城《しろ》の大広間で、カーシアの全国民の前でだ」

イモジェンはくちびるをかんで、うなずいた。「はい、ジャロンさま。お受けします……大広間で」

「じゃあ、すぐに迎《むか》えにくる。でも、もし来なかったら……来られなかったら……幸せになってくれ。愛している」

イモジェンのほおを涙がつたう。言葉はない。

兵士たちは連行しようとして、おれが足首に包帯を巻《ま》き、その足をかばっていることに――かばっているふりをしているだけだが――気づいた。

キッペンジャー司令官がたずねた。「足はどうした？　きのうの晩《ばん》は包帯など巻《ま》いてなかったのに」

おれは足を引きずって一歩ふみだし、すぐに顔をゆがめた。「きのうの晩、テロウィックにやられた」いつも以上に真にせまったうそだ。良心の呵責《かしゃく》など、みじんも感じない。「そのあと、うまくごまかせるようにと包帯を巻かれたんだ」

「い、いや……おれは……ちがう！」テロウィックが、つばを飛ばしながらわめく。

「頼《たの》むからやめてくれって、おれもジャロンさまも必死に頼んだのに」ローデンも調子をあわせてくれた。

「ジャロンさまが処刑《しょけい》される前に復讐《ふくしゅう》してやるっていって」

「う、うそだ！」テロウィックは完全にうろたえている。

「このざまじゃ、降伏《こうふく》文書に署名《しょめい》する場所まで歩けそうにない。傷《きず》が治るまであと一カ月待てと、バーゲン王につたえてくれ」

「おまえをかついでいくことになっても、署名しろ！」キッペンジャーはテロウィックのほうを向き、いきなりあごをなぐりつけた。「王のご命令に逆《さか》らうとは何事だ！」そして、ほかの兵士たちに命令した。「こいつをおれの部屋に連行し、とじこめておけ。処刑のあと、厳罰《げんばつ》に処《しょ》す」

キッペンジャーの部下たちが腕《うで》をつかみ、ぎゃあぎゃあわめくテロウィックを連れだそうとした。そこに全員の視線《しせん》が集中しているのをいいことに、おれは軽く舌打《したう》ちしてテロウィックの気をひき、視線を落として足首を前後に動かし、ウインクしてやった。テロウィックがおれを指さしてわめいたが、おれはすかさず痛《いた》そうな表情《ひょうじょう》にもどり、テロウィックは厳罰のために連行されていった。

キッペンジャーがふりむく。「歩けるか？」

おれは肩《かた》をすくめた。「歩いてみるけど、お手やわらかに頼むよ」

「それは、こっちのせりふだ。いちおういっておくが、バーゲン王にばれないように痛めつけるくらい、朝飯前だからな」

おれは小声で、わかった、と心にもないことをいい、イモジェンのほうをふりかえった。イモジェンは片《かた》手《て》をにぎりしめ、手錠《てじょう》の鍵《かぎ》をかくしている。もうすぐ逃《に》げるチャンスだと目で合図し、となりにいるローデンをちらっと見た。ローデンもやる気満々《まんまん》とまではいかないが、やる気ではいるらしい。

地下牢《ちかろう》を出ようとしたそのとき、おれはドアの鉄格子《てつごうし》にしがみついて絶叫《ぜっきょう》した。「やっぱりやめた！　行かない！」

前にいた兵士がおれの両脚《りょうあし》をつかみ、鉄格子から引きはなそうとする。ドアが大きくあいたが、おれはなおもしがみついた。少し先の階段《かいだん》ではローデンもわめきだし、ほかの兵士たちを引きつける。

キッペンジャーに剣《けん》の平たい面で腕をはたかれ、おれはやむなく手を離《はな》し、床《ゆか》に転がった。ふたりの兵士に腕をとられ、階段を引きずられてのぼった。背後《はいご》をちらっと見ただけで、うまくいったとわかった。連中は地下牢のドアをしめ忘《わす》れている。イモジェンが中にいることさえ、きっと忘れている。

一階に引きずられていくまで、おれもローデンもわめきつづけた。一階に着いたとたん、ローデンは裏口《うらぐち》から逃《に》げようとする。おれは土壇場《どたんば》で王を見捨《みす》てるのかとかなんとか、ローデンを口汚《くちぎたな》くののしった。キッペンジャーは大声で部下を呼《よ》んだ。

兵士たちはまっさきにおれに突進《とっしん》し、情《なさ》け容赦《ようしゃ》なく床《ゆか》につきとばした。傷痕《きずあと》を残していいのかとキッペンジャーに向かってさけんだが、本人はそんなことを心配するよゆうはない。次つぎと兵士がかけつけ、見物人が増《ふ》えたので、おれはいっそう声をはりあげた。残念ながらローデンには傷痕を残すなという命令が出ていなかったので、正真正銘《しょうめい》の悲鳴をあげている。

それぞれ二十名ほどの兵士にとりおさえられて、ようやく一段落《いちだんらく》した。少々がっかりした。できれば四十名か、せめて三十名くらいの兵士にとりおさえられたかった。大多数の兵士はおれたちの子どもじみたふるまいに度肝《どぎも》をぬかれ、とまどって立ちつくしている。おれたちが連行されるのを見て、ぞろぞろとついてこようとしたが、万が一のために廊下《ろうか》で待機しろと命じられた。

おれはローデンにほほえみかけた。ローデンは、すでに左目の下に大きなあざができていた。くちびるは切れて血が流れ、鼻も折れているらしい。おれも暴《あば》れた拍子《ひょうし》に壁《かべ》の角に頭をぶつけ、こめかみから血を流していた。自業《じごう》自得だといわれるかもしれないが、だれかさんに罪《つみ》をなすりつける筋書《すじが》きはひねりだしてある。うれしいことにローデンも、おれを見てにやりとしてくれた。ほらな、やってよかっただろとローデンにつたえたい。大暴《おおあば》れできたし、ねらいも当たった。もうだれも、地下牢《ちかろう》を見張《みは》っていない。

事務室《じむしつ》の前に到着《とうちゃく》すると、おれもローデンも暴れるのをやめた。また暴れたらただじゃおかないとさんざん脅《おど》されてから、キッペンジャーに事務室の中へ連行される。

今回はコナーしかいなかった。昨晩《さくばん》とはちがう服を着ている。真っ白のシルクのシャツと、真っ白のベストだ。悪魔《あくま》のようにどす黒い本性《ほんしょう》をかくしたくて、聖人《せいじん》の白をまとってきたのか。それにしても、なぜ衣装《いしょう》が急に増えたのだろう？

事務室には、夜のうちに新しい机《つくえ》が運びこまれていた。コナーの元の机ほどりっぱではないが、高価《こうか》なことに変わりはない。たぶん近所の家から強引にうばってきたのだろう。

ローデンは壁際《かべぎわ》にひざまずかされ、おれは机の前の椅子《いす》にすわらされた。机の向こうにはコナー、おれの両脇《りょうわき》にはキッペンジャーと兵士がもうひとり。数カ月前にも同じようなことがあった。あのときは、コナーがよからぬことをたくらんでいるのではないかと疑《うたが》っていただけだったが、いまはその本性も、権力《けんりょく》を手に入れるためならどんな悪事でもやってのける根性《こんじょう》も知っている。以前からいやな野郎《やろう》だと思っていたが、いまの憎悪《ぞうお》とは比《くら》べものにならない。

「いまの悲鳴は、おまえか？」と、コナー。

おれは、いつものようにすずしい顔で答えた。「さあ、なんのことだ？　悲鳴？」

「頭がざっくり切れているぞ」

「ああ、これか」と、キッペンジャーのほうへ腕《うで》をふった。「なぐられたんだよ。やめてくれって必死に頼《たの》んだのに。バーゲン王は、おれを傷《きず》をつけたくないんだろ。悲鳴がきこえたのなら、それはおれがやめてくれって頼《たの》んでいる声だ」

おれをののしるキッペンジャー司令官の声がする。胸《むね》がすっとした。

コナーがキッペンジャーにつげた。「アベニアの羽織《はおり》を着せたまま、絞首刑《こうしゅけい》にするわけにはいかん。脱がせるから手錠《てじょう》をはずせ」

「それには、わが王の許可《きょか》をとりませんと」と、キッペンジャー。

「今日中にこのわたしがカーシアの新国王となるのだぞ。この羽織は不快《ふかい》だ！」などとコナーがいうので、「あんたを不快にできて、カーシア国は万々歳《ばんばんざい》だ」といってやった。

キッペンジャーが声をひそめてコナーにいった。おれにきかせたくないからだろう。きこえないわけがないのに。「コナー卿《きょう》、手錠をはずすと、こいつはなにをしでかすかわかりません。ついさっきも――」

「そんなに危険《きけん》なら、わたしなどとっくに死んでいたはずだ。いいから、はずせ」

手錠がはずされ、腕《うで》がだいぶ軽くなった。キッペンジャーに羽織を脱がされて、粗末《そまつ》な下着姿《したぎすがた》になった。キッペンジャーが羽織を持って出ていこうとしたので、おれは品のない悪態《あくたい》をつき、次はもっとていねいにあつかえといってやった。キッペンジャーはむっとしてなにかつぶやいたが、結局出ていった。かわりに、ふたりの兵士が入ってくる。おれをコナーから守るためか？　それともコナーをおれから守るためか？

コナーが立ちあがって机《つくえ》の端《はし》に腰《こし》かけ、ポケットからとりだしたハンカチをおれにさしだした。頭の傷に当てろという意味らしい。おれの頭の血が止まるのを待って、たずねた。「国王に就任《しゅうにん》した夜、わたしの罪《つみ》を宮廷《きゅうてい》であばいたあと、なぜ処刑《しょけい》しなかった？」

「処刑しておくべきだったな」

「かもしれんな。なぜ、そうしなかった？」

おれの憎悪《ぞうお》の視線《しせん》は、熱がこもっていた。その熱で湯をわかせたかもしれない。おれは深いため息をついて、いった。「あんたにはカーシア国のために果たす役割《やくわり》がまだあると、ずっと思っていたからだ。実際《じっさい》、役割を果たしたが、それはおれの期待したようなものじゃなかった。よりによって敵《てき》のアベニア国と手を組むとは……。あんた、前にいったよな。罪は犯《おか》したが、いまでも祖国《そこく》を愛してるって。いまもそういえるとしたら、おどろきだ」

コナーがむっとして目を細めた。「こしゃくな小僧《こぞう》め！　勝手に早合点しおって！」

「じゃあ、教えてくれよ。イモジェンはまだ傷が治っていない。栄養をとって、体を休め、医者に診《み》てもらわないといけないんだ。イモジェンが女中だったころもずいぶん雑《ざつ》にあつかっていたが、今度は地下牢《ちかろう》で見殺しか？　あんた、そこまで冷酷《れいこく》なのか？」

「あの娘《むすめ》を地下牢に送りこんだのは、生きていることをおまえに教えるためだろうが！」コナーは立ちあがって、おれの目の前に移動《いどう》すると、おれの背後《はいご》にいるアベニア兵たちを意味ありげにちらっと見て、つづけた。「おまえはわたしが一生をかけて立てた計画を次つぎとつぶし、地位も財産《ざいさん》もすべてうばった。まったく、なんということを。そのおまえなら、ほかのだれよりも、わたしがいまでも変わっていないとわかるはずだ。なにせ、わがファーゼンウッド屋敷《やしき》の秘密《ひみつ》も知っておるくらいだからな。屋敷の壁《かべ》の中に、よくもまあ、たくさんの秘密をつめこんだものよ。よいか、ジャロン、最後の仕上げはじゃまをせず、だまって見ておれ……。いっている意味がわかるか？」

おれはコナーを穴《あな》があくほど見つめた。「わかったよ、コナーご主人さま」したがうという意味をこめて、皮肉まじりにコナーを呼《よ》んだ。ようやくコナーの本音がわかった。

いいたいことはまだあったが、ドアがあいたので、おれもコナーも口をつぐんだ。バーゲン王がキッペンジャー司令官と数人の兵士をしたがえて入ってきた。コナーがおれから離《はな》れ、おじぎをする。バーゲン王は、無愛想なうなり声で応《おう》じた。バーゲン王はコナーのことを、クモが獲物《えもの》を見るような目でしか見ていない。めぼしいものをうばったら、コナーのことも絞首刑《こうしゅけい》に処《しょ》するつもりだろう。

バーゲン王はおれをしげしげとながめ、顔をしかめた。「頭にひどい傷《きず》を負っておるな」

「キッペンジャーのせいですよ。これじゃあ、大義《たいぎ》のために犠牲《ぎせい》になる英雄《えいゆう》みたいですよ」おれはそういい、いかにも残念そうな顔をした。「傷が治るまで、今朝の予定は延期《えんき》するしかないですねえ」

「で、見物人をがっかりさせろと？　それはなかろう。足首の包帯はなんだ？」

そういえば、包帯のことなどすっかり忘《わす》れていた。「ああ、これ？　夜、足が冷えたもので」

「片足《かたあし》だけ冷えたのか？」

「ええ、こっちの足だけ、昔からやけに敏感《びんかん》なんですよ。おれの気持ちといっしょでね」と、包帯をほどいて床《ゆか》に落とす。

「うちの兵士を、さんざんもてあそびおって。わしがおまえの兵士をもてあそんでも、おたがいさまだな」

おれは警戒《けいかい》して目を細めた。「命の灯火《ともしび》が消えかかっているご老体が、子どもじみたことをいわないでくださいよ」

バーゲン王はくっくっと笑い、「どんなに年をとっても、いたずらは楽しいものだぞ。おまえも、わしに負けないくらい楽しむはずだ」と、キッペンジャーに合図する。キッペンジャーはいったん部屋の外に出ると、すぐに別の捕虜《ほりょ》を連れてきた。その捕虜は手を背中《せなか》でしばられ、足を引きずり、うなだれて入ってきた。情《なさ》けなさそうに顔をあげ、ローデンの横にひざまずかされて、ようやくおれと目をあわせる。

「トビアス……。まさか、おまえまで」

「ついに孤児《こじ》がせいぞろい、というわけか」コナーはいかにもうれしそうに両手をもむと、バーゲン王のほうへ向きなおった。「陛下《へいか》、これは、わが戴冠《たいかん》日のための贈《おく》り物ということで、よろしいですかな？」

「ちがう」バーゲン王はそっけなくはねつけ、おれに向かってつづけた。「キッペンジャーがおまえたちのキャンプから撤退《てったい》しはじめたころ、こいつが武器《ぶき》も持たずにのこのこと、この屋敷へやってきおった。おまえと身柄《みがら》の交換《こうかん》をしてくれれば負傷兵《ふしょうへい》全員の手当てをするといってな。国王と医者の交換など、ばかばかしいにもほどがあるわい。まあ、忠誠心《ちゅうせいしん》はほめてやろう」

ちらっと見ると、トビアスは力なく肩《かた》をすくめた。

「おまえがすでにこっちに向かっているとは、つゆ知らずに来たわけだ。しかも、われらは医者の助けなどいらなかった。負傷兵《ふしょうへい》は全員始末しろとキッペンジャーに命じておいたからな。負傷兵など、ただの無駄《むだ》だ」

おれは、バーゲン王からキッペンジャー司令官へと視線《しせん》を移《うつ》した。キッペンジャーは、負傷した部下たちをやむなく殺したことについて、本心を顔に出さないよう必死にこらえている。バーゲン王は配下の兵士などなんとも思っていないようだが、それにしても皆殺《みなごろ》しとは――。あまりにも冷酷《れいこく》だ。

「さて、ジャロンよ、お楽しみはここからだ」バーゲン王はすっかり悦《えつ》に入り、興奮《こうふん》して声をはずませていた。

「首は三つ。どの首も絞首刑《こうしゅけい》に値《あたい》する首だ。しかし肝心《かんじん》の輪縄《わなわ》は二本のみ。三人のうちひとりは助けてやろう。だれにする？　警護隊《けいごたい》の総《そう》隊長か？　腕力《わんりょく》も勇気もある男だ。兵士をおおぜい失ったゆえ、カーシア国をひきつづき警護《けいご》するには欠かせない人材だな。それとも医者にするか？　本人によると、降伏《こうふく》する前の晩《ばん》に負傷兵をおおぜい救ったそうだ。おまえのそばを片ときも離《はな》れなかった、あの側近も救ったのだとか」

ああ、モットは助かった！　ずっと知りたかったことが、ようやくわかった。

バーゲン王は声をあげて笑った。「それとも、おまえ自身を助けるか？　カーシア国にとって、国王以上に価値《かち》のある者はおらんぞ。すでにファーゼンウッド屋敷《やしき》の前には、見物人が山のように集まっておる。全員そろって姿《すがた》をあらわし、カーシア国はアベニア国のものになったと宣言《せんげん》しようではないか。おまえ自身が生き残ると決めたあかつきには、配下にしてやるぞ」

「選択肢《せんたくし》はそれだけですか？」

「ほう、まだあると？」

「輪縄は二本なんですよね。あんたとコナーの首も、あわせてふたつですよ」

バーゲン王の目が怒《いか》りでどす黒くなる。「いますぐ選べ！　さもないと、輪縄を一本追加するぞ」

「ぼくが死にます」と、トビアスが声をあげた。「負傷兵の手当ては終わりました。もうカーシア国にぼくは必要ありません」

「おまえを必要としている人がいるだろうが。おまえは生きなきゃだめだ」

「ならば、おれが」と、ローデン。「たとえ絞首台《こうしゅだい》の上でも、あなたのとなりに立てて光栄です。おれには待っている人もいませんし」

いや、待っている人はいる。ローデンを必要としている実の父親がいるのだ。

「じゃあ、ぼくたちふたりが。あなたさまではなく」とトビアスがいい、となりでローデンがうなずく。

ふたりの忠誠心はありがたいが、おれは顔をしかめた。「ばかいえ。敗戦の責任《せきにん》は、ひとえにおれにある」

そしてバーゲン王に視線をもどした。「じゃあ、おれを二度処刑《しょけい》するというのはどうです？　二度目はさわぎもしませんよ」

コナーがせせら笑う。「ちゃんと決めないなら、輪縄を三本に増《ふ》やすぞ」

「待ってくれ」おれはふたりの友をまともに見られず、視線《しせん》を落とした。「トビアスを連れだしてくれ。おれとローデンが絞首台《こうしゅだい》に行く」

「だめです！」トビアスがさけんだ。「ジャロンさまが助からないと！　お願いですから！」

「いいから、トビアスを」といったら、

「屋敷《やしき》の前にいる見物人の元へ連れていけ」とバーゲン王が命令した。「よいな、正面の特等席に」

トビアスは足を踏《ふ》んばり、思いのほか奮闘《ふんとう》したが、結局連れだされた。トビアスがいなくなってすぐ、おれはローデンのほうを向いた。「ゆるしてくれ」

「正しい選択《せんたく》ですよ」と、ローデンはささやいた。「選ぶのが、やけに早かったですけどね」

「あいつ、首が細いだろ。早く死んじまう」

「だから、おれを？　死ぬのに時間がかかるから？」

「ああ、そうだ」

「むだ口をたたくな！」バーゲン王がコナーから羽根ペンをうばって、投げてよこした。「ジャロンよ、署《しょ》名《めい》しろ。そうすればコナーは新国王となり、カーシア国はわが物となる。さっさと署名しないと――」

「脅《おど》さなくてもいいですよ」おれは立ちあがり、羽根ペンをインクにひたした。「そのために捕虜《ほりょ》になったんですから」署名しはじめると、壁《かべ》ぎわでひざまずいていたローデンが息をのんだ。おれがなにかすると期待し、あっさり降伏《こうふく》するとは思っていなかったらしい。しかしローデンがどう思おうと、こうするしかない。

書きおえると、羽根ペンを壁に投げつけ、さっさと終わらせろとバーゲン王にいった。コナーが降伏文書に目を通すあいだに、バーゲン王がおれの手をしばれと命じた。それはぜひわたしにご用命をと、コナーが志願《しがん》してロープをにぎる。

おれはコナーに向かって両手をさしだした。が、後ろにまわせといわれ、後ろで手首をしばられた。手錠《てじょう》の跡《あと》がついていたので、ごわつくロープは手錠よりも痛《いた》い。コナーもそれがわかっているはずだ。そのくらいの意地悪はさせろということか。

大広間に入ってすぐに、ロープをほどこうとした。が、コナーが結び目に手をおいて、まだだと止める。正面玄関《げんかん》の前で立ちどまった。おれの出番をつげる大声がきこえる。待っているあいだに、バーゲン王が顔を近づけてきた。「わしにたてつくなど、何様のつもりだ?」

おれは前を向いたまま、答えた。「おれはジャロン。カーシア国の新生王だ。おれに戦争をしかけたことを後悔《こうかい》する羽目になりますよ」

そして、両開きのドアがあいた。

40

いつになく美しい朝だった。明るくて、あたたかく、サファイア色の空には首つりよりもピクニックのほうが似《に》あう。絞首台《こうしゅだい》につるされた二本の輪縄《わなわ》が、そよ風に吹《ふ》かれて円をえがいている。絞首台はあまり高くなかった。床《ゆか》がぬけると同時に首が折れ、痛《いた》みを感じずに即死《そくし》するタイプの絞首台ではない。首の真ん中にロープが食いこむ低い台で、足元の台が蹴《け》とばされてなくなった瞬間《しゅんかん》、息ができなくなり、じわじわとむごい死を迎《むか》えるタイプだ。わざとそうしたにちがいない。おれをもがき苦しませ、バーゲン王に反抗《はんこう》するとどうなるか、いやというほど見せつける気なのだろう。

見物人はおおぜいいた。思っていたより、はるかに多い。大多数はアベニア兵とメンデンワル兵だ。トビアスもカーシア国の評議員《ひょうぎいん》たちといっしょに正面近くに立っていた。その顔には、ほかの見物人たちと同じく、これから起こることへの恐怖《きょうふ》がうかんでいる。だが、それだけではないようだ。自分が処刑《しょけい》をまぬがれたことへの安堵感《あんどかん》と罪悪感《ざいあくかん》がせめぎあっているのか。トビアスには、自分を責《せ》めないでほしい。選んだのはおれだし、正しい選択《せんたく》をしたと思う。おれと目を合わせてくれれば、そのことをつたえられるのに。トビアスは恥《は》じて視線《しせん》を落としている。

ほかの評議員たちはおれを見ていたので、よく来てくれたと感謝《かんしゃ》の気持ちをこめてうなずいた。おれが死んだら、すぐにバーゲン王の前に引きずりだされ、バーゲン王とコナーに忠誠《ちゅうせい》を誓《ちか》わされるのだろう。そういえば、侍従長《じじゅうちょう》のカーウィン卿《きょう》の姿《すがた》がない。まだメンデンワル国からもどっていないのか。それとも、処刑に立ち会えというバーゲン王の命令を無視《むし》したのか。トビアスのとなりには首席評議員のハーロウがいる。おれを見つめるハーロウの目は恐怖に満ちていた。おれのとなりにいるのは、じつは本当の息子《むすこ》のローデンだ。おれの命を心配している場合ではないのに。

うつむいて、ローデンにささやいた。「じつは……きのうの晩《ばん》、いいそびれたことがある」

ローデンの声はふるえていた。「えっ？」

「ローデン、おまえには父親がいる。父親は生きていて、ここに来てるんだ」

「ええっ？」ローデンはぎょっとし、体ごとおれのほうを向いた。「だれです？」

おれは見物人の中心へと首をかたむけた。「首席評議員のルーロン・ハーロウだ」

「おれの父親だと、なぜ知ってるんです？」

「ハーロウの妻《つま》はハバニーラという名前なんだ。ハーロウはおまえの実の父親だよ」

「いや、でも……」ローデンはためらって、少し考えた。「ハーロウは、次男を赤んぼうのころに失ったんですよね。ちがいましたっけ？」

「それがおまえなんだ。ごめん。きのう、つたえておくべきだった」

「まったく、いまさらいわれても……」ローデンは毒づき、首をのばして見物人をのぞきこんだ。肩《かた》を落とした様子からすると、ハーロウを見つけたらしい。ふと、ローデンの声がやわらいだ。「本人は知ってるんですか？」

「いや。おまえから名乗るべきだと思って」

「名乗れたらいいんですけど……」ローデンは、絞首台《こうしゅだい》へさらに数歩近づいてからいった。「ジャロンさまは、おれたちを助けようとしてくださいました。うまくいかなかったけれど、おれはうらんでませんから」

おれはひかえめにほほえんで、ローデンをちらっと見た。「うまくいかなかっただと？　すべてうまくいってるぞ」

「それはないでしょう。ぜんぜんちがう朝を迎《むか》えたかったですよ」

「じゃあ、どんな夕方を迎えたいか、考えておくんだな」にやりとして、つけくわえた。「おれはイモジェンとならんで、あたたかい暖炉《だんろ》の前で寝《ね》そべりたい」

「それはなによりで。でも今夜なら、その火は悪魔《あくま》の業火《ごうか》かもしれませんよ」

おれはくすくすと笑った。「おれたちのどちらかが聖人《せいじん》にたどりつくより、ありそうな話だな。でももし悪魔のねぐらに落ちたら、向こうはきっと大迷惑《だいめいわく》だ」

ローデンがほほえみかえす。「おわかれですね、ジャロンさま」

「いや、ローデン。まだだ」

ローデンが絞首台《こうしゅだい》の上に引っぱられ、踏《ふ》み台に立たされる。その手がふるえているのが見えた。はげしくふるえ、手錠《てじょう》がカチャカチャと鳴っている。絞首台の前に立っていた男が声をはりあげた――この者はカーシア警護隊《けいごたい》の総《そう》隊長で、アベニア国、ジェリン国、およびメンデンワル国と戦った罪人《ざいにん》である！　輪縄《わなわ》を首にかけられた瞬間《しゅんかん》、ローデンは背筋《せすじ》をのばした。深く息をすれば首がしまる瞬間を先のばしできるとでもいたげに、深呼吸《しんこきゅう》をくりかえしている。

後ろにいたコナーがおれに背《せ》を向け、ファーゼンウッド屋敷《やしき》の正面階段《かいだん》にすわっている要人たちにあいさつをしはじめた。おかげでコナーの体の陰《かげ》にかくれて、手首のロープをほどきにかかれた。ほどいたらどうするかは、まだ決めてない。武器《ぶき》は持っていないし、周囲は敵《てき》だらけだ。だが、反撃《はんげき》のとっかかりにはなる。ほどき終わる前にコナーがふりかえって、またおれの手首をつかみ、ほどけて垂《た》れたロープをさりげなくおれの手首に巻《ま》いた。

ローデンにつづいて、首に輪縄をかけられる番がきた。コナーがおれを絞首台へ引っぱり、踏み台に立たせ、輪縄を首にかけて少しきつくする。どうせ、このあとしまるのだから、きつくすることなどないのに。ごわつく縄がかぎづめのように皮膚《ひふ》を引っかく。すでに息苦しい。

ここからだと、見物人がよく見えた。アベニア兵の中に盗賊《とうぞく》が数人まじっていて、無表情《むひょうじょう》でこっちを見あげている。死にゆくおれを気の毒がっているのか、ざまあみろと思っているのか。エリックの姿《すがた》もあった。海賊《かいぞく》はエリックひとりきりだ。おれと目があうと、すごみのある笑みをうかべて軽くうなずく。おれも同じように軽くうなずいた。エリックが来てくれたのは、言葉ではいいあらわせないくらい、ありがたい。

「バーゲン王が話をする時間をあたえてくださるそうだ」と、コナーがいった。「カーシアの民《たみ》に、忠誠心《ちゅうせいしん》をささげる相手がだれか、思いおこさせるがよい」

コナーから見物人へと視線《しせん》を移《うつ》した。おれの視線に気づいたカーシアの民がひざまずく。エリックや、見おぼえのない数名もだ。おれはつばを飲んで気持ちを落ちつかせると、語りかけた。「アベニア国王から最後の命令を出すように命じられたので、もうしわたす。これからいうことを深く胸《むね》に刻《きざ》んでくれ。みんな、正しいと思うことを守れ。弱い心に負けず、偽《いつわ》りの王に屈《くっ》するな。かならず最後に正義《せいぎ》が勝つ。そのときは、正義の側にいたほうが——」

もっとかっこよくしめくくる予定だったのに、コナーに拳《こぶし》で腹《はら》をなぐられ、さえぎられてしまった。カーシアの民がいっせいに息をのみ、おれを助けようと立ちあがる。すかさずキッペンジャー司令官が、いまの言葉を無視《むし》しなければ処刑《しょけい》するぞとさけんだ。アベニア兵たちが絞首台《こうしゅだい》を離《はな》れ、大声で反抗《はんこう》している一部の者を剣《けん》の柄《つか》でなぐってだまらせる。

おれはコナーの一撃《いちげき》からは立ちなおったが、足元がふらつき、絞首台から落ちかけた。すかさずコナーが、おれの両腕《りょううで》をつかむ。そのひょうしに、冷たい物を袖《そで》の中におしこまれた。その物の端《はし》をつかんでみる。ナイフだ。コナーがナイフをくれた。

小ぶりだが、先端《せんたん》はするどい。かくしておくために、しっかりとにぎった。コナーはなにもいわず、絞首台を離れるときも、こっちを見向きもしなかった。

絞首台の上にいたアベニア兵がおれの名とカーシア国王という身分を高らかにいい、アベニア国、メンデンワル国、ジェリン国への戦争行為《こうい》を罪状《ざいじょう》としてあげた。連中のほうからおれの国に踏《ふ》みこんできたことを思えば、いいがかりもいいところだ。

その兵士も絞首台からおりた。バーゲン王が立ちあがり、一言いう。「やれ」

二名の死刑執行人《しけいしっこうにん》が、おれとローデンの踏み台を蹴《け》とばした。

41

バーゲン王が処刑《しょけい》を命じた瞬間《しゅんかん》、おれは飛びあがった。少しジャンプしただけだが、一、二秒はかせげる。手のロープをむしりとって輪《わ》縄《なわ》をつかみ、息をした。ナイフだ！　とバーゲン王がさけんだが、おれは宙《ちゅう》づりのまま後ろにゆれて、死刑執行人《しけいしっこうにん》のひとりをもうひとりのほうへ蹴《け》りつけ、ふたりとも絞首台《こうしゅだい》からたたき落とした。アベニア兵たちが突進《とっしん》してくる。急がなければ！

体重を使ってローデンのほうへロープをゆらし、急速に意識《いしき》を失いつつあるローデンのロープをナイフで切った。ローデンは絞首《こうしゅ》台から地面へ力なく転落した。すぐさまハーロウとトビアスが助けにかけつける。

おれは切断《せつだん》してぶらさがったローデンのロープを片手《かたて》でつかみ、もう片方《かたほう》の手で自分のロープを切り、ローデンのとなりに飛びおりた。すでにハーロウがローデンの輪縄をゆるめ、トビアスが脈をとっていた。

「こいつを死なせるな！」ローデンを守るためにと、ハーロウの手にナイフをおしつけた。「こいつの命は、あなたにとって宝物《たからもの》なんだ」

見物人にふさがれていたアベニア兵たちが、じょじょにせまってくる。おれは反対方向へかけだした。絞首台の下をくぐって、ファーゼンウッド屋敷《やしき》の正面階段《かいだん》をかけのぼると、手をラッパのように口に当ててさけんだ。「エリック、手下を呼《よ》べ！」

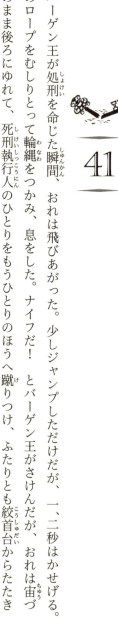

エリックが角笛をとりだして吹《ふ》きならす。即座《そくざ》に屋敷の中で反応《はんのう》があった。秘密《ひみつ》の通路にひそんでいた海賊《かいぞく》の大多数は、すでに持ち場につき、エリックの合図をいまかいまかと待っていたらしい。海賊たちが秘密の通路で待機していることは、あらかじめわかっていた。さっき事務室《じむしつ》で、コナーが〝屋敷の壁《かべ》の中にたくさんの秘密をつめこんだ〟という遠回しな表現《ひょうげん》で教えてくれたのだ。

これで決着がつくかどうか、いまだに自信はない。それでも、最終決戦の場はこの屋敷以外に考えられず、海賊が成功の鍵《かぎ》をにぎっていることは確信《かくしん》していた。海賊王であるおれへの誓《ちか》いを守って、おれの命令にしたがうよう、海賊たちを説得するのはさぞ難儀《なんぎ》しただろう。エリックには感謝《かんしゃ》してもしきれない。

モットとともに海賊のキャンプに立ちよったときに、連中を説得できてもできなくてもここに来てほしいとエリックに頼《たの》んであった。だが海賊たちは来てくれて、おれの指示《しじ》どおり、秘密の通路を見つけてくれた。いったいいつから、静かにかくれていたのだろう？　さんざん待たされた怒《いか》りは、ぜひアベニア兵たちにぶつけてほしい。

戦闘《せんとう》の物音とともに、カーシア国の財宝《ざいほう》がつまった荷馬車の底がぬけた。じつは、これにもしかけがあった。馬車は、トビアスが設計《せっけい》した二重底になっていたのだ。荷馬車の底からカーシア兵が一名、大量の武器《ぶき》とともにあらわれた。これだけあれば、武器をうばわれ、強引に連れてこられたカーシア兵の大半に武器がいきわたる。さらに数十名のカーシア兵が、森から飛びだしてきて参戦した。できれば兵力はもっとほしいところだが、しかたない。

それにしても、もしカーシア兵の残党《ざんとう》がひとり残らず処刑《しょけい》を見に集まったと思ったのなら、バーゲン王も読みがあまい。残党は重装備《じゅうそうび》で、闘志《とうし》を燃《も》やし、コナーの領地《りょうち》の外の森からおしよせてきたのだ。

最高の光景だが、つっ立って見物しているわけにはいかない。数名のアベニア兵が、正面階段《かいだん》をかけあがって追いかけてくる。そのひとり、キッペンジャー司令官は、やっきになっておれに罵声《ばせい》を浴びせている。おれは階段をのぼりきると、青銅《せいどう》の手すりを飛びこえ、地面に飛びおりた。芝生《しばふ》への着地は決まらず、ぶざまだったが、絞首台《こうしゅだい》から逃《に》げのびたことを思えばたいしたことはない。

アベニア兵たちに追われつつ、裏庭《うらにわ》をつっきろうとした。おれは若《わか》いし、重い鎧《よろい》をつけていないので、距離《きょり》はひろがっている。とそのとき、領地の端《はし》をぐるっとまわって、向こう側からせまってくるメンデンワル兵たちが見えた。

こうなったら、上に逃げるしかない。

海賊《かいぞく》のキャンプ、タープブレード・ベイで、ローデンに右脚《みぎあし》を折られた直後に崖《がけ》をのぼって以来、壁《かべ》をまともにのぼれたことは一度もない。こっそり何度もやってみたが、だめだった。だれにもいわなかったのは、自分が情《なさ》けなかったし、城《しろ》の医者にしかられるし、失敗つづきだったからだ。

けれどいまは、失敗するわけにはいかない。

切石をつかみ、ファーゼンウッド屋敷《やしき》にとじこめられていたときは何度ものぼれたと自分にいいきかせた。まだ負けが決まったわけじゃない。右脚が弱っているなどという理由で、しくじるわけにはいかない。

手を服にこすりつけ、汗《あせ》をぬぐってのぼりはじめた。おれに飛びつこうとしたキッペンジャーの手をぎりぎり逃《のが》れる。キッペンジャーは毒づき、壁を蹴飛《けと》ばしてどなった。「もっと高くのぼれば、首つりの手間がはぶける。落ちて死ね！」

いいかえしてやりたい。罵詈雑言《ばりぞうごん》が次つぎとうかんできて、こらえるのがつらいくらいだ。だが、のぼることに集中しなければ。右脚を骨折《こっせつ》する前はかんたんにのぼれたのに、いまは壁がつるつるのガラスのように感じられ、脚がわらにでもなったように力が入らない。

右脚は最悪の状態《じょうたい》だ。体重がかかると震《ふる》える。少しでもすべらせたら、体をささえきれない。

「さっさと落ちろ！」キッペンジャーの声がする。

勝手にほざいてろ。だれが落ちてやるものか！　歯を食いしばり、新生王のあなたさまは立ちあがらなければならないのですと説くモットの声を心の中で何度もきいた。

そうだ、立ちあがってみせる！

キッペンジャーが金切り声でさけんだ。「ジャロン、おまえに勝ち目はない！」地下牢《ちかろう》の鎖《くさり》を思いだせ。

ほら、感じるだろ？　おれが鎖を引っぱれば、おまえはすとんと落ちるんだ」

元コナーの寝室《しんしつ》のバルコニーにたどりついた。一瞬《いっしゅん》動きをとめると、バルコニーの手すりを乗りこえ、ズボンのポケットからガーリン硬貨《こうか》をとりだす。アベニア軍の捕虜《ほりょ》になった最初の晩《ばん》からずっと持っていた硬貨。キッペンジャーが地下牢の壁の上の方の岩において、自由を売ってやるからとってみろといった、あの硬貨だ。あのとき、キッペンジャーはおれに勝ち目のないことを思い知らせようとしたのだが、おれは挑戦《ちょうせん》と受けとった。体力を使い果たし、何度も何度も失敗したが、ようやく鎖《くさり》をうまく動かす方法をあみだし、つかむことに成功したのだった。翌日《よくじつ》、キッペンジャーは硬貨《こうか》のことなど忘《わす》れていたが、あれ以来、おれは忘れたことがない。

　その硬貨を、バルコニーからキッペンジャーに見せつけた。「残念だったな、司令官さんよ。どんな鎖でつないでも、おれはぜったい立ちあがる。自由を金で買う気はない。おれの自由はあんたのものじゃない。うばわれた自由はとりもどす。おれ自身と祖国《そこく》のために！」

　バルコニーの手すりの上に硬貨をおき、自由を売ってやるからとってみろといい放つと、コナーの寝室《しんしつ》だった部屋のドアをあけた。同時にキッペンジャーが、屋敷《やしき》に入れと部下たちに命じる。ドアを通りぬけきらないうちに、早くも階段《かいだん》をかけのぼってくる足音がした。

　部屋をつっきろうとしたが、脚《あし》が鉛《なまり》のように重くて、うまく動かない。壁《かべ》によりかかって、奥《おく》に進んだ。以前はタペストリーが秘密《ひみつ》の通路への出入り口をかくしていた。いまはタペストリーはないが、秘密の通路の扉《とびら》はみごとなまでに目だたない。そこにあると知らなければ、見つけられなかっただろう。キッペンジャーの部下たちも、見つけられないにちがいない。

　秘密の通路にすべりこんで、扉をしめた。一歩踏《ふ》みだしたが、脚がくずれ、ひざをつく。もう今日は壁をのぼれない。戦うのもむりだ。コナーの寝室からキッペンジャーの声がきこえてきた。「やつはどこだ？」

移動《いどう》しよう。立ちあがり、足を引きずりながら静かに一階におりた。秘密の通路にある階段をおりた瞬間《しゅんかん》、ほかにだれかいることに気づいた。イモジェンだ。うれしそうな顔でおれを迎《むか》えてくれる。だが、おれが足を引きずり、頭にも血がこびりついているのを見ると、すぐにとがめる表情《ひょうじょう》になった。そこには、ほかにふたりの人物がいた。おれはふたりに、姿《すがた》をあらわす気がないのなら、おれからばらすつもりはないと小声で約束すると、秘密の扉をくぐって事務室《じむしつ》に出た。事務室にはだれもいなかった。廊下《ろうか》へのドアはあいているが、しめたら、かえって人目を引く。部屋の外は、はげしい戦闘《せんとう》の真っ最中だ。おれがここにいることは、ばれないにこしたことはない。

さっき署名《しょめい》した書類が、まだ机《つくえ》の上においてある。燃《も》やすつもりで手にとった。と、背後《はいご》で床板《ゆかいた》がきしむ。ふりかえったら、バーゲン王が短剣《たんけん》をふりあげていた。この脚では走っても逃《に》げきれないし、近くに武器《ぶき》もない。攻撃《こうげき》されたら、かなりきびしい。

「おれの海賊《かいぞく》が参戦した以上、バーゲン王、あんたに勝ち目はない。でも、あんたが助かる道ならある。降《こう》伏《ふく》すれば、命は助けてやる」

「ありえん！」

こいつは交渉《こうしょう》の才能《さいのう》がないのか。まあ、他人のことをいえた義理《ぎり》じゃないが。

「盗賊《とうぞく》にたくした伝言は、最初からわしにとどけさせるつもりだったのだな」バーゲン王の声は怒《いか》りで震《ふる》えていた。「ファーゼンウッド屋敷で決着をつけたかったのか」

もちろんだ。この屋敷《やしき》のことは、自分の城《しろ》と同じくらい知りつくしている。どちらかをやむなく犠牲《ぎせい》にするのなら、おれの城は選ばない。海賊《かいぞく》たちをここに送りこむ段取《だんど》りをつけた時点では、細かいところは決めていなかったが、ここで海賊たちとともに決着をつけることは決めていた。

「ああ、決着の場はここ以外にない。でないと、海賊たちは永遠《えいえん》に秘密《ひみつ》の通路にかくれたまま、腐《くさ》っちまう。あんたと同じにおいになったら、さすがにかわいそうだ」

バーゲン王がさけびながら向かってきた。かわそうとしたが、シャツをつかまれた。机《つくえ》の上につきとばされて、脚《あし》をおさえこまれる。

バーゲン王がまた短剣《たんけん》をふりあげた。そのとき、さけび声がした。見ればコナーがかけよってくる。いつのまに入ってきたのか。

バーゲン王がふりかえり、おれを刺《さ》すはずだった短剣で、コナーの胸《むね》を切り裂《さ》いた。その瞬間《しゅんかん》、すべての動きがとまった。コナーの真っ白なベストが、おぞましい血の色に染《そ》まっていく。

コナーは胸の血にふれ、血まみれの手をふしぎそうにながめた。血だとわかったとたん、手を下げて床《ゆか》にたおれこむ。おれはバーゲン王をふりほどき、コナーのそばにひざまずいた。コナーはおれの手をとり、息もたえだえにいった。「ジャロンさま……わたしはつねに……国を愛しています。あなたさまを……わが王だといったのは……うそではありません。どうか……おゆるしを」

おれの指にキスしようと、顔をあげかけた。が、のどの奥《おく》でゴボゴボと音を立てながら、息を吸《す》い——そ

ンジャー司令官が、コナーのさけび声をききつけたキッペンジャー司令官が、数名のアベニア兵とメンデンワル兵を連れてかけこんできた。おれは恐怖《きょうふ》よりもいらだちをおぼえ、天をあおいでため息をついた。味方がかけつけるのを期待してはいけないのか？　ひとりでもいいから、図体《ずうたい》のでかい激怒《げきど》した海賊が来ればいいのに。

　そう、裏切り者にまちがいない。だが、おれには命の恩人《おんじん》でもある。

　コナーは善《ぜん》と悪の暗いはざまの中で生き、同じ闇《やみ》の中で死んだ。

　せっかくバーゲン王の短剣をふりきったのに、コナーのさけび声をききつけたキッペンジャー司令官が、数名のアベニア兵とメンデンワル兵を連れてかけこんできた。おれは恐怖《きょうふ》よりもいらだちをおぼえ、天をあおいでため息をついた。味方がかけつけるのを期待してはいけないのか？　ひとりでもいいから、図体《ずうたい》のでかい激怒《げきど》した海賊が来ればいいのに。

　おれはバーゲン王のほうをふりかえった。「なぜメンデンワル国まで、あんたの側にまわったんだ？　うちの国とは一度も対立したことがなかったのに」

　アベニア国のバーゲン王は声をあげて笑った。「おまえが行方《ゆくえ》不明になった四年前、前国王はそれを利用して政治的《せいじ》なかけひきをし、うそをついてわれらを国境《こっきょう》から遠ざけた。わしはなかなかうまいかけひきだと思ったが、メンデンワル国はそう思わなかった。だからおまえがもどって王になったとき、メンデンワル国の怒《いか》りをかきたてるのはわけもなかった。おまえが十歳《さい》でメンデンワル国のハンフリー王に挑戦《ちょうせん》したときのことを引きあいに出し、このままだと危険《きけん》きわまりない存在《そんざい》になるとハンフリー王をたきつけ、戦利品としてカーシア国の半分をやると約束したのだ」

おれはけげんに思い、目を細めた。「メンデンワル国のハンフリー王ともあろうお方が、あんたの約束を信じるはずがない」

バーゲン王は肩《かた》をすくめた。「あれは疑《うたが》うことを知らぬ男だ。カーシア国の皇帝《こうてい》は、わしひとりだというのに。次に自分がやられるとは、夢《ゆめ》にも思っておるまいよ」

そのとき、「メンデンワル国がアベニア国に指図されるいわれはない！」という声が響《ひび》いた。その場にいた全員がふりかえると、机《つくえ》の奥《おく》にある秘密《ひみつ》の通路の扉《とびら》があいていた。そこからあらわれた人物は、高齢《こうれい》ではあったが、その声は衰《おとろ》えをみじんも感じさせなかった。

その人物とは、メンデンワル国のハンフリー王。となりには、わがカーシア国の侍従長《じじゅうちょう》カーウィン卿《きょう》が立っていた。

42

　バーゲン王は血の気を失い、降《ふ》ったばかりの雪のように白くなった。が、ハンフリー王がなにかいう前に、

「ここに降伏《こうふく》文書がある。ジャロンが署名《しょめい》してから一時間もたっておらん」と、おれを見つめた。「ハンフリー王を壁《かべ》の中にかくすとは、うまい手を使ったな。だが、むだだ。きちんと条文《じょうぶん》を読めば、カーシア国の主権《しゅけん》はアベニア国のみが持つとわかったはず。メンデンワル国はなにも得られん。ジャロンは、このわしにすべてを引きわたしたのだ」

　おれはバーゲン王に向かってにやりとした。「メガネがないと字が読めないくせに。メガネをかけているのを見られたくなくて見栄《みえ》をはったつもりだろうが、あんた、バカだ。あんたこそ、おれの署名をちゃんと読めばよかったのに」

　バーゲン王は降伏文書をつかみ、メガネなしで目を細めて読もうとした。必死なバーゲン王をよそに、おれは机に腰《こし》かけ、書類の端《はし》を尻《しり》にしいた。「あんたには、おれの爪切《つめき》りですら、ゆずる気はないね」

　キッペンジャー司令官が兵士たちをおしのけて進み、降伏文書にざっと目を通す。

「なんと書いてあるのだ？」と、バーゲン王。

　キッペンジャーはだれも見ずにいった。まちがいなく、笑いをこらえている。「〝息のくさい腐《くさ》りきった国

王野郎《やろう》には、なにもゆずらない〟」

おれはにらみつけてくるバーゲン王に笑みを見せ、自分で自分をほめながら部屋を見まわした。

メンデンワル国のハンフリー王は、部屋にいた自国の兵士たちに命じた。「メンデンワル国は長年の友好国であるカーシア王国と同盟《どうめい》を結んだ。戦いをつづけるアベニア兵には刃《やいば》を向けよとつたえよ」そしてバーゲン王のほうを向いた。「そなたが降伏《こうふく》するというのであれば、話は別だが」

「ありえん！」

「陛下《へいか》、もう終わりです」キッペンジャーがバーゲン王に声をかけた。「和睦《わぼく》し、ひとりでも多くの兵士の命を救いましょう」

バーゲン王は首をふった。「ジャロンをたおせるならば、アベニア兵を全員犠牲《ぎせい》にしてもかまわん。ジャロンを殺せ！」

キッペンジャーはおれと目をあわせたが、おたがい動かなかった。おれを見つめる司令官の目には、尊敬《そんけい》の念がうかんでいる。初めてのことだ。

おれとキッペンジャーの無言のやりとりに気づき、バーゲン王はうなるようにしてつぶやく。「ならば、わしがやる！」

そして短剣《たんけん》をふりあげ、おれに襲《おそ》いかかろうとした。が、キッペンジャーがいちはやく動き、背後《はいご》から王を刺《さ》した。バーゲン王はひざをつき、苦痛《くつう》にゆがんだ顔で天をあおぐと、床《ゆか》にたおれた。自らの部下の手で命をたたれた瞬間《しゅんかん》だった。

あっという間のできごとだったので、部屋にいた全員が途方《とほう》にくれた。ハンフリー王はこっちを見ている。

だがおれは、キッペンジャーを見つめていた。

キッペンジャー司令官はバーゲン王の亡骸《なきがら》を見つめ、これでいいのだとゆっくりとうなずくと、ひざまずき、おれの足元に剣《けん》をおいた。「アベニア国は降伏します。あまりにも多くの血が流れました」

「ああ、おたがいにな。で、アベニア国の新たな支配者《しはいしゃ》はだれだ？」

キッペンジャーは肩《かた》をすくめた。「たぶん、自分かと」

「それはだめだ。おれを憎《にく》んでるだろ」

「以前ほどではありません」

ならば、いいだろう。キッペンジャーがポケットに手を入れ、父上の形見の指輪をとりだし、おれにさしだす。胸《むね》がすっとした。

キッペンジャーがいった。「この王の指輪をとりあげることで、王の座《ざ》もうばえると思いこんでいました。しかし、あなたさまの胸にある王の心まではうばえませんでした」

おれは、にやりとした。「いちおういっておくが、心臓《しんぞう》をとりだされなくて、ほんとうに助かった」王の指輪を受けとり、指にはめた。すっかりなじんだ重みがなつかしくて、ほっとする。

キッペンジャー司令官に——いや、いまは王か——視線《しせん》をもどしていった。「アベニア兵は武器《ぶき》を捨《す》て

引きあげろ。負傷兵《ふしょうへい》を集めておけ。トビアスにできるかぎりの手当てをさせる。それ以外は全員、即座《そくざ》にお
れの国から出ていけ。二度と戦争をしかけるな」
キッペンジャーは立ちあがったが、剣《けん》は床《ゆか》においたままだった。「かしこまりました、ジャロン王。ただちに、
おおせのとおりにいたします」
行け、とドアのほうへ首をかたむけると、キッペンジャーは部屋を離《はな》れた。残りの兵士たちも次つぎとお
れの足元に剣をおいた。侍従長《じじゅうちょう》のカーウィン卿《きょう》の命令にしたがってバーゲン王とコナーの死体を運びだす。
全員いなくなると、すぐにメンデンワル国のハンフリー王が進みでた。「かつてわたしに決闘《けっとう》をもうしこ
んだやんちゃ坊主《ぼうず》がどうなったか、自分の目でたしかめるべきだとカーウィン卿に説得されましてな。いや
はや、あつかいにくいという点では、ちっとも変わっておられないようだ」
「そんなことありませんよ。いまのほうが、はるかにあつかいにくいですから」
ハンフリー王は軽く笑うと、真剣《しんけん》な表情《ひょうじょう》でいった。「あなたを誤解《ごかい》しておりました。もうしわけない」
いずれ、ゆるせる日が来るだろう。いまは、新たな号令をくだすメンデンワル兵たちの声が廊下《ろうか》からきこ
えるだけでじゅうぶんだ。剣を床におく音が響《ひび》き、戦闘《せんとう》中だった兵士たちのうめき声やさけび声がすみやか
に消え、静かになる。
カーウィン卿に声をかけた。「すぐにもどる。アベニア軍の撤退《てったい》を監視《かんし》し、わが軍の負傷兵を助けてやっ
てくれ」

カーウィン卿は、どちらへといいかけたが、おれが秘密《ひみつ》の通路の扉《とびら》をあけるのを見て、ほほえんだ。「大切なお方が、壁《かべ》の中で待っておられるのですね」

43

約一年後――。

おれは約束どおり、城《しろ》の大広間でイモジェンと結婚《けっこん》した。イモジェンは長年大切にしまってあった母上のウェディングドレスをまとい、ミニバラの花冠《はなかんむり》をかぶった。大広間は満員で、城の庭も国王夫妻《ふさい》のお披露目《ひろめ》を待つ人びとでいっぱいだった。

トビアスとアマリンダ姫《ひめ》も数カ月前に結婚し、幸せの絶頂《ぜっちょう》を迎《むか》えていた。ふたりも城で暮《く》らしている。終戦後は、ふたりとの友情《ゆうじょう》がさらに深まった。トビアスは城つきの医者に弟子《でし》入りした。これからはおれが自分の体を傷《きず》つける方法を見いだすたびに、医者としてがみがみいいそうだ。

トビアスとアマリンダ姫はモットの命を救ってくれた。そのことには一生感謝《かんしゃ》しつづけるだろう。モットは以前ほど速く動けないし、いまだに傷が痛《いた》むらしい。二度と戦えない体となった。だがおれは、二度と戦わずにすむ国づくりをしたいと思っている。体が回復《かいふく》したモットと初めて言葉をかわしたときは、あいかわらず無鉄砲《むてっぽう》だとえんえんと説教されたが、最後にはこれまで以上に忠誠《ちゅうせい》を誓《ちか》うと約束してくれた。といってもモットの場合、〝これ以上の忠誠〟などありえないが。

フィンクは結婚式で新婦《しんぷ》の結婚指輪をあずかり、聖職者《せいしょくしゃ》にうながされておれにわたすとき、ちゃんとなくさずに持ってましたよとおれにウインクした。フィンクにしては大手柄《おおてがら》だったので、おれもウインクを返してやった。フィンクは、いまでは弟といっていい。ものすごくうるさいけれど、大切なかわいい弟だ。

この一年、ハーロウとローデンは父と息子《むすこ》として、おたがいを理解《りかい》しようと努力してきた。実の親子だと打ちあけたのはおれではなくローデンで、終戦後にタイミングを見はからい、数日たってからハーロウに切りだした。だから親子としての再会《さいかい》におれは関係なかったのに、ハーロウはニーラの命を救ったときと同じくらい、心から感謝してくれた。ローデンは自由な時間の大部分を父親のハーロウとすごし、遅《おく》ればせながら熱心に教育を受けている。いっぽうで警護隊《けいごたい》の総《そう》隊長もつづけてくれ、日々、総隊長としての自信を深めている。ローデンが軍を率《ひき》いてくれれば、カーシア国はいずれ独立《どくりつ》を守れるだけの兵力をつけられるだろう。

ハーロウがおれに関心を持たなくなるのではという恐《おそ》れは杞憂《きゆう》だった。愛情《あいじょう》というものはひろがるばかりで、愛情の輪の中に何人でもとりこめるのだということを、この一年で学ばせてもらった。ハーロウはいまも、おれを実の息子のように愛してくれている。いっぽうのおれも実の親である父上のことをようやく理解し、生まれて初めて父上についてじっくりと考えられるようになった。

ファーゼンウッド屋敷《やしき》で戦争が終わった直後、おれは海賊王《かいぞくおう》の称号《しょうごう》を捨《す》て、その座《ざ》をエリックにゆずった。おれの知るかぎり、エリックはその後も王として海賊を率いている。海賊王でなくなっても腕《うで》の焼印は消えないし、海賊を仲間と思う気持ちに変わりはない。困《こま》って助けをもとめてきたら、誓いどおりに守るつもりだ。

この一年は、カーシア国の再建《さいけん》で苦労した。あまりにも多くの兵を失った。完全に立ちなおるのは、早くても次の世代になるだろう。それでも日々回復《かいふく》しているし、おれたちをおびやかすものはもういない。

だが、アベニア国はそうはいかないだろう。キッペンジャー司令官が新国王になり、国力がおとろえた国を統率《とうそつ》し、おれの強いすすめにしたがって武器《ぶき》ではなく学校を作っている。

ジェリン国とはむずかしい交渉《こうしょう》をへて通商を再開《さいかい》したが、北の国境《こっきょう》にはいまも監視軍《かんしぐん》をおいている。

メンデンワル国との関係は良好だ。ハンフリー王には、いずれイモジェンとのあいだに子どもができたら自分の孫と婚約《こんやく》させたいとまでいわれた。大変ありがたい申し出だが、ていねいにおことわりした。

結婚式《けっこんしき》の夜、イモジェンを強く抱《だ》きよせた。二度と離《はな》すつもりはない。うれしいことに、イモジェンもおれを抱きしめてくれた。イモジェンはおれの家族、人生そのもの、まさに世界の中心だ。

おれの心は、安らかそのものだった。

訳者あとがき

カーシア国の若き王ジャロンの物語は、ほろ苦さをともなう結末を迎《むか》えることとなりました。波瀾万丈《はらんばんじょう》の展開にハラハラ、ドキドキしつつ、ほっと胸をなでおろしている読者の方も多いのではないでしょうか。

一巻では、反抗的な孤児《こじ》のセージとして登場した主人公のジャロン。父親と兄に捨てられたと思いこみ、ひねくれていたジャロンは、カーシア国の王座をねらうコナー卿《きょう》の陰謀《いんぼう》を阻止《そし》しようとひそかに動くうち、父親の国王としての苦悩を知って、少し大人になりました。さらに、ファーゼンウッド屋敷《やしき》で出会ったイモジェンに心をひらいていきます。ジャロンが競争相手のトビアスに刺《さ》されるシーンや、のちに忠臣となるモットがジャロンの正体に気づくシーン、ジャロンが城に乗りこんで王子だと名乗るシーンなど、緊迫感《きんぱくかん》あふれる場面がたくさんありましたね。

二巻では、競争相手だったローデンの誤解《ごかい》がとけず、海賊《かいぞく》となったローデンに命をねらわれます。そのローデンの兵士としての力量をみとめ、総隊長として迎えるべく、周囲の反対をおしきって海賊のもとへ単身乗りこむジャロンは、破天荒《はてんこう》を通りこして無謀《むぼう》そのもの。そのせいで、脚《あし》に大けがまで負ってしまいます。それでも献身的に仕えてくれる家臣や仲間のおかげで助かったのは、ジャロンのひたむきさが周囲の心をとらえたからといえるでしょう。

そして三巻。全編のクライマックスにふさわしい、じつにスケールの大きい展開となりました。愛するイモジェンを奪われ、祖国まで奪われそうになったジャロン。冒頭から一、二巻とは比《くら》べものにならないほど重い現実をつきつけられ、ジャロンの苦悩は深まります。しかし、逆境になればなるほど輝くのもジャロン。あいかわらず無謀ですが、三巻ともなると、その無謀ささえ、すがすがしく思えてきます。一巻の〈孤児セージ〉とは別人のように成長したジャロンの幸せを願わずにはいられません。

本シリーズは一巻がニューヨークタイムズのベストセラー入りし、世界十七カ国で出版されているうえ、映画化の予定もあります。

映画化された場合、みなさんはどのキャラクターが気になりますか？　無謀で大胆《だいたん》ながら繊細な心も持つ主人公ジャロン、ジャロンを心から愛するイモジェン、美しく気高いアマリンダ姫《ひめ》、いったん敵にまわったもののジャロンの右腕《みぎうで》となるローデン、同じくジャロンを強力にささえるモットとトビアス、ジャロンにとって〝第二の父親〟となる貴族のハーロウ、ジャロンの憎き敵であるアベニア国のバーゲン王……。

魅力的なキャラクターばかりですが、最後まで謎《なぞ》めいているという点では、陰謀をくわだてたコナーもはずせません。カーシア国の肥沃《ひよく》な土地を虎視眈々《こしたんたん》とねらう隣国。その隣国に譲歩を重ねる国王への不満は高まるばかり。ならばと、コナー卿は野心につきうごかされるまま、ひそかに毒薬を手に入れ、国王一家を巧妙《こうみょう》に殺害することに成功。さらに一貴族である自分が国王になるのではなく、傀儡《かいらい》を王座につけて背後から国を動かそうと画策します。しかしまさに「策士策に溺《おぼ》れる」で、一巻では逮捕《たいほ》されて幽閉《ゆうへい》されました。

ここで命運尽きたかと思いきや、三巻では意外にも知恵をしぼり、体を張って、ジャロンを守りぬきます。そのときに初めて、コナーの本心が明らかになります。国王一家を暗殺したり、孤児を王子に仕立てようとしたり、野心をむきだしにしたりしたのはけっして褒《ほ》められる行動ではありませんが、カーシア国の将来を思い、祖国を混乱から守りたいと強く願う気持ちは本物だったのです。

ただの悪役かと思いきや、じつは真摯《しんし》に国の行く末を考えていて、国を思うがために大暴走してしまうコナーは、まさに演じ甲斐《がい》のあるキャラクター。どんな役者さんが演じるのか、想像するだけでわくわくしてきますね。

最後にカーシア国とジャロンの運命を最後まで見とどけてくださった読者のみなさんと編集者の木村美津穂さんに、心よりお礼申しあげます。

二〇一六年七月　　橋本恵

著者・訳者紹介

ジェニファー・A・ニールセン　Jennifer A. Nielsen
米国の作家。ユタ州に生まれ、現在も夫と３人の子どもたちと犬とともに、ユタ州北部に住んでいる。小学生のときからお話を書きはじめ、2010年に "Elliot and the Goblin War"（未訳）でデビュー。既刊に『偽りの王子』『消えた王』（ほるぷ出版）など。

橋本 恵　はしもと めぐみ
東京生まれ。東京大学教養学部卒。翻訳家。主な訳書に「ダレン・シャン」シリーズ（小学館）、「アルケミスト」シリーズ（理論社）、「トンネル」シリーズ（学研プラス）、「１２分の１の冒険」シリーズ、「カーシア国」シリーズ（以上、ほるぷ出版）など。

カーシア国３部作Ⅲ
ねらわれた王座

作…ジェニファー・A・ニールセン
訳…橋本恵
2016年９月25日　第１刷発行

発行者…高橋信幸
発行所…株式会社ほるぷ出版
〒101-0061　東京都千代田区三崎町3-8-5
電話03-3556-3991／ファックス03-3556-3992
http://www.holp-pub.co.jp
印刷…共同印刷株式会社
製本…株式会社ブックアート
NDC933／344P／209×139mm／ISBN978-4-593-53494-4

日本語版装幀：城所潤